T0279048

El principio del corazón

El principio del corazón

HELEN HOANG

TITANIA
Argentina • Chile • Colombia • España
Estados Unidos • México • Perú • Uruguay

Título original: *The Heart Principle*
Editor original: A Jove Book Published by Berkley, Nueva York
Traducción: Lidia Rosa González Torres

1.ª edición Febrero 2023

© 2021 *by* Ediciones Urano, S.A.U.
Plaza de los Reyes Magos, 8, piso 1.º C y D – 28007 Madrid
www.titania.org
atencion@titania.org

ISBN: 978-84-17421-96-0
E-ISBN: 978-84-19413-46-8
Depósito legal: B-21.931-2022

Fotocomposición: Ediciones Urano, S.A.U.
Impreso por Romanyà Valls, S.A. – Verdaguer, 1 – 08786 Capellades (Barcelona)

Impreso en España – *Printed in Spain*

Dedicado a todas las personas cuidadoras:
aquellas que cuidan porque quieren,
aquellas que cuidan porque no tienen elección
y especialmente a los profesionales médicos durante
la pandemia del COVID-19, a cada uno y a cada una

Primera parte

Antes

UNO

Anna

Esta es la última vez que empiezo desde el principio.

Al menos, eso es lo que me digo a mí misma. Lo digo en serio siempre. Pero, entonces, cada vez que lo hago pasa algo: cometo un error, sé que puedo hacerlo mejor u oigo en mi cabeza lo que dirá la gente.

Así pues, paro y vuelvo al principio para hacerlo bien esta vez. Y de verdad que *esta* vez es la última.

Salvo que no lo es.

Llevo seis meses así, repasando los mismos compases una y otra vez como un rinoceronte caminando y haciendo ochos en el zoo. Las notas han dejado de tener sentido. Pero sigo intentándolo. Hasta que me duelen los dedos y me duele la espalda y me duele la muñeca cada vez que tiro de las cuerdas con el arco. Lo ignoro todo y le doy todo lo que tengo a la música. Solo cuando suena el temporizador, me separo el violín de la barbilla.

La cabeza me da vueltas y estoy sedienta. Debo de haber apagado la alarma del almuerzo y debo de haberme olvidado de comer. Es algo que ocurre mucho más a menudo de lo que me gustaría admitir. Si no fuera por los miles de alarmas que tengo en el móvil, ya me habría muerto por accidente. Si no tengo plantas es por consideración a la vida. Lo que sí tengo es una mascota. Es una roca. Su nombre es, muy creativo por mi parte, Roca.

La notificación de la alarma que aparece en la pantalla de mi móvil dice TERAPIA, y la apago con una mueca. Algunas personas disfrutan yendo a terapia. Para ellas es un desahogo y una validación. Para mí es una tarea agotadora. No ayuda el hecho de que creo que en el fondo le caigo mal a mi psicóloga.

Aun así, me dirijo a mi habitación para cambiarme. Intentar arreglar las cosas por mi cuenta no ha servido de nada, así que estoy decidida a probar esto de la terapia. A mis padres les disgustaría el despilfarro de dinero si lo supieran, pero estoy desesperada y no pueden lamentar los dólares que no saben que me estoy gastando. Me quito el pijama que he llevado todo el día y me pongo ropa de deporte con la que no tengo pensado hacer deporte. Por algún motivo, se las consideran más apropiadas en público, aunque sean más reveladoras. No me pregunto por qué la gente hace las cosas. Simplemente observo y copio. Así es como se sale adelante en este mundo.

Fuera, el aire huele a tubo de escape de coche y a cocina de restaurante, y la gente va de un lado para otro, en bicicleta, de compras, adquiriendo almuerzos tardíos en las cafeterías. Atravieso las calles empinadas y me cruzo con los peatones, preguntándome si alguna de estas personas irá esta noche a la sinfónica. Van a tocar Vivaldi, mi favorito. Sin mí.

Me he tomado unos días de asuntos propios porque me es imposible interpretar cuando estoy bloqueada tocando en bucles como este. No se lo he dicho a mi familia porque sé que no lo entenderían. Me dirían que dejara de consentirme y que me espabilara. Nuestro estilo es el «amor duro», es decir, ser duro con la persona a la que quieres para que pueda mejorar.

No obstante, ser dura conmigo misma no está funcionando. No puedo esforzarme más de lo que ya lo hago.

Cuando llego al pequeño y modesto edificio donde mi psicóloga y otros profesionales de la salud mental tienen sus consultas, tecleo el código 222, entro y subo las mohosas escaleras hasta el segundo piso. No hay recepcionista ni sala de estar, así que voy directamente a la habitación 2A. Levanto el puño en dirección a la puerta, pero dudo antes de hacer contacto. Un rápido vistazo a mi móvil revela que son las 13:58. Sí, llego dos minutos antes.

Cambio mi peso de un pie a otro, sin saber qué hacer. Todo el mundo sabe que llegar tarde no es bueno, pero llegar pronto tampoco lo es. Una vez, cuando llegué temprano a una fiesta, literalmente pillé al anfitrión con los pantalones bajados. Y con la cara de su novia en su entrepierna. No fue gracioso para ninguno de los tres.

Obviamente, el mejor momento para llegar a un lugar es a la hora acordada.

Así pues, me quedo ahí, atormentada por la indecisión. ¿Debería llamar o debería esperar? Si llamo antes, ¿qué pasa si la molesto y se enfada conmigo? Por otro lado, si espero, ¿qué pasa si se levanta para ir al baño y me pilla de pie frente a su puerta sonriendo de forma espeluznante? No tengo suficiente información, pero intento pensar en lo que pensará ella y modificar mis acciones en consecuencia. Quiero tomar la decisión «correcta».

Compruebo el móvil una y otra vez, y cuando la hora marca las 14:00, exhalo aliviada y llamo a la puerta. Tres veces con firmeza, como si esa fuera mi intención.

Mi psicóloga abre la puerta y me saluda con una sonrisa y sin apretón de manos. Nunca hay un apretón de manos. Al principio me confundía, pero ahora que sé qué esperarme, me gusta.

—Me alegro de verte, Anna. Pasa. Ponte cómoda. —Me hace un gesto para que entre y luego señala las tazas y el calentador de agua que hay en la encimera—. ¿Té? ¿Agua?

Me preparo una taza de té porque parece que eso es lo que quiere y la pongo en la mesa de centro para dejarlo en remojo antes de sentarme en el centro del sofá que hay frente a su sillón. Por cierto, se llama Jennifer Aniston. No, no es *esa* Jennifer Aniston. No creo que haya aparecido en la televisión ni que haya salido con Brad Pitt, pero es alta y, en mi opinión, atractiva. Creo que tiene unos cincuenta años, es delgada y siempre lleva mocasines y joyas hechas a mano. Su cabello largo es de un color marrón arena con un toque de gris y sus ojos... no recuerdo de qué color son a pesar de que hace nada estaba mirándola. Es porque me concentro en la zona que hay entre los ojos de la gente. El contacto visual me confunde el cerebro y me impide pensar, y este es un truco práctico para que parezca que estoy haciendo lo que debería hacer. Pregúntame cómo son sus mocasines.

—Gracias por recibirme —digo, porque se supone que debo actuar con gratitud. El hecho de que *esté* agradecida de verdad no es lo importante, pero, al fin y al cabo, es cierto. Para añadir más énfasis, esbozo mi sonrisa más cálida, asegurándome de arrugar las esquinas de los ojos. La he practicado delante del espejo las suficientes veces como para estar segura de que se ve bien. Su sonrisa a modo de respuesta lo confirma.

—Por supuesto —contesta, y se coloca una mano sobre el corazón para mostrar lo conmovida que está.

Me pregunto si está actuando como yo. ¿Cuánto de lo que dice la gente es genuino y cuánto es cortesía? ¿Hay alguien que de verdad esté viviendo su vida o todos estamos leyendo líneas de un guion gigantesco escrito por otras personas?

En ese momento comienza la recapitulación de mi semana, cómo he estado, si he hecho algún avance en mi trabajo. Explico en términos neutros que no ha cambiado nada. Esta semana ha sido igual que la anterior, al igual que esa semana fue igual que la anterior. Mis días son básicamente idénticos entre ellos. Me despierto, me tomo un café y medio *bagel,* y practico con el violín hasta que las distintas alarmas de mi móvil me dicen que pare. Una hora de escalas y cuatro de música. Todos los días. Pero no hago ningún progreso. Llego a la cuarta página de la pieza de Max Richter —cuando tengo suerte— y vuelvo a empezar. Y vuelvo a empezar. Y vuelvo a empezar. Una y otra y otra vez.

Para mí, hablar de estas cosas con Jennifer es un reto, sobre todo porque procuro no dejar que mi frustración salga a la luz. Es mi psicóloga, lo que en mi mente significa que se supone que debe ayudarme. Y no ha sido capaz de hacerlo, por lo que veo. Pero no quiero que se sienta mal. A la gente le gusto más cuando hago que se sienta *bien* consigo misma. Así pues, evalúo constantemente sus reacciones y modifico mis palabras para que les resulten atrayentes.

Cuando frunce el ceño de forma marcada ante la descripción medio-cre que he hecho de la semana pasada, entro en pánico y añado:

—Tengo la sensación de que me falta poco para mejorar. —Es una mentira descarada, pero es por una buena causa, porque su expresión se ilumina al instante.

—Me alegra mucho oír eso.

Le sonrío, pero me siento ligeramente inquieta. No me gusta mentir. Sin embargo, lo hago todo el tiempo. Mentiras pequeñas e inofensivas que hacen que la gente se sienta bien. Son esenciales para desenvolverse en la sociedad.

—¿Puedes intentar saltar a la mitad de la pieza con la que estás te-niendo problemas? —me pregunta.

La sugerencia hace que retroceda físicamente.

—Tengo que empezar por el principio. Es lo que hay que hacer. Si la canción estuviera pensada para ser interpretada desde la mitad, esa parte estaría al principio.

—Lo entiendo, pero podría ayudarte a superar tu bloqueo mental —señala.

Lo único que hago es negar con la cabeza, aunque por dentro hago una mueca de dolor. Sé que no estoy actuando como ella quiere, y eso está mal.

Suspira.

—Hacer lo mismo una y otra vez no ha resuelto el problema, así que quizá sea hora de probar algo diferente.

—Pero no puedo saltarme el principio. Si no puedo hacerlo bien, en-tonces no me merezco tocar la siguiente parte y no me merezco tocar el final —explico con convicción en cada palabra.

—¿Qué tiene eso que ver con merecértelo? Es una canción. Está pensa-da para que la toques en el orden que quieras. No te juzga.

—Pero la gente sí —susurro.

Y ahí está. Siempre llegamos a este punto de fricción. Me miro las manos y veo que tengo los dedos entrelazados y los nudillos blancos, co-mo si me estuviera empujando hacia abajo y manteniéndome de pie al mismo tiempo.

—Eres una artista y el arte es subjetivo —dice Jennifer—. Tienes que aprender a dejar de escuchar lo que dice la gente.

—Lo sé.

—¿Por qué eras capaz de tocar antes? ¿Cuál era tu mentalidad por aquel entonces? —me pregunta, y por «antes» sé que se refiere a antes de que me hiciera famosa en internet por accidente, despegara mi carrera profesional, me fuera de gira internacional, consiguiera un contrato discográfico y el compositor moderno Max Richter escribiera una pieza solo para mí, un honor como nada en todo el mundo.

Cada vez que intento tocar esa pieza tan bien como se merece (como todo el mundo espera que lo haga, porque ahora soy una especie de prodigio musical, aunque en el pasado solo se me consideraba aceptable), *siempre* fracaso.

—Antes tocaba solo porque me gustaba —respondo finalmente—. Nadie se preocupaba por mí. Nadie sabía siquiera que existía. Aparte de mi familia, mi novio, mis compañeros de trabajo y demás. Y a mí me bastaba con eso. Me *gustaba* eso. Ahora... la gente tiene expectativas, y no soporto saber que podría decepcionarlos.

—Decepcionarás a la gente, sí —asegura Jennifer con voz firme, pero no cruel—. Pero también dejarás a otros boquiabiertos. Así es como funciona.

—Lo sé —contesto. Y de verdad que lo entiendo desde el punto de vista de la lógica. Pero desde el punto de vista emocional, es otra cosa. Me aterra pensar que, si meto la pata, si fracaso, todo el mundo dejará de quererme, y ¿qué será de mí entonces?

—Creo que has olvidado por qué tocas —dice con suavidad—. O, más exactamente, para *quién* tocas.

Inspiro, suelto una profunda bocanada de aire y separo las manos para darles un respiro a mis dedos rígidos.

—Tienes razón. Hace mucho tiempo que no toco para mi propio disfrute. Intentaré hacerlo —digo, y le ofrezco una sonrisa optimista. Sin embargo, en mi corazón sé lo que va a pasar cuando lo intente. Me perderé tocando en bucle. Porque ahora nada es lo suficientemente bueno. No, «suficientemente bueno» no es correcto. Debo ser *más* que «suficientemente buena». Debo ser *deslumbrante*. Ojalá supiera cómo deslumbrar a mi antojo.

Por un segundo, parece que va a decir algo, pero en su lugar acaba tocándose la barbilla con un dedo mientras inclina la cabeza hacia un lado, mirándome desde un nuevo ángulo.

—¿Por qué haces eso? —Se señala los ojos—. Lo de los ojos.

Mi rostro palidece. Siento que la piel se me calienta y luego se enfría y se pone rígida mientras toda la expresión se desvanece.

—¿El qué?

—Arrugar los ojos —responde.

Me ha pillado.

No sé cómo debo reaccionar. No me había pasado antes. Ojalá pudiera fundirme con el suelo o meterme en uno de sus armarios y cerrar la puerta con llave.

—Las sonrisas son reales cuando llegan a los ojos. Eso es lo que dicen los libros —admito.

—¿Hay muchas cosas que haces así, cosas que lees en los libros o que has visto hacer a otras personas y las copias? —inquiere.

Trago saliva, incómoda.

—Puede ser.

Su expresión se vuelve pensativa y garabatea algo en su libreta. Intento ver lo que ha escrito sin que parezca que estoy fisgoneando, pero no consigo entender nada.

—¿Qué más da? —le pregunto.

Me mira un momento antes de responder.

—Es una forma de enmascaramiento.

—¿Qué es el enmascaramiento?

Con la voz entrecortada, como si estuviera eligiendo las palabras, dice:

—Es cuando alguien adopta gestos que no son naturales en él para poder encajar mejor en la sociedad. ¿Te suena?

—¿Es malo si me suena? —pregunto, incapaz de ocultar el malestar de mi voz. No me gusta el rumbo que está tomando esto.

—No es bueno ni malo. Simplemente es así. Me será más fácil ayudarte si entiendo mejor cómo funciona tu mente. —Hace una pausa y deja el bolígrafo antes de seguir hablando—. Muchas veces creo que me dices cosas solo porque crees que es lo que quiero oír. Espero que puedas ver lo contraproducente que sería eso en terapia.

El deseo de meterme en su armario se intensifica. De pequeña solía esconderme en lugares estrechos como ese. Dejé de hacerlo solo porque mis padres siempre me encontraban y me arrastraban a cualquier evento caótico que hubiera, fiestas, cenas grandes con nuestra familia enorme y ampliada, conciertos escolares, cosas que requerían que me pusiera unas medias que me picaban y un vestido que me raspaba y me sentara inmóvil mientras sufría en silencio.

Jennifer deja el cuaderno a un lado y cruza las manos sobre el regazo.

—Se nos ha acabado el tiempo, pero para la próxima semana me gustaría que probaras algo nuevo.

—Pasar a la mitad y tocar algo divertido —aventuro. Siempre me acuerdo de las tareas que me manda, incluso cuando sé que no las voy a hacer.

—Sería fantástico si pudieras hacer eso —dice con una sonrisa sincera—. Pero hay algo más. —Se inclina hacia delante, me observa con atención y añade—: Me gustaría que observaras lo que haces y dices, y si es algo con lo que no te sientes bien ni es fiel a lo que eres, si es algo que te agota o te hace infeliz, analiza *por qué* lo haces. Y si no hay una buena razón... intenta no hacerlo.

—¿Qué sentido tiene? —Parece un retroceso, y no tiene nada que ver con mi música, que es lo único que me importa.

—¿Crees que existe la posibilidad de que ese enmascaramiento se haya extendido a tu forma de tocar el violín? —inquiere.

Abro la boca para hablar, pero tardo en hacerlo.

—No entiendo. —Algo me dice que esto no me va a gustar, y estoy empezando a sudar.

—Creo que has descubierto cómo cambiarte a ti misma para hacer que los demás sean felices. Te he visto adaptar tus expresiones faciales, tus acciones, incluso lo que dices, para ser lo que tú crees que prefiero. Y ahora sospecho que estás intentando, puede que de manera inconsciente, cambiar tu música para que sea lo que le gusta a la gente. Pero eso es imposible, Anna. Porque es arte. *No* puedes complacer a todo el mundo. En el momento en el que la cambies para que le guste a una persona, perderás a alguien a quien le gustaba como era antes. ¿No es eso lo que has estado haciendo al ir en círculos? Tienes que aprender a escucharte de nuevo, a *ser* tú misma.

Sus palabras me abruman. Una parte de mí quiere gritarle que deje de decir tonterías, enfadarse. Otra parte de mí quiere llorar, porque ¿tanta lástima doy? Tengo miedo de que me haya calado. Al final, ni grito ni lloro. Me quedo sentada como un ciervo al que deslumbran los faros de un coche, que es mi reacción por defecto ante la mayoría de las cosas: la inacción. No tengo un instinto que me haga reaccionar luchando o huyendo. Tengo un instinto que hace que me quede congelada. Cuando las cosas se ponen muy mal, ni siquiera soy capaz de hablar. Me quedo muda.

—¿Y si no sé cómo parar? —pregunto finalmente.

—Empieza con cosas pequeñas y pruébalo en un entorno seguro. ¿Qué te parece con tu familia? —sugiere con amabilidad.

Asiento con la cabeza, pero eso no significa que esté de acuerdo. Todavía estoy procesándolo. Tengo la cabeza nublada cuando terminamos la sesión y no me doy cuenta de lo que me rodea hasta más tarde, cuando me encuentro en el exterior, caminando de vuelta a casa.

El móvil vibra con insistencia en mi bolso y, al sacarlo, veo tres llamadas perdidas de mi novio, Julian. Nada de mensajes de voz, odia dejar mensajes de voz. Suspiro. Solo llama así en las raras ocasiones en las que no está de viaje por trabajo y quiere quedar para salir por la noche. La terapia me ha dejado agotada. Lo único que quiero hacer ahora mismo es acurrucarme en el sofá con mi albornoz feo y mullido, pedir comida a domicilio y ver documentales de la BBC narrados por David Attenborough.

No quiero devolverle la llamada.

Pero lo hago.

—Hola, cariño —responde Julian.

Estoy caminando sola por la acera, pero fuerzo una sonrisa en la cara y entusiasmo en la voz.

—Hola, Jules.

—He oído hablar bien de esa nueva hamburguesería que hay en Market Square, así que he reservado para las siete. Voy a intentar ir al gimnasio, así que tengo que irme. Te echo de menos. Nos vemos allí —dice rápidamente.

¿Qué nueva hamburgue...? —empiezo a preguntar, pero me doy cuenta de que ya ha colgado. Estoy hablando sola.

Supongo que esta noche salgo.

DOS

Anna

Confesión: no me gusta hacer mamadas.

Probablemente no sea bueno pensar eso mientras tengo el pene de mi novio en la boca, pero aquí estamos.

Algunas mujeres disfrutan este acto, y me imagino que su disfrute las lleva a sobresalir en su oficio. Para mí, sin embargo, es una tarea agotadora y monótona, y dudo que se me dé bien. Mi mente suele divagar mientras estoy aquí abajo.

Por ejemplo, ahora mismo estoy repasando lo que Jennifer ha dicho hoy en terapia. *Me gustaría que observaras lo que haces y dices, y si es algo con lo que no te sientes bien ni es fiel a lo que eres, si es algo que te agota o te hace infeliz, analiza por qué lo haces. Y si no hay una buena razón... intenta no hacerlo.*

Mientras Julian me guía la cabeza hacia arriba y hacia abajo, pienso en que me duele la mandíbula y estoy cansada de chupar. ¿Se está concentrando siquiera? Ha sido un día muy largo, y después de sonreír y mostrarme alegre para él durante toda la cena, mi resistencia está hecha añicos. Pero sigo adelante. Se supone que su placer es mi placer. No debería importar que tarde una eternidad.

Por favor, no tardes una eternidad.

Naturalmente, esta línea de pensamiento hace que me acuerde de esa frase que toda madre les dice a sus hijos en algún momento de su juventud: *Como sigas poniendo esa cara, te vas a quedar así para siempre.* Señoras y señores, si se me va a quedar la cara de estar chupando el resto de mi vida, más vale que me matéis ya.

Termina por fin, y me siento, frotándome las arrugas que se me han formado alrededor de la boca. Se me han quedado clavadas en la piel, y sé por experiencia que tardarán varios minutos en desaparecer. Tengo la boca llena y me obligo a tragar, a pesar de que me da escalofríos. Cuando empezamos a salir, Julian me dijo que hería sus sentimientos que las mujeres no tragaran, que eso hacía que se sintiera rechazado. Como resultado, lo más probable es que me haya tragado litros de su semen con el fin de proteger su bienestar emocional.

Me besa la sien, no la boca. Se niega a besarme en la boca después de que se la haya chupado, y esta noche me da igual. Cuando me besó antes sabía a hamburguesa. Tras volvérsela a meter en los pantalones y subirse la cremallera, me sonríe, coge el mando a distancia para encender la televisión y se apoya en la cabecera. Es la viva imagen de la relajación y la satisfacción.

Voy al baño y me cepillo los dientes, asegurándome de usar el hilo dental y el enjuague bucal. No me gusta la idea de tener espermatozoides metidos entre los dientes o contoneándose por mi lengua.

Cuando vuelvo a la cama para ocupar mi lugar habitual junto a él, donde suelo mirar las redes sociales en el móvil mientras que él ve *sitcoms*, pone en pausa la televisión y me mira pensativo.

—Creo que tenemos que hablar del futuro —dice—. Sobre cómo queremos avanzar.

Me da un vuelco el corazón y se me eriza el vello de la piel. ¿Qué me está... proponiendo? Cualquier emoción que sienta ante la idea se ve superada por un terror absoluto. No estoy preparada para el matrimonio. No estoy preparada para los cambios que eso supondría. Apenas aguanto la situación actual.

—¿A qué te refieres? —inquiero, asegurándome de mantener la voz neutra para no delatar mi indecisión.

Se acerca y me da un apretón en la mano con cariño.

—Sabes lo que siento por ti, cariño. Estamos muy bien juntos.

Esbozo mi mejor sonrisa.

—Yo también lo creo.

Mis padres lo adoran. Sus padres me adoran. Encajamos.

Me acaricia el dorso de la mano antes de ver una pelusa en mi camiseta, cogerla y tirarla a la alfombra.

—Creo que eres la indicada para mí, con la que me casaré y tendré hijos y una casa, todo eso. Pero antes de dar el último paso y sentar la cabeza, quiero estar seguro.

No sé a dónde quiere llegar con eso, pero aun así sonrío y digo:

—Claro.

—Creo que deberíamos ver a otras personas durante un tiempo. Solo para asegurarnos de que hemos descartado otras posibilidades —explica.

Parpadeo varias veces mientras mi cerebro se esfuerza por salir de su asombro.

—¿Estamos... rompiendo? —Solo decir esas palabras hace que el corazón me lata con fuerza. Puede que no esté preparada para el matrimonio, pero lo que tengo claro es que no quiero que nuestra relación se acabe. He invertido mucho tiempo y energía para que funcione.

—No, solo estamos poniendo nuestra relación en pausa mientras consideramos otras opciones. Empezamos a tener una relación cerrada cuando todavía estaba haciendo el máster, ¿te acuerdas? ¿Deberías comprar el primer coche que pruebes en el concesionario? ¿O deberías probar unos cuantos más para asegurarte de que ese primer coche de verdad es tan bueno como crees?

Niego con la cabeza, horrorizada por el hecho de que esté comparando el proponerme matrimonio con la compra de un coche nuevo en un concesionario. Yo soy una *persona*.

Julian suspira y se acerca para darme un apretón en la pierna.

—Creo que deberíamos separarnos un tiempo, Anna. No romper, solo... ver a otras personas.

—¿Durante cuánto tiempo? ¿Y cuáles son las reglas? —pregunto con la esperanza de que adquiera sentido si obtengo más información.

Se concentra en la imagen congelada de la televisión mientras responde.

—Unos meses deberían estar bien, ¿no crees? En cuanto a las reglas... —Se encoge de hombros y me lanza una mirada rápida—. Dejémonos llevar por la corriente y veamos cómo van las cosas.

—¿Vas a acostarte con otras personas? —Se me agolpa una sensación desagradable en el estómago al pensarlo.

—Aparte de contigo, solo he estado con otra persona. Si vamos a casarnos, quiero hacerlo sin remordimientos. No quiero tener la sensación de que me estoy perdiendo algo. ¿No tiene sentido? —pregunta.

—¿Te parece bien que *yo* me acueste con otra persona? —inquiero, dolida y sin saber por qué. Hace que parezca tan razonable.

Esboza una ligera sonrisa.

—No creo que te acuestes con otra persona. Te conozco, Anna.

Frunzo el ceño ante su confianza.

—¿Qué? No te gusta el sexo —dice riéndose.

—Eso no es cierto. —No del todo. He llegado al orgasmo con él dos veces (dos veces en cinco años). Y aun cuando no me gusta el sexo en sí, me gusta estar cerca de él, sentir que estoy conectada a él.

Hace que me sienta menos sola. A veces.

Sonriendo, me coge la mano y le da un apretón.

—Solo necesito saber qué más hay ahí fuera —dice, volviendo al punto principal de la conversación—. Porque cuando nos casemos quiero que sea para siempre. No quiero divorciarme dos años después, ¿sabes? ¿Entiendes a dónde quiero ir a parar?

Miro nuestras manos unidas. Sé que debería decir que sí o asentir con la cabeza, pero no me atrevo a hacerlo. Su propuesta me pone inexorablemente triste.

—Me voy —respondo, tras lo que aparto su mano de la mía y me levanto de la cama.

—Oh, vamos, Anna. Quédate. No te pongas así.

Me froto las arrugas que tengo alrededor de la boca y que aún no han desaparecido del todo.

—Necesito tiempo antes de... —Dejo de hablar cuando me doy cuenta de que no va a esperar a que esté preparada para llevar a cabo su plan. Nunca me ha pedido permiso. Ya lo ha decidido. Puedo estar de acuerdo o puedo perderlo—. Necesito pensar.

En contra de sus continuas protestas, me voy. En el ascensor, me dejo caer contra la pared, abrumada y al borde de las lágrimas. Saco el móvil y escribo un mensaje de texto a mis amigas más cercanas, Rose y Suzie. Julian acaba de decirme que quiere que veamos a otras personas durante un tiempo. Cree que soy la persona con la que quiere casarse, pero quiere estar seguro antes de sentar la cabeza. No quiere arrepentirse.

Es tarde, así que no espero que respondan de inmediato, sobre todo Rose, que está en una zona horaria diferente. Solo necesitaba pedir apoyo, sentir que tengo a alguien a quien acudir cuando las cosas se están derrumbando a mi alrededor. Para mi sorpresa, mi pantalla se ilumina al momento con mensajes.

¿PERO QUÉ MIERDA?! ME LO CARGO, contesta Rose.

¡¡¡¡¡MENUDO IMBÉCIL!!!!!, responde Suzie.

La indignación instantánea que sienten en mi nombre me arranca una carcajada, y me acerco el móvil al pecho. Estas dos son preciadas para mí. Es un poco irónico, ya que nunca nos hemos conocido en persona. Entramos en contacto a través de grupos de redes sociales para músicos clásicos. Rose toca el violín en la Orquesta Sinfónica de Toronto. Suzie, violonchelo para la Filarmónica de Los Ángeles.

Me alegro de que os moleste, les digo. Ha actuado como si estuviera siendo muy razonable, y eso ha hecho que me cuestionara a mí misma.

NO ES RAZONABLE, asegura Rose.

¡No!, concuerda Suzie. ¡¡¡No me creo que haya dicho eso!!!

La puerta del ascensor se abre y me apresuro a atravesar el elegante vestíbulo del edificio de Julian (sus padres le compraron su apartamento como regalo de graduación cuando obtuvo su Máster en Administración de Empresas en la facultad de Empresariales de Stanford). Mando mensajes en el camino de vuelta a casa. Le pregunté si se iba a acostar con alguien y esquivó la pregunta. Estoy bastante segura de que eso significa que el sexo está sobre la mesa. ¿Soy una persona cerrada de mente por odiar eso?

A mí no me parecería bien en absoluto, responde Rose.

¡¡¡¡A mí tampoco!!!!, secunda Suzie.

No sé qué hacer ahora. Aparte de, ya sabéis, salir y tener sexo a modo de venganza con un montón de hombres al azar, digo.

Espero que se rían como respuesta, pero en lugar de eso, el chat del grupo se queda en un extraño silencio durante un momento. Los coches pasan, y sus motores son extraruidosos en la tranquilidad de la noche. Frunciendo el ceño, compruebo si he perdido la cobertura. Hay una pequeña barra. Alzo el móvil por si acaso eso me da una microbarra más de conexión.

Primero recibo un mensaje de Suzie. A lo mejor deberías aprovechar esta oportunidad para ver a otras personas.

Estoy de acuerdo con Suz. Se lo tendría bien merecido, añade Rose.

No estoy diciendo que tengas que acostarte con nadie, pero podrías darle la vuelta. Ver si ÉL es el adecuado para TI. Podría haber alguien que encaje mejor contigo, continúa Suzie.

Eso tiene mucho sentido, Suz. Piénsalo, Anna, dice Rose.

No puedo evitar hacer una mueca mientras escribo mi respuesta con los pulgares. Conocer gente nueva no es lo que más me gusta hacer en el mundo. Hace cinco años que no tengo una cita. Creo que se me ha olvidado cómo se hace. Si os soy sincera, tengo miedo.

¡No tengas miedo!, exclama Rose.

Salir con alguien puede ser divertido y relajante, afirma Suzie. No es una audición ni nada por el estilo. Solo estás viendo si tú y la otra persona encajáis. Si no te gusta o pasa algo vergonzoso, no tienes que volver a verlo. No hay presión. Cada vez que salía con una persona nueva, aprendía un poco más sobre mí. No hay nada que incite que intentes ser otra persona, ¿sabes a lo que me refiero?

Además, desde el punto de vista de alguien que lo ha hecho muchas veces, los rollos de una noche pueden ser empoderadores. Así fue como aprendí a pedir lo que quiero en la cama sin sentir vergüenza. 100 % recomendable, añade Rose, incluyendo el emoji del guiño al final.

Casi haces que me arrepienta de haberme casado, responde Suzie.

El consejo de Rose me toca la fibra sensible, aunque no sé exactamente con qué me siento identificada. Sé que esta es una de esas conversaciones que voy a repetir en mi cabeza durante días y a analizar desde diferentes ángulos.

Veo mi edificio de apartamentos antiguo, el cual tiene tejados victorianos y pequeños balcones de hierro con jardineras bien cuidadas. Mi hogar. De repente, soy consciente de lo agotada que estoy en todos los niveles. Hasta mis pulgares están cansados mientras escribo la última tanda de mensajes. Necesito pensármelo. Acabo de llegar a casa. Lo dejo por hoy. Gracias por hablar conmigo. Me encuentro mejor. Siento haberos molestado tan tarde. Os quiero, chicas.

No es molestia. ¡Te queremos!, dice Suzie.

¡Cuando quieras! ¡OS QUIERO! ¡Buenas noches!, se despide Rose.

TRES

Quan

Puede que sea adicto.

Adicto a correr. Si mi madre me pillara metiéndome droga, me perseguiría con una percha para la ropa, pero no me atraparía. Ayer corrí durante tres horas y hoy he vuelto a hacerlo, aunque se me ha resentido la rodilla izquierda. Pero es que parece que soy incapaz de parar. Últimamente es lo único que hace que mi mente desconecte de todo.

Cuando doblo en mi calle, tengo la cabeza tranquila y lo único que quiero es beberme un trago de agua fría y ponerme hielo en la rodilla, pero Michael está esperando fuera de mi edificio. Lleva gafas de sol, tiene el pelo perfecto y parece que está listo para una sesión de fotos de moda. Da un poco de asco.

—Hola —digo, y uso la parte delantera de la camiseta para limpiarme el sudor de la cara—. ¿Qué pasa? —Es sábado, y siempre tiene cosas que hacer con su mujer, Stella. Es raro que esté aquí.

Michael se coloca las gafas de sol sobre la cabeza y me lanza una mirada franca.

—No cogías el móvil, así que empecé a preocuparme.

—Lo habré vuelto a dejar en modo no molestar. —Me saco el móvil de la cinta que llevo alrededor del brazo y, como era de esperar, hay un montón de llamadas perdidas—. Lo siento.

—No es propio de ti —dice Michael.

—Se me ha olvidado —contesto mientras me encojo de hombros, pero estoy evitando el tema a propósito. Sé cuáles son sus intenciones. No quiero hablar de ello.

No obstante, no deja que evite el tema.

—Bueno, ¿sabes algo del médico? ¿Te han dicho algo? —Tiene la cara fruncida, y me doy cuenta de que tiene ojeras bajo los ojos.

Supongo que es por mí, y lo siento. Ha intentado estar ahí durante los últimos dos años. Pero hay cosas que tengo que hacer solo. Le doy un apretón en el brazo y esbozo una sonrisa tranquilizadora.

—Es oficial, estoy bien. Totalmente recuperado.

Entrecierra los ojos.

—¿Estás mintiendo porque piensas que no puedo soportar la verdad?

—No, de verdad que estoy bien —respondo con una risa—. Si no lo estuviera, te lo diría. —Aparte de mi rodilla raquítica, nunca he estado más sano. Podría estar mucho peor, y sé la suerte que tengo. Me faltan palabras para describir lo agradecido que estoy.

Pero los sucesos vitales importantes cambian a la gente, y la verdad es que ahora soy diferente. Todavía sigo haciéndome a la idea.

Michael me pilla por sorpresa al aplastarme con un abrazo.

—Cabronazo. Me tenías acojonado. —Se aparta, se ríe entre bocanadas de aire profundas y se frota los ojos, los cuales están sospechosamente rojos. La imagen hace que me piquen los ojos, y estamos a punto de tener un momento emotivo entre hombres cuando hace una mueca y se frota la palma en los pantalones—. Estás empapado y asqueroso.

Sonrío, aliviado de que haya pasado ese momento intenso, y apenas resisto el impulso de asfixiarlo con mi axila sudada. Hace dos años lo habría hecho sin dudarlo. ¿Ves? He cambiado.

Lo más seguro es que quiera hablar, así que me siento en las escaleras de mi edificio y le hago un gesto para que se una a mí, y lo hace. Durante un rato, nos quedamos sentados el uno al lado del otro y disfrutamos de la tarde, del aire fresco, del susurro de las hojas de los árboles que bordean la calle, del paso ocasional de los coches. Es un poco como cuando éramos niños y nos sentábamos en el porche de mi casa y veíamos pasar al vagabundo que no llevaba nada más que una camiseta. En serio, ¿para qué llevar una camiseta si vas a ir con todo al aire?

—Te invitaría a pasar, pero la casa está que apesta. Creo que son los platos. —Llevo sin lavar los platos… no sé cuánto tiempo. Estoy seguro de que les está saliendo moho. Últimamente he comido mucho fuera por pura pereza y por evitar fregar los platos.

Michael se ríe y niega con la cabeza.

—Tal vez deberías contratar a una persona que te limpie.

—Mmm. —No sé cómo explicarle que no me apetece tener que lidiar con un extraño en mi apartamento. Soy una persona sociable. Los extraños no suelen molestarme.

—¿Qué ha dicho el médico sobre lo de tener citas… y otras cosas? ¿Estás autorizado para ello? —pregunta Michael, que me lanza una mirada cuidadosamente neutral.

Me froto la nuca y respondo:

—Hace mucho tiempo que estoy listo. Algunos chicos vuelven a hacerlo un par de semanas después de la operación, pero eso es un poco extremo. Dolería, ¿sabes?

—Pero ya estás bien, ¿verdad?

—Sí. —Más o menos.

—Entonces, ¿estás volviendo a quedar con gente? —insiste Michael.

—No exactamente. —Por la expresión que ha puesto, sé que entiende que lo que en realidad quiero decir es «para nada». Nunca antes había sentido que mi cuerpo fuera algo personal. Desnudarse delante de alguien no había sido nunca un problema grande en el pasado. El *sexo* no había sido nunca un problema grande. Además, se me daba bien, y eso siempre supone un chute de confianza. Pero ahora tengo cicatrices y estoy un poco dañado. No soy lo que era.

Michael me mira durante un rato antes de darle una patada a unas piedras que hay en la acera.

—He pensado en cómo puedes estar sintiéndote. No puedo decir que lo sepa, porque no me está pasando a mí. Pero ¿has pensado en arrancar la tirita de un tirón?

—¿Te refieres a desnudarme y recorrer San Francisco desnudo en la Marcha Ciclonudista? —pregunto.

Michael hace una mueca como si le doliera algo.

—¿Puedes seguir montando en bici a pesar de todo?

Le dirijo una mirada de asco.

—Lo estás haciendo mal si montas sentándote en los huevos.

Se ríe y se restriega una mano sobre la cara con cansancio.

—Lo siento, tienes razón. Y no, no me refería a la Marcha Ciclonudista. Estaba pensando que tal vez, si te incomoda estar con alguien de nuevo, te ayudaría hacer algo muy informal que no importe. En plan rollo de una noche, ¿sabes? Solo para quitarte de encima la primera vez. Y sabes a lo que me refiero con «primera vez».

—Sí, lo sé. Yo también he pensado en hacer algo así. —Es solo que la idea de hacerlo me deja con una sensación de vacío, lo cual no es propio de mí. El sexo casual siempre ha sido lo mío. Sin ataduras. Sin expectativas. Sin promesas. Solo diversión entre adultos que han dado su consentimiento.

—Tengo una amiga que...

Todo mi cuerpo se estremece y no espero a que termine.

—Te lo agradezco, pero *no*, gracias. No quiero que me organicen una cita con nadie. —Y menos con las amigas de Michael. Intentan disimularlo porque está pillado, pero todas están enamoradas de él. No quiero ser una especie de premio de consolación. ¿Y qué clase de premio sería estando como estoy?—. Sé cómo conocer gente.

—¿Pero de verdad que vas a salir y hacerlo? —pregunta Michael—. Por lo que veo, lo único que haces ahora es trabajar y correr.

Me encojo de hombros.

—Volveré a instalarme las aplicaciones de citas. Es fácil. —Y un poco aburrido. Siempre es lo mismo: enviar mensajes a chicas sexis, reciclar las mismas frases ingeniosas, concertar la hora y el lugar, quedar y tontear y todo eso, el sexo y luego volver a casa solo.

Michael me mira con escepticismo, y yo hago un sonido de exasperación y desbloqueo el móvil.

—Mira, lo voy a hacer ahora mismo. Puedes mirar. —Descargo un montón de aplicaciones, algunas que he usado antes, otras que no.

Michael señala una de las aplicaciones y arquea las cejas.

—Estoy seguro de que esa solo la usan las prostitutas y los traficantes de drogas.

—Estás de coña. —Es una aplicación famosa que todo el mundo usaba hace dos años.

Niega con la cabeza con firmeza.

—Hay todo un código que usan para hablar y para evitar a los policías y detectives y todo eso. Yo no te recomendaría esa aplicación. Será incómodo. ¿Necesitas consejos sobre frases para ligar o algo así? Me estás asustando.

Borro la aplicación y le lanzo una mirada ofendida.

—He tenido cáncer, no amnesia. Recuerdo cómo se echa un polvo. ¿Y cómo sabes lo de esa aplicación? Dejaste de tener citas antes que yo.

Michael se encoge de hombros como si nada.

—La gente me cuenta cosas. *Tú* puedes contarme cosas. Cuando quieras. Sobre cualquier cosa. Lo sabes, ¿verdad?

—Lo sé. —Suelto un suspiro tenso—. Y me alegro de que hayas venido. Necesito pasar página. Esto me va a venir bien. Así que... gracias.

Sonríe un poco.

—Entonces me voy. Los padres de Stella van a venir a cenar y todavía no he ido a hacer la compra. A menos que quieras venir.

—No, gracias —me apresuro a responder. Los padres de Stella son simpáticos y todo eso, pero son tan correctos y saludables que estar cerca de ellos siempre me parece una visita al despacho del director. Ya me he pasado demasiado tiempo en los despachos de los directores.

—Cuéntame qué tal te va, ¿vale? —me pide Michael.

Me siento estúpido por ello, pero le hago un gesto con el pulgar hacia arriba.

Con un gesto de despedida, se marcha. Solo cuando ha desaparecido al doblar la esquina reconozco la punzada hueca en mi pecho. Le echo de menos. Es fin de semana, se hace de noche y soy muy consciente de que estoy solo.

Abro una de mis antiguas aplicaciones y empiezo a editar mi perfil.

CUATRO

Anna

A la mañana siguiente, me despierto en mi sofá en la misma posición en la que me desplomé la noche anterior, demasiado cansada como para recorrer la distancia extra hasta mi habitación. He dormido como un cadáver, y hoy me siento básicamente como uno. Me duele la cabeza y los músculos. Es como si tuviera resaca, a pesar de que me he perdido la parte divertida de emborracharme. Ayer fue demasiado. El bucle infernal mientras practicaba con el violín. La terapia. La cena con Julian. La mamada. Nuestra discusión.

Uff, ahora estoy en una relación abierta. Tengo que decidir si quiero empezar a quedar con más gente. Gimiendo, me cubro la cara con un cojín. Debería levantarme y empezar el día, pero no me apetece hacer nada.

El bolso me vibra contra el muslo, y meto en su interior una mano débil y busco el móvil con desgana. Como mi madre me esté gritando por algo, pienso ignorarla hasta la hora de comer. Ahora mismo no puedo lidiar con ella.

Resulta que no son mensajes de mi madre. Es una foto del gato persa blanco y peludo de Rose con un tutú rosa. Solo me ha mandado la foto a mí porque Suz es de las que se levantan tarde.

¿Qué te parece?, me pregunta.

Me río para mis adentros y respondo: Te estás jugando la vida cada vez que le haces eso.

Lo sé. Tengo suerte de seguir conservando todos los dedos. ¡Pero está tan bonita disfrazada!, exclama.

Parece que está planeando cómo asesinarte, le digo.

Pero lo hará CON ESTILO, contesta, y hace una breve pausa antes de volver a escribirme. ¿Cómo estás hoy?

No tengo energía para hablar de ello en profundidad, así que lo simplifico. Estoy bien. Sigo procesándolo. Gracias por preguntar.

Creo que deberías intentar ver a gente. Iba en serio lo que dije de que me ayudó a empoderarme, dice.

Lo estoy considerando, respondo, y como no quiero que todo gire en torno a mí, le pregunto: ¿Estás agotada hoy? Estuviste enviando mensajes hasta pasada la medianoche según tu zona horaria.

Sí, cansadísima. Anoche no pude dormir. Se supone que esta semana tengo noticias de los productores para ese proyecto especial que va a salir en la televisión.

Creo que vas a recibir buenas noticias. Eres justo lo que necesitan, digo.

¡Eso espero! Me gusta mucho, mucho, mucho esta pieza.

La envidia se dispara en mi pecho ante su comentario, y me odio por ello. Ojalá siguiera amando la música como ella, ojalá me trajera alegría en lugar de esta presión asfixiante. Sin embargo, me alegraré por ella si acaba saliéndole esta oportunidad. No soy un completo monstruo.

¿Cómo vas con la pieza de Richter? ¿Algún progreso?, pregunta.

Odio hablar de mis progresos con la pieza de Richter —porque nunca los hay—, así que doy una respuesta breve. Nop. Pero seguiré intentándolo de todas formas. Debería ponerme a ello.

¡Buena suerte!, exclama. Un día de estos va a fluir todo y te va a salir solo. Ahora mismo estás creativamente estreñida.

No la creo, pero le respondo de forma superficial para que no convierta esto en una charla motivacional larga. Eso espero. ¡Que tengas un buen día!

No quiero, pero mi vejiga me obliga a levantarme e ir al baño. Después de un café instantáneo malo y medio *bagel*, me dirijo al escritorio que hay en la esquina de mi salón y donde reside el estuche negro de mi instrumento. Roca se encuentra junto al estuche con su sonrisa pintada, y la acaricio una vez a modo de saludo.

—Eres una buena chica —le digo—. La roca más bonita que he visto nunca.

Su sonrisa no se mueve, como es lógico, pero sé que está contenta por la atención recibida. Si tuviera cola, sería incapaz de controlarse para no moverla. Reconozco que posiblemente sea una mala señal que me haya dado por antropomorfizar una piedra, pero hay algo en sus ojos y su boca torcidos que le da un toque extra de personalidad. Tras un momento, me doy cuenta de que quiere que me ponga manos a la obra, y suspiro y me concentro en el estuche del instrumento.

Mi vida está en este estuche. Las mejores partes. Y también las peores. Los puntos más altos y los más bajos. Alegría trascendente, anhelo, ambición, devoción, desesperación, angustia. Todo justo aquí.

Este es el ritual: paso las yemas de los dedos por la parte superior del estuche, suelto los pestillos y lo abro. Retiro mi arco y aprieto las crines, aplico colofonia. Cierro los ojos mientras me lleno los pulmones con el aroma a pino. Para mí es así como huele la música, a pino, polvo y madera. Saco mi violín y afino las cuerdas, empezando por la nota la. Los sonidos discordantes me relajan. Ajustar la tensión de las cuerdas me relaja. Conseguir que las notas suenen bien me relaja, la familiaridad, la cotidianidad, la ilusión de control.

Empiezo con las escalas. Los críticos pueden decir lo que quieran de mí desde el punto de vista artístico, pero en cuanto a mis habilidades técnicas, siempre he sido una gran violinista. Es a causa de estas escalas, del hecho de que las practique durante una hora cada día, llueva o haga sol, en la salud y en la enfermedad. Pongo el cronómetro y repaso mis tonos favoritos, los sostenidos, los bemoles, los mayores, los menores, los arpegios, los armónicos. Las notas salen de mi violín sin esfuerzo, con fluidez, tan lentas o tan rápidas como yo quiera.

Sin embargo, a fin de cuentas, las escalas son solo patrones. No son arte. No tienen alma. Un robot puede tocar escalas. Pero la música...

Cuando suena la alarma de mi móvil, la apago y me acerco al atril que tengo junto a las puertas francesas que dan al pequeño balcón con vistas a la calle. Las partituras están ahí, listas para mí, pero no me hace falta verlas. Hace tiempo que memoricé las notas. Las veo en sueños la mayor parte del tiempo.

En la parte superior de la primera página se lee «Sin título para Anna Sun, de Max Richter», y solo ese título casi hace que hiperventile. Probablemente haya violinistas que cometerían un asesinato si eso motivara a Max a escribirles algo y, sin embargo, aquí estoy, dejando que estas páginas acumulen polvo en mi salón.

Miro a Roca, y ahora su sonrisa parece un poco estirada, un poco impaciente. Quiere que me ponga manos a la obra.

—Vale, vale —digo. Cogiendo aire, enderezo la espalda, me acomodo el violín bajo la barbilla y acerco el arco a las cuerdas.

Esta es la última vez que empiezo desde el principio.

Solo que nada suena bien, y cuando llego al decimosexto compás, sé que todo ha sido una basura. No estoy tocándola con la cantidad correcta de sentimientos. Puedo *oírlo*, y si yo puedo, los demás también. Paro y vuelvo a empezar desde el principio.

Esta es la última vez que empiezo desde el principio.

Pero ahora parece que me estoy esforzando demasiado. Recibir esa crítica sería horrible. Vuelta al principio.

Esta *sí* que es la última vez que empiezo desde el principio.

Pero no lo es. Soy una mentirosa. Empiezo desde el principio tantas veces que, cuando suena la alarma diciéndome que es hora de comer, he perdido la cuenta de cuántas veces he reiniciado. Lo único que sé es que estoy agotada, hambrienta y al borde de las lágrimas.

Guardo el violín, pero en lugar de dirigirme a la cocina para volver a calentar las sobras de ayer, me desplomo en el suelo y entierro la cara entre las manos.

No puedo seguir así.

A mi mente le pasa algo. Lo veo cuando doy un paso atrás y analizo mis acciones, pero en el momento, cuando estoy practicando, nunca me doy cuenta. Mi desesperación por complacer a los demás me ensordece y me es imposible escuchar la música como antes. Solo oigo lo que está mal. Y la compulsión de empezar desde el principio es irresistible.

Porque ese es el único lugar en el que existe la verdadera perfección: la página en blanco. Nada de lo que hago puede competir con el potencial ilimitado de lo que *podría* hacer. Pero si permito que el miedo a la imperfección me atrape en principios eternos, no volveré a crear nada nunca. ¿Soy una artista entonces? ¿Cuál es mi propósito entonces?

Tengo que hacer un cambio. Tengo que *hacer* algo y tomar el control de la situación o me quedaré atrapada en este infierno para siempre.

Jennifer me dijo que tenía que dejar de recurrir al enmascaramiento y de complacer a la gente, que debería empezar con cosas pequeñas en un entorno seguro. Sin embargo, su sugerencia de que lo intente con mi familia es ridícula. Mi familia *no* es segura. No para mí. El amor duro es brutalmente honesto y te hace daño para ayudarte. El amor duro te corta cuando ya estás herida y te recrimina cuando no te curas más rápido.

Si quiero dejar de complacer a la gente, tengo que intentarlo con lo más opuesto a la familia, es decir... los completos desconocidos.

Las piezas van encajando en mi mente una tras otra como las clavijas de una cerradura cuando se inserta la llave adecuada. Dejar de recurrir al enmascaramiento. Dejar de complacer a la gente. Vengarme de Julian. Aprender quién soy. Autoempoderamiento.

Una determinación osada se apodera de mí, y me levanto del suelo y voy a mi habitación para abrir de un tirón la puerta del armario. Tengo quince vestidos negros diferentes, sin escotes ni faldas cortas, vestidos perfectamente decentes para el escenario de un concierto. Los hago a un lado y busco algo con lo que enseñe el escote y los muslos.

Cuando veo el vestido rojo, me quedo quieta. Lo compré para un San Valentín en el que Julian no estaba aquí para celebrarlo conmigo. Tal y como están las cosas, lo más probable es que nunca vaya a tener la oportunidad de ponérmelo para él. Ya no estoy segura de querer hacerlo.

Pero puedo ponérmelo para mí.

Me quito la ropa de deporte de ayer, con la que nunca he hecho deporte, y me pongo el vestido. Me queda más ajustado que la última vez que me lo probé, pero sigue quedándome bien. Cuando me giro, abro los ojos de par en par al ver cómo me ha crecido el culo. Una pena. A Julian le encantaría, aunque no aprobaría mis métodos. No he bebido batidos de proteínas ni me he pasado horas en el gimnasio haciendo *donkey kicks* y sentadillas. Estas curvas están hechas de Cheetos.

Me meto la mano bajo el brazo y tiro de la etiqueta del precio hasta que el plástico se rompe. Me *voy* a poner este vestido. Quizá no hoy. Pero pronto.

Después de recuperar el móvil, busco en la App Store «aplicaciones de citas» e instalo las tres primeras.

CINCO

Quan

Es viernes por la noche, y estoy descansando después de una semana larga con una pizza entera para mí, una cerveza fría y un documental sobre un pulpo. Llevo dos años sin tener vida social, así que básicamente me he visto ya todo Netflix, incluso esa serie sobre el asesino samurái al que le pagan por matar a un gato. Por suerte, el océano me fascina y los pulpos me parecen geniales.

Pero cuando el cineasta agotado se hace amigo del pulpo y se dan la mano y el tentáculo, no sé, estoy... triste. Acabo mirando las aplicaciones de citas que he descuidado toda la semana. He hecho *match* con un montón de gente.

Tammy. Pelo claro, ojos oscuros, gran sonrisa, gran cuerpo. Quiere tener una familia grande, le encanta la cerveza artesanal y está estudiando para ser profesora de educación especial. Suspiro. Es perfecta, si estuviera buscando novia. Que no es el caso. Siguiente.

Naomi. Ojos marrones preciosos, sonrisa misteriosa, curvas para dar y regalar. Una ejecutiva de negocios que sueña con viajar por el mundo con alguien especial. Me gusta todo de ella, pero tiene relación seria escrito por todas partes. Siguiente.

Sara parece una muñeca Barbie en la vida real y solo quiere divertirse. Se me ha despertado el interés. Hasta que leo más y veo que está considerando añadir un séptimo hombre a su harén. En su día probé algunas locuras, pero una orgía de ocho personas no es lo que tenía en mente para volver a tener mi primera vez, ni para nunca, si soy sincero. Siguiente.

Savannah, siguiente. Ingrid, siguiente. Jenny, siguiente. ¿Murphy? Guau, vale, Murphy es guapísima, es voluntaria en residencias de ancianos, y —sorpresa— está reservando su virginidad para el amor verdadero. Siguiente.

Naya. Fran. Penelope. Siguiente. Siguiente. Siguiente.

Empiezo a pensar que tengo que cambiar de aplicación o reducir mis criterios de búsqueda cuando me encuentro con Anna. Su foto es tan tierna que casi me la salto por cuestión de principios, pero sigo mirando porque no puedo evitarlo. Tiene una sonrisa cohibida y unos ojos oscuros que consiguen ser dulces pero penetrantes. Me llaman la atención.

En su perfil dice: «Busco pasar una noche sin complicaciones con alguien agradable. Solo una noche, por favor». En el apartado de ocupación y aficiones pone: «No aplicable».

Su foto y su descripción concuerdan tan poco que miro una y otra un montón de veces en un intento por entender cómo es posible que pertenezca a la misma persona. Basándome en la fotografía, diría que es de las monógamas en serie que deberían estar buscando flores y un para siempre, no un polvo que no signifique nada.

Tal vez está pasando por algo en su vida y solo quiere desahogarse. Puedo entenderlo. No es tan diferente de lo que yo intento conseguir.

Sacudo la cabeza mientras pulso el botón para enviarle un mensaje privado. Con un perfil así, lo más probable es que ya tenga cientos de mensajes en la bandeja de entrada. No obstante, no soy la clase de chico que se rinde sin intentarlo, así que me tomo un momento para pensar, decido que lo mejor es la honestidad y empiezo a escribir.

Hola, Anna:

Me gusta lo directa que eres. Ahora mismo estoy comiendo pizza
y viendo lo último de Netflix que no había visto. Estoy disponible
para hablar si quieres.

Q

Envío el mensaje, apago la pantalla del móvil y lo tiro al sofá, a mi lado. No pienso quedarme sentado aguantando la respiración para que me
responda. En lugar de eso, le doy un bocado a una porción fresca de pizza
y me centro en la televisión, donde al pulpo lo está persiguiendo un tiburón rayado pequeño. Salta fuera del agua, se arrastra por la tierra —¿no es
genial?— y vuelve a meterse solo para que el tiburón continúe donde lo
dejaron. Estoy tan absorto en la escena que solo me doy cuenta de que
tengo notificaciones en el móvil cuando voy a coger la cerveza.

Me limpio las manos y la boca en una servilleta rasgada y cojo el móvil. Tengo un mensaje en la aplicación.

Hola, Q:

¿Qué estás viendo?

A

Miro la pantalla justo cuando el tiburón muerde al pulpo y lo sacude
de un lado a otro, y tengo que reírme, aunque me siento fatal por el pulpo.
Un documental sobre un tipo y un pulpo jajaja, le respondo y, sí, puede
que me arda un poco la cara. Molaría más si estuviera viendo *Star Wars* o
Deadpool o algo así.

¡Me encantó! Lo he visto dos veces, admite, y no puedo evitar que me
salga una sonrisa. Era lo último que me esperaba que dijera.

El pulpo es genial, pero creo que esta vez el tiburón se va a
comer algo más que su pata.

Sigue viéndolo, dice.

Lo hago, y luego respondo: Estoy impactado.

¿A que sí? Es increíble. Igual tengo que verlo por tercera vez.

Dudo un par de segundos antes de poner en pausa el vídeo y sugerir: Estoy en el 1:05, por si quieres ver el final conmigo.

Me pilla por sorpresa cuando dice: Vale. Incluso añade una cara sonriente.

Pasamos por el proceso de sincronizar nuestros vídeos y pronto estamos viéndolo juntos, por separado. Me resulta una experiencia rara. Es un poco estúpido; bueno, *muy* estúpido. No olvidemos lo que estamos viendo. Normalmente, la gente en nuestra situación estaría coqueteando ahora mismo. Habría insinuaciones sexuales, tal vez incluso fotos subidas de tono. Pero creo que esto me gusta.

Oh, me encanta esta parte, comenta.

Cuando veo a lo que se refiere, estoy de acuerdo. Está jugando con los peces, ni siquiera intenta comérselos. No sabía que un pulpo podía ser tan adorable.

¡Jajaja! Yo tampoco, responde, y vuelvo a sonreír.

Seguimos con este tira y afloja y, al poco tiempo, el documental ha terminado y me gustaría que no fuera así.

¿No es un final muy agridulce?, inquiere.

Sí, pero es un buen final, respondo.

Los dos nos quedamos callados y tomo una bocanada de aire antes de preguntar: ¿Quieres que nos demos los números de teléfono y así hablamos fuera de la aplicación?

No contesta al instante, y estoy inquieto mientras espero. Me doy cuenta de que estoy nervioso. Me gusta esta chica rara y amante de los pulpos.

Sí, por favor. Esta interfaz es superconfusa. Le he mandado comentarios sobre pulpos a otras personas sin querer mientras estábamos viéndolo, responde.

El chasquido que hace mi risa suena fuerte en el apartamento, incluso cuando algo incómodo me hace presión en el pecho ante la idea de que esté hablando con otros chicos. Seguro que sus respuestas fueron increíbles.

Lo han sido. Un tipo dijo que no se había apuntado para esto. El otro dijo: «Nena, solo tengo dos manos, pero usaré los pies si quieres». Me reí tanto que el perro de alguien empezó a ladrar fuera.

Un segundo después, me envía su número y me siento como si hubiera ganado la lotería. No creo que le haya dado su número al otro tipo, pese a que está dispuesto a ponerse extravagante con los pies.

Fuera de la aplicación, le envío un mensaje con la siguiente pregunta: ¿Quieres mensajes o llamada?

Hay una pausa antes de que responda: ¿Tienes alguna preferencia?

Quiero escuchar tu voz, respondo.

Vale, dice.

Pero cuando la llamo, el móvil suena solo un par de veces antes de que se corte la llamada.

Lo siento, estoy nerviosa, me escribe.

Me parece bien que hablemos por mensajes. No te preocupes, Anna. En el fondo de mi cabeza, me pregunto si en realidad es un hombre de mediana edad que se ha hecho un perfil falso en ropa interior desde el sótano de su madre. Sin embargo, mi instinto me dice que es real.

Gracias. Es la primera vez que hago esto, dice.

Bueno, hace mucho tiempo que no salgo con nadie y eso, así que yo también me siento un poco incómodo, admito.

¿También has estado en una relación seria?, inquiere.

Así que es eso. Sale de una relación seria y busca sexo por despecho. Lo entiendo a la perfección.

No, tuve algunos problemas de salud, tuvieron que operarme. No te preocupes, ya estoy mejor, le aseguro con la esperanza de que piense que «problemas de salud» y «operarme» significan una rotura del ligamento cruzado anterior o algo así.

Me alegro de que estés mejor. Añade otra cara sonriente, y es una estupidez por mi parte, pero me hace feliz.

Gracias, le digo.

¿Y qué hacemos ahora?, pregunta.

Lo que quieras, pero normalmente intercambiar números de teléfono significa que planeamos quedar pronto.

¿Quieres que nos veamos esta noche?, propone.

Abro los ojos de par en par ante el mensaje. Son un poco más de las nueve, pero me parece demasiado tarde y demasiado pronto al mismo tiempo. Tarde porque solo tenemos una noche, y esta noche está medio acabada. Pronto porque acabo de conocerla y es casi un adiós para siempre. ¿Qué tal mañana por la noche?

Claro, por mí, bien, responde.

Le envío un enlace a un bar local. ¿Aquí a las 19.00?

¡Me parece bien!

Genial, respondo, y tras unos segundos, le envío una cara sonriente.

En ese momento, nos quedamos en silencio. Quiero seguir hablando con ella, ver otra película, aunque sea ese extraño documental otra vez, pero no quiero molestar. Y no quiero actuar como si esto fuera más de lo que es. Eso es lo bonito que tiene, que no es nada.

Tengo que contenerme, pero no vuelvo a escribirle en toda la noche.

SEIS

Anna

Lo primero que hago cuando me despierto el sábado por la mañana es mirar el móvil para ver si he recibido algún mensaje de él.

No he recibido ninguno. Pues claro que no. No me sorprende. En realidad, estoy aliviada. Pero también estoy un poco decepcionada. Solo un poco.

Todavía tumbada en la cama, releo nuestra conversación de anoche. El pecho se me llena con la misma emoción vertiginosa y sonrío mientras me muerdo el labio.

Lo he conseguido. He conocido a alguien por internet, hemos hablado y hemos concertado una cita. Si soy sincera conmigo misma, fue agradable. ¡Le gustan los pulpos! Mejor que eso, pude ser yo misma. No fingí. Por una vez, siento que tengo el control de mi vida. Es una experiencia embriagadora.

Anoche tardé una eternidad en quedarme dormida porque mi mente no paraba. Debería estar cansada hoy, pero, en cambio, estoy llena de una energía nerviosa. Las horas pasan volando.

A mitad de la práctica, cuando termino empezando desde el principio una y otra vez como de costumbre, aparto la pieza de Richter sin pensarlo y decido probar otra cosa, como sugirió Jennifer. Despejando la mente y respirando hondo, pongo el arco sobre las cuerdas y dejo que canten las notas iniciales de *The Lark Ascending* de Vaughan Williams.

Es la canción favorita de mi padre. Me pide que la toque en su cumpleaños y cada vez que tenemos eventos familiares o vienen sus amigos, por lo que tengo las notas más que arraigadas en mi memoria muscular. No sé qué le gusta más, si la música en sí o presumir ante la gente. A mí me da igual. Me gusta hacerle feliz.

La música brota despacio del violín, revoloteando de forma irregular hacia arriba en corrientes inestables de aire. Me transporta con una pasión tan dulce que por un momento me atrapa. Me olvido del tiempo, me olvido de *mí*. Solo está la sensación maravillosa de estar volando sobre campos verdes y vastos. Y me doy cuenta de que estoy tocando, tocando de verdad.

Esta es la razón por la que respiro.

Entonces lo escucho. Voy un pelín desincronizada. Hace tanto tiempo que no toco esta canción que mi manejo del arco es un poco torpe. Puedo hacerlo mejor.

Así pues, empiezo desde el principio. Es una pieza tan emblemática que, si no es así, los críticos pueden ser despiadados. No les daré una oportunidad. Puedo superarlos. Puedo ser *más* despiadada conmigo misma que ellos y, de este modo, ganaré.

El arte es una guerra.

Sigue sin salirme bien, así que empiezo desde el principio una vez más. Me esfuerzo más por conseguir la sincronización exacta. Y lo consigo. Las notas trinan y suben como pequeñas alas que baten en corrientes ascendentes de viento. Solo para quedarse enganchadas. No he hecho suficiente énfasis en esa parte.

Empiezo desde el principio.

Y empiezo desde el principio.

Y empiezo desde el principio.

Hasta que la alarma del móvil me hace reaccionar y la apago y miro fijamente la habitación. Vuelvo a estar donde empecé. En el principio. Me duele la garganta, pero me trago la tensión.

Hubo un breve momento en el que la música me cantó y me olvidé de escuchar las voces de mi cabeza. Es algo.

Me queda poco para superarlo. Lo noto. La solución está ahí mismo. La *veo*. Si puedo rodearla con los dedos, desbloquearé la mente y todo volverá a ser como antes.

Decidida, guardo el violín y me preparo para luchar de una forma diferente. Esta noche tengo una cita. Voy a tontear. Voy a divertirme. No voy a torturarme observando cómo reacciona e intentando ser lo que él quiere. Haré el ridículo, lo que es inevitable porque soy yo. Y voy a intentar por todos los medios que no me importe lo más mínimo. No tengo ninguna razón para preocuparme, no más allá de la dignidad humana básica, en todo caso. Este hombre no es para mí. No tengo intención de volver a verlo. No necesito su respeto. No necesito su aprobación. No necesito su amor.

Y eso hace que sea perfecto. Con él experimentaré eso de ser valiente.

Me ducho y me depilo las piernas, me cepillo los dientes, hago todas las cosas de higiene, y me maquillo y me peino como si me estuviera preparando para un concierto importante. Supongo que esta noche será una especie de concierto en el que mi actuación se basa totalmente en la improvisación. Después de ponerme el vestido rojo y subirme a mis mejores tacones, me hago una foto en el espejo y se la envío a Rose y a Suzie junto con el mensaje: Me voy a una cita. Deseadme suerte.

Esta vez Suzie responde primero. Dios mío, ¡estás increíble! ¡Diviértete!

¿QUÉ?! ¿QUIÉN ES? ¿QUÉ ASPECTO TIENE? ¡¡¡¡¡CUÉNTANOSLO TODO!!!!!, pide Rose.

Sonrío con los labios secos mientras tecleo. Tengo que irme. Estoy tan nerviosa que voy a vomitar. Ya os contaré más tarde.

Tras eso, me meto el móvil en el bolso y me aventuro a ir más allá de la seguridad que me brinda mi apartamento. Hago una parada en la farmacia, donde la mercancía que busco está confusamente situada entre los kits de ovulación y los pañales para hombres, y el chico en edad de instituto de la caja registradora está demasiado avergonzado como para mirarme mientras marca mi compra. Aun así, llego al bar con suficiente antelación como para coger la última mesa libre con vistas a la calle.

Le escribo: En el bar. La última mesa a la derecha, y me acomodo para esperar. El local tiene un aire tosco, con barriles viejos y fotografías de granjas decorando las paredes. Está bastante concurrido, pero la música no está demasiado alta y la iluminación es cómoda. Es muy fácil fingir confianza e ignorar mis nervios.

A través de la ventana, veo que una moto se acerca a la acera. El conductor se baja, se guarda los guantes y se quita el casco, dejando al descubierto una cabeza bien afeitada que pocos hombres son capaces de lucir. No obstante, a él le queda bien. Junto con su chaqueta de motociclista ajustada, sus pantalones negros, sus botas y su complexión activa, parece un héroe de Marvel, o un villano. Tiene un carácter nervioso innegable, algo un poco peligroso. O tal vez muy peligroso. Está presente en la suavidad de sus movimientos, en las líneas fuertes pero rápidas de su cuerpo, en el aire de firmeza que lo rodea.

Todo mi ser se paraliza cuando lo reconozco. Es él. No es solo un perfil en una página web. Ese tipo tatuado de la foto, el que creía que era perfectamente descartable porque está muy lejos de ser adecuado para mí. Es una persona real con una vida, un pasado y unos sentimientos. Y está aquí.

Mientras lo observo, engancha el casco a la parte trasera de la moto. Cerca de otro casco que está atado al extremo del asiento. Dos cascos. Parece que ha traído uno para mí.

Por la razón que sea, eso me produce una sacudida de puro pánico en el pecho. Mi ansiedad aumenta cuando se saca el móvil del bolsillo, teclea un mensaje rápido y mi móvil, que está boca arriba en la mesa, se ilumina con las palabras: Acabo de llegar.

Se me tensan los músculos y unas punzadas me recorren la piel. Me digo a mí misma que se trata de una cita que no significa nada, un rollo de una noche. La gente hace estas cosas todo el tiempo.

El problema es que no sé si *yo* puedo hacerlo. ¿Y si al intentar ser sincera conmigo misma soy antipática con él? Parece duro, pero eso no significa que sea de piedra. ¿Y si le hago daño?

Cuando desaparece hacia las puertas del bar, la sensación de no estar haciendo lo correcto se intensifica. Se desborda. Explota.

Soy incapaz de controlarme. Recojo mis cosas. Y corro. No hay cola para el baño, así que no necesito esperar para encerrarme en uno de los cubículos. Sentada en el retrete y abrazando el móvil y el bolso contra mi pecho, me balanceo hacia delante y hacia atrás. Golpeo los dientes entre sí, reconfortada por la sensación. Me arde la cara. Me rugen los oídos.

Mi móvil vibra cuando llegan mensajes, pero no miro. No quiero verlos. Solo quiero que se vaya para poder irme a casa y fingir que esto no ha ocurrido nunca. Necesito encontrar otra forma de resolver mi problema, pero lo haré más tarde, cuando pueda pensar.

Espero, contando los segundos en mi cabeza. Pasa un minuto. Otro. Pierdo la cuenta —nunca se me ha dado bien recordar números—, así que vuelvo a empezar por el uno y me limito a concentrarme en contar hasta sesenta una y otra vez.

Cuando ha pasado un buen rato y recibo otro mensaje, me tranquilizo lo suficiente como para mirar el móvil.

Su primer mensaje es: Ey, creo que estoy en la mesa.

Luego: ¿Estás bien?

Seguido de: Supongo que ha surgido algo.

Su mensaje más reciente dice: Me voy a ir yendo. Estoy preocupado por ti.

Me cubro los ojos con la palma de la mano. ¿Por qué tiene que ser tan amable? Esto sería más fácil si fuera más gilipollas. Aliviada, y culpable por ello, me apresuro a salir del baño.

Y choco con él.

Pecho firme. Cuerpo sólido. Cálido. Vivo. Real.

Esto es horrible. Absolutamente horrible.

Sus manos me rodean la parte superior de los brazos durante un instante mientras pone espacio entre nosotros, y el que me haya tocado causa una conmoción que reverbera en mi interior.

—Hola —dice con una expresión de sorpresa.

Mis labios forman la palabra *hola*, pero mis cuerdas vocales se niegan a emitir un sonido. Tengo su garganta justo a la altura de los ojos, y me quedo mirando la caligrafía arremolinada que tiene grabada en la piel.

Tatuajes.

En el cuello.

Tatuajes en el cuello.

Sabía que tenía muchos tatuajes, pero por algún motivo es diferente verlo —*verlos*— en persona. Los músicos clásicos no se tatúan así. Ni tienen la cabeza rapada ni montan en moto ni tienen el aspecto de un villano sexi. Al menos, ninguno que yo conozca. Probablemente exista alguno en alguna parte. Una parte de mí pensó que sería toda una aventura probar algo nuevo y estar con un hombre así esta noche.

Pero esto no me parece una aventura.

Esto me parece aterrador.

No se parece en nada a Julian, y Julian es lo único que he conocido.

Señala la puerta del baño de hombres, justo al lado del de mujeres, y le centellean los ojos mientras curva los labios en una sonrisa, como si alguien le hubiera contado un secreto.

Mi agotado cerebro cortocircuita y soy incapaz de recuperar el aliento. Es terriblemente guapo cuando sonríe. Algo maravilloso irradia desde su ser, lo que realinea los rasgos de su exterior duro y lo hace hermoso.

—¿Has estado ahí todo este tiempo? —pregunta.

Demasiado aturdida como para inventarme una mentira adecuada, confieso.

—Tenía miedo.

Su diversión se desvanece al momento para ser reemplazada por la preocupación.

—¿De mí?

—No, de ti no, no exactamente. —En un esfuerzo por hacer que lo entienda, las palabras salen rápido de mi boca mientras me explico—. Nunca he hecho esto antes y tenía toda una serie de planes ambiciosos, pero entonces te he visto y he empezado a preocuparme de que me estuviera aprovechando de ti y no quiero hacerte daño porque eres muy simpático y...

Su expresión se suaviza al comprenderlo y me aprieta una de las manos entre las suyas. La sensación me distrae tanto que olvido por completo lo que estaba diciendo.

—¿Quieres irte de aquí? —pregunta.

—Sí —respondo, tan aliviada que las lágrimas se me agolpan en los ojos. En este momento, lo que más deseo es volver a casa.

—Entonces vámonos. —Me coge de la mano y me guía entre la gente para sacarme del bar.

En el exterior, el aire fresco me envuelve. Es menos caótico y parte de la tensión se va. Aunque no diría que estoy relajada. Sigo estresada a más no poder.

—Me voy —digo mientras le suelto la mano y me alejo de él, con ganas de dejar atrás todo lo ocurrido—. Lo siento mucho. Espero que tengas más suerte con otra persona.

Observa el movimiento de mis pies sobre la acera y luego busca mi rostro con atención.

—Podríamos volver a intentarlo. Pero solo si tú quieres.

—¿Harías eso? —inquiero, incapaz de ocultar la incredulidad que emana de mi voz—. Acabo de tener un ataque de pánico y me he escondido de ti en el baño durante media hora. No deberías querer verme de nuevo.

Se mete las manos en los bolsillos y se encoge de hombros.

—Que algo no sea perfecto no significa que haya que tirarlo por la borda. Además, la noche apenas ha empezado.

Sus palabras me pillan desprevenida y me quedo mirándolo un momento. Necesito huir, escapar, arrugar la noche como un boceto arruinado y empezar una hoja nueva. Y él me está diciendo que no lo haga. Y lo que es peor, tiene todo el sentido del mundo. Y está sonriendo otra vez, dejándome sin aliento y volviéndome estúpida.

Una incomodidad enfadada se abre paso en mi interior, y odio su sonrisa por lo mucho que me gusta. Sé que no es lógico. Sé que es cobarde. Pero me alejo aún más de él, negando con la cabeza.

—Lo siento, pero no... puedo. Lo siento mucho —digo, y me apresuro a alejarme para no tener que ver su decepción.

El viaje de vuelta a casa transcurre como un borrón de ansiedad y, cuando por fin me encierro en mi apartamento, me quito los zapatos de tacón y los dejo a un lado de cualquier forma mientras me dirijo al baño. Me quito el vestido rojo y me meto en la ducha, a pesar de que ya me he duchado hace unas horas. Esa es la rutina después de salir, a menos que no tenga energía para hacerlo.

Mientras me quito el maquillaje de la cara y me enjuago el producto del pelo, hago una mueca. Menudo desperdicio más grande. Ahora mismo debería estar en el bar bebiendo y coqueteando y siendo la versión más auténtica de mí misma, por no hablar de que me estaría preparando para tener una aventura sexual que cambiará mi vida con un hombre inapropiado, pero sumamente atractivo.

Pero no es así. Estoy en casa, donde estoy a salvo. Cuando me acurruco en el sofá con mi pijama y mi albornoz feo y mullido, me siento tan aliviada que da asco.

También estoy muy sola, y mi apartamento parece más vacío y frío que nunca. Como necesito una conexión con los demás, por escasa que sea, cojo el móvil. Sorprendentemente, tengo dos mensajes de Quan.

Hola, espero que estés bien.

¿Lograste volver de una pieza?

Mordiéndome el interior de la mejilla, respondo: Ya en casa. Me siento fatal por haberte hecho esto. Gracias por interesarte en cómo estoy.

No te sientas mal. Parecía que lo estabas pasando mal. No lo entiendo de verdad, pero lo entiendo, no sé si sabes a lo que me refiero, contesta.

Contra todo pronóstico, acabo riéndome. No sé a qué te refieres.

En plan, no sé exactamente por lo que estás pasando, pero sé que hay algo y no me lo voy a tomar como algo personal.

Hay algo en sus palabras que hace que se me llenen los ojos de lágrimas, incluso mientras sonrío al móvil. Intento pensar qué responder cuando recibo otro mensaje suyo.

Voy a comprar comida mexicana para cenar. ¿Tú qué vas a cenar?

Lo mismo, respondo, pero no me entusiasma. Es el último cuarto de un superburrito gigante que he estado consumiendo despacio durante la última semana. Diría que hay un cincuenta por ciento de probabilidades de que me dé retortijones, pero odio desperdiciar comida y ni de coña voy a salir de mi apartamento hoy, a no ser que haya un incendio, un cachorro abandonado en mitad de la calle al que se le esté acercando un camión o una emergencia familiar, algo así.

Llegaré a casa en unos 30 minutos. ¿Te apetece ver algo conmigo esta noche?, pregunta.

Me tapo la boca mientras asimilo su inesperada invitación. No tiene sentido. Pero me gusta. Mucho. No puedo salir esta noche, pero eso sí que puedo hacerlo.

No entiendo muy bien por qué quieres quedarte en casa conmigo, le digo.

¿Por qué lo dices?, inquiere.

Porque eres... tú. Te he visto. Eres extremadamente atractivo y se te da bien hablar con la gente. Si vas a una discoteca o a algún sitio del estilo, conseguirás una cita en minutos. ¿No es eso lo que buscas?

Creo que podría decir lo mismo de ti, dice con un emoji de guiño.

A mí NO se me da bien hablar con la gente, respondo, pulsando el botón de enviar con el pulgar y con un extra de fuerza. Es más que evidente después de lo que ha pasado en el bar. Tampoco creo que sea «extremadamente atractiva», pero sé por experiencia que, como lo diga, lo único que conseguiré será que insista en lo contrario, y no tengo paciencia para esas tonterías. Objetivamente hablando, mi aspecto es mediocre, y no me gusta que me mientan al respecto. Si alguien va a mentir para que los demás se sientan bien, más vale que sea yo.

Tacha eso, se supone que ya no debo hacer eso tampoco.

¿No crees que es posible que a mí también me entre miedo y me eche para atrás?, pregunta.

Frunzo el ceño ante el móvil que tengo en las manos. Me había olvidado de sus problemas de salud y de la operación. En el bar no parecía tener ningún tipo de afección. Parecía un hombre en la flor de la vida. Me resulta difícil hacerme a la idea de que quizá no sea tan seguro como parece.

Supongo que me cuesta creer que te parezcas a mí en algo. Somos muy diferentes, digo.

No tan diferentes. Podemos ver el documental *Nuestro Planeta*. Tiene buena pinta, sugiere.

Ese me gustó mucho.

Dios, ¿te has visto todos los documentales?, pregunta.

Sí, pero no me importa volver a verlos. Entonces, tras una breve vacilación, añado: Podemos ver otra cosa si quieres.

¿Es eso un sí a ver cosas frikis en la tele conmigo esta noche?

Intentando no sonreír, y sin conseguirlo, respondo: Sí.

SIETE

Quan

—Hala, hala, hala —digo mientras salto entre los dos niños que se están golpeando en medio del estudio de kendo y los separo, recibiendo varios golpes en el proceso—. Corred después de asestar un golpe. Nada de quedarse parado y golpear. Si fueran sables de verdad, ambos estaríais sin brazos.

Al otro lado del estudio, Michael se supone que está supervisando a los otros estudiantes, pero me está mirando y riéndose a carcajadas.

El mayor de los niños que están a mi lado, uno de siete años, grita: *Sí, señor*, y retrocede.

El más pequeño, de solo cinco años, se tambalea e intenta arremeter contra el mayor, con el sable preparado para seguir golpeando. No puedo evitar reírme mientras hago que retroceda y lo coloco a la distancia necesaria de su oponente. Este chaval tiene mucha actitud, y es muy adorable, sobre todo porque lleva el equipo de kendo de su hermano mayor y se parece a Lord Casco Oscuro de *Spaceballs*.

Hago que vuelva a empezar el combate y sí que mejoran un poco. Sin embargo, sigue siendo un desastre... y sanguinario. ¿Pero qué se puede esperar cuando son tan pequeños? Por suerte, llevan bastante armadura como para que sea casi imposible que se hagan daño.

Cuando llega el momento, doy por terminado el combate y los niños se apartan unos de otros para formar dos filas ordenadas, se colocan los sables de madera en la mano izquierda en posición de descanso, se inclinan y se dan la mano como pequeños guerreros. Realizamos los rituales de cierre de la clase y, mientras que el estudio se está vaciando, Michael me da un ligero golpe en el brazo.

—Me alegro de verte por aquí —dice—. Hacía mucho tiempo.

Me desabrocho el casco y me lo quito. Luego me desato el pañuelo sudado de la cabeza y lo meto dentro del casco.

—Sienta bien estar de vuelta. No me había dado cuenta de lo mucho que lo echaba de menos. —Y a los chavales en concreto.

Toda mi familia y mis amigos saben lo de mi enfermedad y todo eso, porque cometí el error de decírselo a mi hermana, Vy, que se lo dijo a mi madre, que a su vez se lo contó literalmente a todos sus conocidos. Durante mucho tiempo me trataron como si estuviera a dos pasos de la muerte. Todavía me tratan de forma diferente, como si fuera de cristal o una mierda de esas. Mi madre es la peor. Pero a estos chavales les da igual. Cuando me presenté esta mañana, se me echaron encima. Me encantó.

La mañana ha estado bien, y sé que volveré para impartir más clases los sábados. Si consigo despertarme a tiempo. No puedo evitar soltar un gran bostezo mientras me desato los cordones del protector de pecho y me encojo de hombros para quitarme la pesada carga de encima.

—Pareces cansado. ¿Anoche te quedaste despierto hasta tarde? —pregunta Michael con una naturalidad cuidadosa.

—Sí. No me dormí hasta las dos y pico. —La puerta del estudio se cierra detrás de los últimos chicos, así que me quito el uniforme y me pongo una camiseta descolorida y unos vaqueros viejos.

Mientras Michael hace lo mismo, me mira con las cejas arqueadas.

—¿Saliste? ¿Con *alguien*?

Niego con la cabeza, y no estoy seguro de cómo explicarle lo de anoche.

—No exactamente. Estuve hablando por mensajes.

—¿Con quién?

Ocupado mientras guardo mi equipo, respondo:

—Con una chica. La conocí mediante una de las aplicaciones.

No dice nada al momento, así que alzo la cabeza para mirarlo y lo veo asintiendo con la cabeza con una expresión de asombro en el rostro.

—Guay.

—No es eso, así que puedes dejar de estar tan satisfecho contigo mismo —gruño.

—¿Qué es entonces?

—Intentamos quedar para un rollo de una noche, pero entró en pánico en el último segundo porque era la primera vez que hacía algo así. Así que acabamos escribiéndonos y viendo la tele juntos.

El mismo asombro de antes le cubre el rostro.

—¿De qué hablasteis? ¿Y qué visteis?

Agacho la cabeza.

—Le gustan los documentales sobre naturaleza —admito.

—¿*Tú* has visto documentales sobre naturaleza? —pregunta con los ojos como platos.

Cojo uno de los guantes que se ha quitado y se lo lanzo.

—Sí, los he visto. Estuvieron interesantes. Puede que me vea más.

Atrapa el guante con facilidad y se ríe.

—Sobre todo si ella los ve contigo.

—Ni siquiera sé si volveré a verla.

—¿Pero te gusta? —inquiere.

Me encojo de hombros.

—Sí. —Mantengo el tono de voz ligero, como si no fuera para tanto, porque no lo es. Sé que no hay nada entre nosotros. Pero sí que me gusta mucho. Lo de anoche fue un poco incómodo, sobre todo la parte en la que la esperé durante media hora en el bar, pero escribirnos sobre cosas aleatorias y ver cosas frikis en la tele estuvo bien. No hubo presión. Las cosas fluyeron con facilidad. Me reí mucho. No fue el regreso al mundo de las citas que estaba buscando, pero, sinceramente, creo que es mejor.

Michael me lanza una mirada de complicidad.

—Vais a volver a quedar. Me apuesto cien dólares.

Estoy a punto de decir algo sarcástico cuando mi móvil empieza a vibrar sin parar desde el interior del bolsillo. Lo saco, esperando que sea mi madre, pero la pantalla dice ANNA.

Me está llamando. No escribiendo, sino *llamando*.

Saber que se siente lo suficientemente cómoda como para dar este paso hace que se me encienda algo en el pecho.

—No jodas, ¿es ella? —pregunta Michael, que corre para echarle un vistazo al móvil por encima de mi hombro—. Corre, responde.

Tomo una rápida bocanada de aire y exhalo a través de los labios antes de coger la llamada y llevarme el móvil a la oreja.

—Hola, Anna.

—Hola —dice, y suena tímida e incómoda y totalmente como ella misma.

No debería, pero esbozo una sonrisa enorme.

—¿Qué pasa?

Michael me está mirando con auténtico deleite, por lo que me giro para tener algo de privacidad ante sus ojos cotillas.

—Me estaba preguntando si querrías volver a intentarlo esta noche. ¿En mi casa tal vez? —pregunta.

—Sí, eso sería genial. ¿Llevo algo? Puedo comprar comida para llevar —ofrezco.

—¿Es seguro con la moto?

Me río.

—También tengo coche.

—Bueno, estaba pensando en cocinar algo juntos, así que no hace falta. Por lo general estoy mejor cuando tengo algo que hacer, y me va bien en la cocina mientras que no tenga que tocar carne cruda. Es viscosa. —Suena tan atormentada que no puedo evitar reírme otra vez.

—¿Eres vegetariana, Anna?

—No, pero no como mucha carne.

—Porque es mejor para el planeta —aventuro.

—Porque es mejor para el planeta —confirma, y noto en su voz que está sonriendo—. ¿Te parece bien pasta? ¿Y champiñones? ¿Salsa de vino blanco?

—Sí —respondo, sonriendo—, me gusta la pasta, los champiñones y la salsa de vino blanco.

—¿Te viene bien a las siete?

—Perfecto.

—Genial, nos vemos a esa hora entonces —dice con suspiro de alivio—. Ahora después te mando mi dirección. Cuando llegues, dale al apartamento 3A y te abro.

—Vale, tengo muchas ganas.

Espero que me diga adiós y que cuelgue, pero en lugar de eso dice:

—Yo también.

Sonrío tanto que me duele la cara.

—Adiós, Anna.

—Adiós, Quan.

La llamada termina y, cuando me giro, el rostro de Michael desprende tanto regocijo que cojo el otro guante y se lo lanzo.

—Deja de mirarme así.

Está tan ocupado sonriendo que el guante le golpea en el pecho y se cae el suelo, junto a sus pies, sin atraer su atención.

—Te gusta *de verdad*.

—Solo vamos a acostarnos y se habrá terminado. No tenemos nada —digo con sensatez.

—Vale —contesta, pero sigue sonriendo y sé que no se lo ha creído ni un poco. Piensa que he conocido a alguien especial, cuando en realidad no es así.

Es decir, Anna *es* especial. Pero no es *mi* alguien especial.

Estoy seguro.

Casi seguro.

Para cambiar de tema, abro un correo electrónico que he estado debatiéndome si enseñarle o no y le paso el móvil.

—Mira. Ayer recibí este correo.

Lee en voz baja mientras recorre la pantalla con los ojos.

—Hola, Quan, ¡felicidades por la reciente promoción que Jennifer Garner ha hecho de MLA en las redes sociales! Sus hijas están adorables y fabulosas con vuestra ropa. Mi mujer ha encargado los mismos vestidos para nuestras gemelas. He preguntado por ahí y me han dicho que estáis buscando financiación para pasar al siguiente nivel. ¿Y si concertamos una llamada? Angèlique Ikande, Adquisiciones LVMH. —Frunciendo el ceño, alza la vista del móvil—. Ese no es el LV en el que estoy pensando, ¿verdad?

—Estoy bastante seguro de que sí lo es —contesto.

—¿*Louis Vuitton?* —inquiere con los ojos más abiertos que he visto en mi vida.

—El mismo. —Intento evitar que mi sonrisa se haga demasiado grande. Podría no ser nada. También podría ser la oportunidad de nuestras vidas para una empresa pequeña como es la nuestra. Hago todo lo posible por no emocionarme demasiado—. La llamada es el próximo viernes. Iba a esperar hasta después de la llamada para decírtelo, porque después de eso sabré más, pero pensé que, si yo fuera tú, querría saberlo.

—No sé ni... —Michael me devuelve el móvil y se desploma contra la pared con aspecto aturdido—. ¿Pero qué pasará si nos adquieren? ¿Nos cambiarán el nombre? ¿Nos mantendrán a ti y a mí?

—No puedo ni imaginarme un escenario en el que no se queden contigo —le digo, negando con la cabeza con diversión. Tampoco estoy preocupado por mí. No soy diseñador de moda, pero Michael Larsen Apparel no estaría donde está hoy sin mí. He construido el equipo de MLA desde los cimientos, he forjado las valiosas conexiones que tenemos con nuestros proveedores, he orientado el trabajo de *marketing* y relaciones públicas. Cuando Michael me deja, hago que sus diseños avancen en las direcciones más beneficiosas. Lo hemos hecho juntos. Da igual cómo salga, estoy extremadamente orgulloso de nosotros—. Y creo que nuestra marca (MLA y tu nombre) tiene valor, así que dudo que la toqueteen. Lo que suele ocurrir es que compran a los propietarios por una determinada cantidad, pero nos quedamos para dirigir la empresa bajo contrato. Lo mejor es que son una empresa multinacional enorme y tienen las conexiones y los recursos necesarios para impulsar MLA. Podríamos acabar en centros comerciales y grandes almacenes de todo el mundo en lugar de vender principalmente por internet y a nivel nacional como hacemos ahora.

Con los ojos muy abiertos y la mandíbula floja, Michael se pasa la mano por la cara. Después de un momento, aparece el primer signo de una sonrisa.

—Estoy deseando contárselo a Stella. Va a tener un millón de preguntas. Deberías prepararte.

Me río, pero también hago una nota mental para ser más detallista y meticuloso con todo lo relacionado con LVMH, *si* es que ocurre algo relacionado con LVMH. Porque Stella *hará* un montón de preguntas en ese caso, y como genio de los números, tiende a preguntarle cosas a las personas que hacen que estas sientan vergüenza si no saben de lo que habla.

—Bueno, lo único que sé es lo que aparece en el correo electrónico, así que dile que espere.

Michael alza el pulgar y, acto seguido, se centra en guardar su equipo, guantes dentro del casco, casco dentro de la armadura de pecho, todo envuelto con la protección pesada de tela que se ata a la cintura. Se asegura de que la solapa delantera, que lleva bordado el nombre de nuestra escuela y su apellido, está centrada y orientada hacia el exterior.

Cuando termino de guardar mis cosas, pongo mi equipo en la estantería en el lugar que tiene asignado, y ahí están nuestros nombres, uno al lado del otro, LARSEN y DIEP, justo como cuando nuestras madres nos apuntaron a las clases cuando estábamos en infantil. Han cambiado muchas cosas desde entonces, apenas soy la misma persona que solía ser, él tampoco, pero seguimos siendo él y yo. Creo que siempre va a ser así, y tener esa certeza es muy, muy reconfortante.

OCHO

Anna

Violín, practicado (he vuelto a tocar en círculos). Apartamento, limpiado (incluso la bañera). Comida, comprada. Vino blanco, enfriándose en el congelador. Yo, recién duchada y con un vestido negro. Condones, en el cajón de la mesita de noche.

Ahora, a esperar.

Estoy demasiado nerviosa como para quedarme quieta, así que voy de un lado a otro del salón. Roca me observa en silencio y, después de pasar varias veces por delante, me detengo para acariciarla con la esperanza de que me calme.

—Esta noche tenemos visita —le digo.

Parece sorprendida por la noticia.

—Es verdad —le aseguro—. Hoy Julian me ha mandado un mensaje raro. ¿Qué decía? —Saco el móvil del bolsillo del vestido y busco su mensaje para poder leerlo en voz alta—: «No puedo dejar de pensar en ti. Lo de anoche fue increíble. ¿Misma hora, mismo sitio, la semana que viene?».

Los ojos de Roca se abren de par en par y su boca sonriente parece más bien una mueca de horror.

—Esa fue mi reacción también. Le dije que probablemente se había equivocado de persona, y se disculpó enseguida, diciéndome que no es lo que parece, lo cual dudo. No soy estúpida. Me dijo que me echaba de menos y me preguntó si quería quedar para comer un día de estos. Le dije que estaba ocupada y que ya nos veríamos más adelante. Y entonces llamé a Quan y le invité a venir. En ese momento me pareció perfecto, pero ahora... —Suspiro—. Estoy muy nerviosa.

La sonrisa de Roca se torna en una de disculpa, y vuelvo a darle una palmadita en la cabeza antes de estrecharme los brazos contra el pecho y volver a ir de un lado para otro. Catorce zancadas de ida, catorce de vuelta. Repito.

Cuando me doy cuenta de que estoy golpeando los dientes de arriba contra los de abajo, estiro la mandíbula y me la masajeo. Mi dentista dice que, como no pare, voy a acabar desgastando todo el hueso de la mandíbula y a perder los dientes. Es una ironía horrible. Durante mi infancia, empecé a golpear los dientes como alternativa a dar golpecitos con los dedos, lo que distrae y molesta a la gente. En cambio, golpear los dientes no hace ruido ni se ve. No puede dañar a nadie. Excepto a mí, aparentemente.

Estoy con el pie alzado para dar un paso, en medio de la habitación, cuando suena el interfono. Noto una presión dolorosa en el corazón mientras la adrenalina se me dispara por el cuerpo, y corro hacia la puerta principal y pulso el botón para hablar del interfono.

—¿Hola? —digo, y hago una mueca ante lo temblorosa y vergonzosamente patética que suena mi voz.

Hay una breve pausa antes de que él responda.

—¿Estás bien, Anna? No tenemos por qué hacerlo. Podemos dejarlo para otro momento o volver a ver algo en la tele.

Me mordisqueo el labio inferior mientras me debato internamente. Estoy muy tentada a aceptar la salida que me ofrece. Pero necesito hacer esto.

Es el momento.

Pulso el botón que le permite entrar en el edificio.

—Sube.

En los segundos que siguen, los pensamientos inconexos revolotean por mi cabeza. Necesito coquetear. Necesito divertirme. Necesito demostrárselo a Julian. Necesito que no me importe lo que piense la gente. Necesito superar mis inseguridades. Quiero estar empoderada, tal y como lo describió Rose.

Suena un golpe en mi puerta. Me lo esperaba, pero aun así me sobresalto. Mi corazón alcanza la velocidad de la luz y se me entumece la piel. Echo un vistazo por la mirilla. Sí, es él. Inspiro. Exhalo.

Abro la puerta.

Esta noche no lleva su chaqueta de moto, solo una camiseta con un dibujo, unos vaqueros desteñidos y los tatuajes. Es una ropa sencilla y poco llamativa, y me gusta que no se haya arreglado. No quiero que intente impresionarme. Aun así, no puedo evitar fijarme en lo bien que le queda. Aprecio cómo la tela se le estira sobre el pecho y la curva de los bíceps, cómo los pantalones le cuelgan de las caderas y se le ajustan a sus fuertes piernas. Tiene un aspecto físico que me fascinaría si no estuviera aterrada.

Me tiende una caja de cartón blanca y empieza a sonreír, pero frunce el ceño cuando me mira bien.

—¿Seguro que estás bien? Estás... verde.

Suelto una risa ligeramente histérica y me cubro las mejillas con las manos.

—¿Verde sexi o verde espantoso?

Se ríe, aunque sus ojos están preocupados.

—¿Existe el «verde sexi»?

—No te juzgo si para ti sí —respondo, intentando reírme y fracasando. Una oleada de náuseas hace que inspire por la nariz y que exhale por la boca. Aun así, esbozo una amplia sonrisa, me hago a un lado y abro la puerta para invitarle a entrar—. Por favor, pasa.

Una vez que entra, acepto la caja blanca que me ofrece y, tras dudar un segundo, la dejo en la mesita auxiliar que hay junto al sofá y le doy la bienvenida con un abrazo. Me parece que es lo correcto, teniendo en cuenta lo que vamos a hacer esta noche. Pero entonces estoy entre sus brazos, y no es el saludo informal que pretendía que fuera. Hacía muchísimo tiempo que no me abrazaban, que no me abrazaban de verdad, y no puedo evitar el sonido roto que se me escapa de la garganta cuando me sostiene entre sus brazos.

—Estás temblando —susurra—. ¿Qué pasa?

No tengo la menor idea de qué responderle, así que entierro la cara contra su pecho. Espero que me suelte, pero, en lugar de eso, sus brazos me rodean con más fuerza, pero sin hacerme daño. El abrazo me llega hasta lo más profundo de mi ser y hace que me sienta como si hubiera alcanzado el paraíso, y me inclino hacia él. Poco a poco, se me relajan los músculos y se me deshace el nudo que tenía en el estómago. La cabeza me da vueltas de alivio.

Nos quedamos abrazados durante unos minutos largos. Huele muy bien, como a jabón con un ligero toque de sándalo. El latido constante de su corazón me reconforta.

—¿Cómo estás? —me pregunta en voz baja.

—Mejor —respondo, pero no me separo de él todavía—. Es agradable.

Su pecho retumba cuando se ríe.

—Soy experto en dar abrazos.

Me arrimo más, presionando la frente contra su cuello.

—Y que lo digas.

—Mi hermano tiene Asperger y, cuando éramos pequeños, acababa agobiado por el colegio y los abusones que había. Abrazarlo era lo único que lo ayudaba, así que me volví bueno en dar abrazos —explica.

Le miro de reojo.

—Los niños pueden llegar a ser lo peor. —No sé muy bien qué es el Asperger, pero sí sé lo que es que se burlen de ti. Es parte de la razón por la que me esfuerzo tanto por encajar y ganarme la aprobación de la gente.

—Esos niños lo eran —concuerda.

—¿Te peleaste con ellos? —pregunto, aunque sospecho que ya sé la respuesta.

Se le ensombrece el rostro.

—Sí. No siempre terminaba bien para mí porque eran muchos y algunos eran mayores. Pero uno hace lo que tiene que hacer. —Debe de ver lo triste que me pone eso, porque sonríe de forma alentadora y me pasa la mano por la espalda en un movimiento tranquilizador—. No te sientas mal. Con el tiempo mejoré. Para cuando mi hermano empezó el instituto, ya era un poco macarra y los niños sabían casi siempre que tenían que dejar en paz a mi familia.

Mi mente se abre al juntar los hechos y conectar los puntos. Ahora entiendo la amabilidad de Quan y su aspecto duro. No son contradictorios.

Ojalá hubiera tenido a alguien como él en mi vida cuando era más joven.

Estoy a punto de decir algo al respecto cuando presiona los labios contra mi sien. No es sensual, no es exigente de ninguna manera. Sé que pretende ser reconfortante.

Pero ambos somos conscientes de que es un beso.

Se retira y sacude la cabeza, disculpándose.

—Lo siento, estás vulnerable y me he dejado llevar y...

Presiono los dedos contra su boca para hacerle callar.

—No pasa nada. Por eso te pedí que vinieras. Quiero que me beses. —Me parece tan descarado decirlo que desvío la mirada y dejo caer la mano para separarla de él. Ya no estoy tocándole la boca, pero siento un hormigueo en las yemas de los dedos al recordar la suavidad de sus labios.

—¿Seguro que estás preparada? —inquiere.

Sinceramente, no sé si lo estoy, así que le doy la vuelta a la pregunta.

—¿Lo estás *tú*?

Resopla divertido y me escudriña el rostro durante un momento.

—¿Qué tal si improvisamos y vemos qué pasa? —sugiere.

—Me parece bien —respondo.

Una sonrisa devastadora le recorre el rostro y mis pensamientos se dispersan. Se separa de mí, pero lo hace despacio, casi a regañadientes, pasando su cálida mano por mi brazo frío y dejándome la piel de gallina a su paso. Me da un apretón en la mano antes de soltarla.

Mira con curiosidad los libros que inundan mis estanterías y están desparramados por el suelo y las mesas, las mantas mal combinadas y los cojines decorativos de mi sofá viejo y la docena de velas colocadas en lugares aleatorios. Me golpea el hecho de que tengo un hombre en mi apartamento, en mi espacio. Julian prefería que fuera a su piso —su televisión es mucho mejor que la mía—, por lo que esto es un suceso poco habitual, y el hombre en particular hace que sea aún más insólito. Quan parece llenar el espacio con su presencia y vitalidad. El aire que lo rodea está... cargado.

Camina suavemente por encima de la madera hasta situarse junto a las puertas francesas, y no puedo dejar de admirarlo mientras contempla las vistas a través de los cristales. La forma que tiene de moverse desprende confianza y una coordinación relajada, lo que sugiere que ha estado en unas cuantas peleas y las ha ganado. ¿He perdido la cabeza para que ese toque de peligro me resulte tan atractivo? ¿Y qué significa que los diseños que tiene en la piel ya no me impresionen como al principio? Son solo una parte de él, y los acepto. Lo acepto.

—Bonita casa —comenta—. Me encanta el balcón. Ojalá mi apartamento tuviera uno.

—No lo uso tanto como debería, pero me gusta —digo.

Su mirada se posa en el atril y en el estuche del violín, pero después de lanzarme una mirada inquisitiva, no hace la pregunta que me hacen siempre (*¿Tocas?*). Es un alivio, ya que no quiero hablar de las dificultades que estoy teniendo, pero también es una decepción. Para algunas personas, su trabajo no es más que su trabajo, un medio de supervivencia. No las define. Pero yo soy violinista. Es mi identidad, quien soy, lo que soy. Es lo único que importa. Naturalmente, mi tema de discusión favorito es la música.

Eso me recuerda por qué lo he invitado a que venga, y una determinación inquebrantable me inunda las venas cuando digo:

—Empecemos.

NUEVE

Quan

No me queda más remedio que sonreír cuando veo los preparativos que ha hecho Anna en su pequeña cocina. Todo está perfectamente colocado: una olla con agua y una sartén sobre la vitrocerámica; ajo, perejil y cebolla en la tabla de cortar; alineados con precisión en la encimera, copas de vino, un abridor para el vino, un vaso medidor de líquidos, aceite de oliva, un bloque de queso y un rallador de queso, una cuchara de madera, pinzas, la tapa de la olla, sal, pimienta, una caja de fideos *fettuccini*. Junto a la ventana, la mesa de cocina está preparada para dos personas. No se ha olvidado de nada.

Me gusta saber este detalle de ella. Algunas personas coleccionan sellos. Yo colecciono peculiaridades, y me guardo rasgos secretos de la gente en la mente como si fueran un tesoro. Hace que para mí la gente sea real, especial. Mi madre lleva dos cortaúñas en el llavero. Siempre que lo veo sonrío. ¿Por qué *dos*? ¿Cómo es capaz de usar los dos? Nadie más que conozca hace eso. Khai tiene tantas peculiaridades que es una peculiaridad en sí misma. Michael no lo admite, pero sé que todos los días combina su ropa con la de su mujer. Cuando tenga hijos, van a ser *esa* familia odiosa, y estoy deseando que llegue ese momento. Ahora está Anna, y estoy emocionado por saber todo lo que hay que saber sobre ella.

Hablando tan rápido que apenas respira, coge una botella de vino del congelador y se pone a despegar el envoltorio metálico del extremo. Me dice que teme que no me guste el vino blanco. Tiene una botella de tinto por si acaso. Está en la despensa. ¿Cuál es el sitio adecuado para poner el vino cuando la gente no tiene bodegas? Ella no bebe mucho. Si se queda dormida encima de mí, lo siente de antemano.

Estaba preocupado por esta noche. ¿De verdad estoy preparado? ¿Y si pregunta por mi cicatriz? ¿Y si se da cuenta de otras cosas? ¿Y si la fastidio? Pero ella está peor. Es un manojo de nervios, y eso hace que me resulte más fácil. Siempre se me ha dado mejor lidiar con los problemas de los demás. Hasta me gusta. Me siento bien cuando ayudo a la gente.

Actuando por instinto, me coloco detrás de ella y le aprieto los hombros antes de pasarle las palmas por los brazos. Se queda totalmente inmóvil.

Me inclino y le susurro al oído:

—¿Te parece bien que te toque así?

Lleva el pelo recogido en una coleta suelta, así que puedo ver cómo se le pone la piel de gallina a lo largo del cuello. También le recorre los brazos. Una buena señal, creo.

Traga saliva y asiente con la cabeza, así que me quedo así. Aprieto mi mejilla contra la suya, disfrutando de lo suave que tiene la piel y llenándome los pulmones con su aroma. Es limpio, femenino, con algo que soy incapaz de nombrar. En un intento por averiguar qué es, le acaricio el cuello con la nariz. Pino. A eso huele. Como la estoy tocando con los labios, mi roce se convierte en un beso de forma natural, y nunca he besado el cuello de una mujer sin usar los dientes en algún momento. Cuando le rozo la suave piel con ellos, saboreándola al mismo tiempo, se le corta la respiración y el abridor se le escapa de los dedos y golpea la encimera.

Consigo coger la botella de vino antes de que se caiga, y ella se lleva una mano nerviosa a la zona de la mandíbula. Tiene las mejillas sonrojadas, los ojos aturdidos, la respiración acelerada, y hago todo lo posible por no sonreír ante lo que acabo de descubrir.

A Anna le gusta mucho, *mucho* que le besen el cuello.

Y que se lo muerdan.

—Tal vez sea mejor que lo abras tú —dice, entregándome el abridor.

—Claro. —Le toco el dorso de los dedos sin querer al quitarle el abridor, y toda su mano reacciona apartándose.

Nos separamos para que pueda usar las dos manos para descorchar la botella, y siento el peso de su mirada en mis manos y brazos. Me doy cuenta de que se está fijando en mis tatuajes. Cuando alzo la mirada, ella la desvía con rapidez. Pero, casi en contra de su voluntad, su mirada vuelve a mí y la deja caer a mi boca.

En este momento, pienso que, si alguna vez ha habido una mujer que *necesitara* que la besaran, es ella.

Me inclino hacia ella, completamente concentrado en hacer que ocurra, cuando se aparta bruscamente y abre el grifo del fregadero.

—La pasta solo tarda unos veinte minutos en hacerse. Si consigo calcular bien el tiempo, los fideos estarán listos cuando los champiñones estén hechos —dice en tono enérgico mientras se lava las manos.

—Perfecto. —Mi voz es ronca, y me aclaro la garganta antes de meter el sacacorchos en el corcho del vino y sacarlo con un chasquido.

Después de llenar las copas de vino, le doy una y observo con los ojos muy abiertos cómo se bebe la mitad de dos tragos grandes y se limpia los labios con el dorso de la mano.

—Estoy intentando desinhibirme —explica, cohibida.

—No tienes por qué hacerlo. Podemos ir despacio —digo antes de darle un sorbo a mi copa. Es refrescante, no demasiado dulce, bastante agradable, pero tampoco es que yo sepa mucho de vinos. Más que nada, quiero que parezca que estoy relajado para que ella se relaje. A veces funciona.

—No es eso. Bueno, sí que lo es. —Parece que tiene algo más que decir, pero no está segura de cómo.

—Si hago algo que no te gusta, ¿me lo dirás? —pregunto, porque desde mi perspectiva eso es lo único que importa.

Se le va algo de la tensión. Se pone más recta y asiente con la cabeza.

—Sí. ¿Y tú?

Eso me saca una sonrisa. Es fácil tratar conmigo y no hay muchas cosas que me molesten. Pero me gusta que se preocupe, y no porque haya estado enfermo y nunca vaya a ser el mismo, sino porque soy una persona.

—Sí.

Luego, empezamos a cocinar. Yo corto los ingredientes. Ella los añade a la sartén y los mueve. Hablamos de todo y de nada, como en las conversaciones que hemos tenido por mensajes. Me entero de que es violinista de la Sinfónica de San Francisco, pero que ha pedido unos días de asuntos propios. No me explica por qué, y no la presiono. Le cuento que he montado una empresa de ropa infantil con mi mejor amigo, Michael, porque a los dos nos encantan los niños pequeños. Me pregunta si quiero tener hijos algún día y cambio de tema. Se da cuenta, pero no me presiona.

Cuando la pasta está cocida, apaga la vitrocerámica y yo escurro el agua de la olla con la tapa y la rodeo para verterlos en la sartén junto a los champiñones. Vuelvo a estar detrás de ella, lo suficientemente cerca como para tocarla, aunque tengo cuidado de no hacerlo. Creo que antes me he apresurado demasiado. Pero es difícil resistirse a la curva de su hombro, al arco elegante de su cuello, a la fina línea de su mandíbula. Hasta tiene unas orejas bonitas. Me dan ganas de trazarlas con la punta de la lengua.

Intento pensar en cosas neutras mientras ella raspa los últimos fideos de la olla con la cuchara de madera. Uno se ha quedado pegado al fondo de la olla, y me inclino para verlo mejor...

Y sus labios presionan los míos.

Me da un vuelco el corazón. Me recorre una corriente. La sangre se me acelera. Intento ser cuidadoso —es tan suave, tan perfecta—, pero quiero devorarla. Apenas contenido, introduzco mi lengua en su boca, y sabe a vino, pero más dulce. Jadea. Podría emborracharme con ese sonido; tal vez lo haga. Se inclina hacia el beso, hacia mí, y acerca su lengua a la mía. Todo en mí se tensa y clama por estar más cerca, y derramo esa necesidad dolorosa en el beso.

Sigue y sigue, beso tras beso, durante cuánto tiempo, no lo sé. Cuando nos separamos, tenemos la respiración agitada. Anna tiene exactamente el aspecto que tendría si la acabaran de besar largo y tendido. No estoy seguro de haber visto nunca nada más hermoso que ella. Todavía tengo la olla en las manos, la cena se está enfriando, y no me importa. Lo único que quiero es más.

Tomo sus labios en otro beso ambicioso, y ella está ahí conmigo, devolviéndome el beso, dejándome entrar. Hasta que se aparta y se lleva unos dedos torpes a la boca.

—Deberíamos hablar. —Su voz es gutural, lo más sexi que he oído en mi puta vida.

La oigo, pero mi cuerpo se inclina hacia ella de todas formas, deseando saborearla de nuevo. Me cuesta mucho esfuerzo detenerme, pero lo consigo.

—Vale.

Alza un poco la barbilla y su expresión se vuelve obstinada. Tras una larga pausa durante la que parece luchar contra sí misma, habla por fin.

—No quiero hacerte una mamada.

Mis cejas se alzan solas y reprimo una risa de sorpresa. Es una respuesta inmadura, sobre todo cuando parece decirlo tan en serio.

—No... pasa absolutamente nada. —Puede que hasta sea un alivio. Sí, pensándolo bien, es un alivio, y es mejor que no haya tenido que pedirlo yo.

Me mira con escepticismo.

—¿Estás seguro?

No puedo evitar reírme.

—Sí, no es más que una mamada. Si no quieres hacerlo, no lo hagas. No es algo importante.

—Te equivocas. *Es* importante. Se supone que me tiene que gustar hacer mamadas. Se supone que el placer de un compañero tiene que darme placer, y si no lo hace significa que soy egoísta. En los libros que he leído las mujeres lo disfrutan tanto que a veces tienen un orgasmo espontáneo.

—Un momento, ¿tú qué libros lees?

Ignora la pregunta.

—Por otro lado, no necesito que... ya sabes. —Cuando niego con la cabeza, ya que no sé a qué se refiere, se sonroja y aclara con torpeza—: No necesito que me hagas sexo oral. No quiero sentirme obligada a corresponder, y además nunca funciona conmigo.

Casi me parece un reto.

—¿Y si quiero porque me gusta, no porque quiera que me lo devuelvas? —pregunto. Porque sí que me gusta. Me excita. Me encantan los sonidos que hacen las mujeres cuando se lo como, cómo se mueven cuando están cerca, su olor, su sabor. Me excita mucho.

—No va a funcionar, y seguiré sintiéndome presionada a devolverte el favor —responde con cara de dolor y frustración—. ¿Puedes, por favor...?

—No necesito que lo hagas —me apresuro a decir—. No intentaré presionarte. Lo prometo.

Me mira a la cara.

—¿En serio estás de acuerdo?

—Sí.

Entrecierra los ojos.

—¿Me estás juzgando en secreto?

Sonrío y le recorro un lado de la cara con las yemas de los dedos.

—No, para nada. Me gusta que salga todo a relucir. Hace que las cosas sean más fáciles.

Suelta un suspiro largo y tembloroso y se relaja contra mí.

Durante un rato, nos quedamos mirando la pasta que hay en la sartén. Cuando nuestras miradas se encuentran, estallamos en carcajadas.

—Vamos a comer —digo.

DIEZ

Anna

No creo que sea buena compañía mientras comemos. Me están pasando demasiadas cosas por la cabeza como para pensar en cosas interesantes que decir. Apenas soy capaz de saborear la comida y el vino. Apenas soy capaz de quedarme quieta. Cada vez que se chocan nuestras rodillas bajo la pequeña mesa de la cocina, soy más consciente de que él está aquí.

Voy a hacerlo de verdad. Voy a acostarme con un desconocido.

No espero disfrutarlo, pero para mí tiene significado que vaya a hacerlo bajo mis condiciones, que esté estableciendo límites, incluso si eso decepciona a la gente, *especialmente* si decepciona a la gente, tal vez. Decirle a Quan que no quería hacerle una mamada puede que haya sido lo más difícil que he hecho nunca. Pero lo he hecho. Una parte de mí todavía está mareada por lo antinatural que me pareció. Otra parte de mí, sin embargo, está ebria de poder.

No obstante, eso podría ser culpa solo del alcohol. O de sus besos.

Nunca me habían besado como lo ha hecho él. Siempre me ha gustado besar. Es la única parte del sexo que disfruto plenamente, pero los besos de Quan me han dejado sin palabras. No puedo dejar de mirarle la boca, de observar cómo trabaja su mandíbula al masticar, cómo se le menea la garganta al tragar, fascinada por cómo se le mueven los tatuajes. ¿Es normal que la nuez de un hombre me parezca sexi?

Reconozco que se trata de atracción física. Y no la había sentido antes, no de verdad. Hay otras cosas que me gustan de Julian: mis padres tienen a su familia en alta estima (su padre es urólogo y su madre es obstetra); es extremadamente inteligente y talentoso (fue a Harvard y luego a Stanford a la facultad de empresariales); es trabajador (es banquero de inversiones en un banco importante); tiene un temperamento tranquilo y nunca me grita, nunca me asusta; lo entiendo; sé cómo ser lo que él quiere. Al menos, pensaba que lo sabía.

No obstante, no me conoce a *mí*. ¿Cómo va a hacerlo, si ni siquiera me conozco yo?

Por intuición, presiento que, como me aleje de la versión de mí misma que él conoce, dejará de querer estar conmigo. Es decir, si es que vuelve conmigo.

Quan, por otro lado, solo ha conocido la faceta mía caótica, insegura y que tiene ataques de pánico. Me ha visto en mi peor momento.

Y sigue aquí.

Por ahora. Por esta noche.

—Estás haciendo lo mismo que mi madre —observa.

Parpadeo varias veces mientras trato de entender sus palabras.

—¿El qué?

—Mira cómo come la gente, como si la comida supiera mejor en la boca de otra persona —responde con una sonrisa.

Agacho la cabeza y me meto un mechón de pelo suelto detrás de la oreja.

—Lo siento.

—No me importa. Es cocinera y le encanta dar de comer a la gente, así que estoy acostumbrado. Esta pasta también está buena. —Señala su plato vacío.

Odio la idea de que tenga hambre (y es ridículo lo contenta que estoy de que le guste lo que he cocinado), así que empujo mi plato medio lleno hacia él.

—¿Me ayudas a terminármelo?

Después de lanzarme una mirada como si me estuviera evaluando, retuerce el tenedor para enroscar la pasta y se mete un bocado grande en la boca. Es un poco inusual compartir el plato con él, pero me gusta. De alguna manera parece íntimo. Coloco el codo en la mesa y apoyo la barbilla en la palma de la mano, observándole.

—¿Siempre estás así, en silencio? ¿No te gusta poner música de fondo? —pregunta mientras gira el tenedor en la pasta por segunda vez.

—¿Quieres que ponga algo?

—No, a menos que quieras. Solo tengo curiosidad. —Se mete otro bocado grande de pasta en la boca y su mirada se desvía hacia el estuche del instrumento que hay en el rincón.

—Me gusta tener la música puesta mientras cocino y esas cosas —digo, pero luego frunzo el ceño en dirección a la pasta que va menguando de mi plato—. Bueno, me gustaba. Últimamente soy incapaz de escuchar música sin analizarla y analizarla hasta que me da dolor de cabeza. Llevo sin escuchar música por diversión... mucho tiempo. Creo que se me ha olvidado cómo se hace. Irónico, lo sé.

Cuando su expresión se vuelve pensativa y parece que quiere profundizar en el tema, me apresuro a desviar la conversación de mí.

—¿Qué tipo de música te gusta? —pregunto.

Responde tras una breve vacilación.

—La mayoría, supongo. No soy exigente. Para ser sincero, no tengo oído musical.

—¿No tienes oído musical en plan... no puedes diferenciar las notas? —Como músico profesional con una afinación perfecta, no puedo imaginarme lo que debe de ser eso.

—En plan, mi hermano y mi hermana no pueden cantar correctamente *Rock-a-bye Baby* porque se la enseñé cuando éramos pequeños. —Su sonrisa parece ligeramente avergonzada, y se concentra en llevarse la última porción de pasta con el tenedor y comérsela.

Creo que algunas personas se reirían al escuchar esa confesión, pero yo no. Imaginar a un Quan pequeño cantándoles desafinado a sus hermanos mientras los arropa por la noche me calienta el pecho.

—¿Cuidabas mucho de ellos? —inquiero.

—Mi padre se marchó cuando éramos muy pequeños, y mi madre me dijo que mi deber era ser el hombre de la casa —responde con naturalidad mientras hace girar su copa de vino—. Pero —me mira con los ojos brillantes y la insinuación de una sonrisa traviesa en las comisuras de la boca— no era un angelito. Me metí en *muchos* problemas.

—No sé por qué, pero no me sorprende —digo, y no puedo evitar decirlo con un tono divertido—. ¿Qué tipo de problemas eran?

—Lo normal, faltar a clase, gastarle bromas pesadas al director. El profesor de agricultura era racista, y pensamos que sería una buena idea echarle sal a los campos. Mirándolo en retrospectiva, me arrepiento. También hubo peleas. *Siempre* había peleas. Estuvieron a punto de expulsarme por darle un puñetazo a un chico en la cara porque le puso la zancadilla a mi hermano en la cafetería. Su padre iba a presentar cargos, pero los retiró cuando mi madre me obligó a pedir disculpas. —Se encoge de hombros y, sobre la mesa, veo que se golpea la mano derecha con el puño, lo que hace que las letras que tiene grabadas en los nudillos resalten con nitidez—. No me arrepiento de haberle pegado.

Siguiendo un deseo contra el que he luchado desde que nos sentamos, coloco la mano sobre la suya y le doy un golpecito en los nudillos con las yemas de los dedos. Su piel es cálida, ligeramente áspera.

—¿Qué significan estas letras? MVKM.

Sonríe ligeramente, aunque su mirada es intensa; solo soy capaz de soportarla de segundo en segundo. Aparto la mirada, lo miro y luego vuelvo a apartarla.

—¿Seguro que quieres saberlo? No representan a mis enemigos caídos ni nada por el estilo —dice.

—¿Corresponden con gente? —inquiero.

—Sí. Mi familia, menos mi padre. La M es por mamá, la V es mi hermana, la K por mi hermano, Khai, y la última M es por Michael, mi primo y mejor amigo. —Abre la mano y la gira para poder entrelazar sus dedos con los míos, un movimiento que hace que mi corazón me golpee el pecho como una pelota de ping-pong—. Quería tenerlos en la mano derecha porque son importantes para mí.

—Me gusta —digo, y siento una fuerte puñalada de envidia por esas personas a las que nunca he conocido. Nadie ha querido nunca llevar un recuerdo de mí en la piel.

Su sonrisa se amplía a modo de respuesta. Desciende la mirada hasta mi boca, se intensifica, y dejo de respirar. Se mueve despacio, como si me estuviera dando tiempo a apartarme, se inclina hacia mí y me coge de la mandíbula con la mano libre. Me roza el labio inferior con el pulgar, y el aire se me escapa de los pulmones mientras le toco la piel con la punta de la lengua y le rozo con los dientes.

Temo que haya sido demasiado raro, nunca he hecho algo así antes, cuando acorta la distancia entre nosotros y une nuestros labios. Su lengua entra en mi boca, apoderándose del espacio, reclamando, como si quisiera consumirme por completo, y todo mi cuerpo se vuelve débil. Me *encanta* cómo me besa.

Se aparta, jadeando, con los labios rojos, con una mano apoyada en la mesa. Supongo que me ha faltado poco para derribarla.

—Deberíamos continuar en otro sitio —dice en voz baja, y me insta a ponerme de pie.

—El sofá está justo ahí. El dormitorio está a la vuelta de la esquina —indico, y mi voz no suena a mí. Es ronca, jadeante, totalmente desconocida.

—El sofá está más cerca.

Nos guía unos pasos en esa dirección, pero se detiene para volver a besarme, como si no pudiera evitarlo, y me lame el labio inferior antes de succionar para metérselo en la boca.

Para evitar caerme al suelo, le rodeo el cuello con los brazos y aprieto mi cuerpo contra el suyo. Es deliciosamente sólido, ancho y fuerte donde yo no lo soy.

Me rodea con los brazos y noto cómo sus manos suben y bajan por mi espalda antes de agarrarme por las caderas y acercarme a él, poniéndome de puntillas. Jadeo contra el beso cuando su dureza se asienta en el hueco de mis muslos. En mi interior, me contraigo por el puro deseo. He mantenido relaciones sexuales cientos de veces, probablemente más, pero es la primera vez que lo *ansío* de esta forma. No consigo entender por qué todo es diferente ahora.

Mi espalda se apoya en los cojines del sofá y Quan se acomoda contra mí, besándome la boca, la mandíbula.

—¿Sigues conmigo? —pregunta contra mi cuello, y un escalofrío me recorre la espalda.

No puedo hablar, así que le paso las manos por el pecho hasta que encuentro el dobladillo de la camiseta y se la subo. Su mirada se encuentra con la mía durante un segundo antes de pasarse la camiseta por la cabeza y tirarla al suelo.

Me falla la mente cuando le toco los músculos tonificados del abdomen con dedos temblorosos y subo las palmas de las manos hasta su amplio pecho. Está ardiendo, pero es suave, de una masculinidad austera. Noto los latidos de su corazón, cómo ascienden y descienden sus pulmones. La imagen de mi piel sin marcas frente a los diseños oscuros que tiene grabados me hipnotiza. Hay olas negras que rompen con intrincados detalles como en una pintura acuática japonesa, un dragón de agua, barcos de velas anchas. Con las yemas de los dedos, recorro la caligrafía que va desde el cuello hasta el lateral del pecho y termina por debajo de las costillas. Quiero conocer la historia que tiene escrita en la piel, pero sospecho que es demasiado personal como para compartirla conmigo.

Escondido entre las olas de la cadera derecha, mis dedos encuentran... un pequeño pulpo, y respiro hondo y lo miro con asombro.

—Tienes...

Sonríe.

—¿Ese es el tatuaje del que quieres hablar de entre todos los que hay?

—¿Es el del documental?

—Qué va —responde con una sonrisa más amplia antes de besarme el cuello—. Me lo hice hace tiempo. Me gusta el océano, las criaturas marinas y esas cosas.

—¿Los pulpos s...? —Separa los labios y el calor húmedo que desprende su boca me abrasa la piel. Me olvido de lo que estaba diciendo. Solo existe la sensación de sus labios, de su lengua, de sus dientes. Me arqueo más cerca de él, incapaz de controlar los sonidos que salen de mi garganta.

La parte delantera de mi vestido se abre mientras me besa hasta las clavículas y baja hasta el borde de mi sujetador. En lugar de desabrochar el cierre de la espalda, me lo baja de un tirón, dejando mis pechos al aire libre durante un instante antes de llevarse el pezón a la boca. Todo mi ser se tensa como respuesta, mi estómago, mi abdomen, entre mis muslos.

—Se te da muy bien —me oigo decir, y mi sorpresa es evidente en el tono de asombro que emana de mi voz.

Libera mi pezón de la boca y se le dibuja una sonrisa cómplice en los labios. Observándome, me lame la punta endurecida, me acaricia la parte inferior del pecho y me da un pequeño mordisco, lo que provoca un estallido de sensaciones que me envuelve en una neblina roja antes de calmarme con su cálida palma. Me da besos hasta que llega al otro pecho y me provoca. Me sopla el pezón, lo lame ligeramente, lo pellizca con las yemas de los dedos, y entonces se lo lleva a la boca y lo atrae con una presión exquisita.

Me aferro a él, alternando jadeos y siseos entre los dientes mientras me acaricia con las manos y con la boca. Resulta que me vuelve totalmente loca que me estimulen los pechos. No tenía ni idea.

Cuando nuestros labios se vuelven a encontrar, lo beso con desenfreno, enredando mi lengua con la suya mientras lo toco en todos los lugares a los que me llegan las manos. El pecho, los hombros, la amplia extensión de la espalda, la cabeza. Su pelo rapado me roza las palmas de las manos de una forma más que interesante.

Cambia de postura, tirando de mi muslo para colocarlo contra su costado, y mueve las caderas. Lo siento duro donde yo soy blanda, y sé lo que viene. La parte buena del sexo está llegando a su fin y va a dar comienzo la parte no tan buena. Pero no me importa. Ha sido la mejor relación sexual que he tenido en mi vida.

Espero que se siente y nos quite la ropa interior para que podamos avanzar, pero no lo hace. Sigue besándome, tocándome. Con una mano me coge la cara y me echa la cabeza hacia atrás para poder besarme con más profundidad. Con la otra mano, me acaricia el muslo, el culo, lo aprieta.

—¿Qué te gusta, Anna? —susurra.

Cuando lo miro fijamente, completamente aturdida por la pregunta, mete la mano entre nosotros e introduce los dedos por debajo de la cintura de mi ropa interior. Me quedo sin aliento cuando las yemas de sus dedos se deslizan por mis pliegues y me exploran con caricias débiles. Estoy mojada, extremadamente mojada, y eso no es habitual en mí. Cuando Julian y yo mantenemos relaciones sexuales nos resulta incómodo a ambos hasta que mi cuerpo se calienta y se autolubrica, pero incluso en esos casos no estoy como ahora.

Acerca la boca a mi oreja.

—¿Qué tal esto? —pregunta.

No sé a qué se refiere hasta que empieza a trazar círculos lentos y suaves sobre mi clítoris. Sienta... *casi* bien. Falta tan *poco* para estar bien. Si tan solo...

Sus dedos resbaladizos se desplazan y me frotan directamente mientras me muerde la oreja. Se me escapa un gemido de la garganta —ese mordisco, no sé por qué me gusta tanto, pero me gusta— y continúa con el mismo movimiento de dedos, que, de nuevo, está *casi* bien. Escondo la cara contra su cuello mientras me acaricia. Es excitante. Me mojo más. Pero no es lo que necesito.

—Anna —dice, introduciendo un dedo en mi interior, solo un poco—. ¿Cómo te gusta que te toquen?

Aprieto más la cara contra su cuello. Quiero ser la clase de mujer que es capaz de decirle a un hombre cómo le gusta que le toquen su sexo. Pero soy incapaz de responderle. Ahora mismo podría venir alguien y amenazarme con matarme y aun así sería incapaz de responder. Ojalá lo supiera. ¿Por qué no pueden los hombres *saberlo* y ya está?

Su dedo se introduce más hondo y me arqueo ante la penetración, sorprendida cuando se desliza con poca resistencia.

—¿Mejor? —pregunta, y un segundo dedo me penetra poco a poco.

Me encanta la sensación de mi cuerpo estirándose para aceptarlo. Es decadente e insoportablemente sexi pero el placer no tarda en desaparecer. Cuando mete y saca los dedos y los gira, tocándome en los más profundo, es agradable. Pero eso es todo. Solo agradable.

Aferrada a él con fuerza, incapaz de mirarlo, susurro:

—Ya estoy lista.

—¿Lista para qué? —inquiere.

—Para ti.

ONCE

Si existía duda alguna sobre si las cosas estaban o no en condiciones de trabajo, ya está más que disipada. Tengo el pene tan duro que me duele. Anna está suave y apretada contra mis dedos, empapándome, y quiero estar dentro de ella.

—¿No necesitas más para correrte? —pregunto, y le doy un beso en el pelo porque tiene la cara oculta y no se la veo.

En lugar de responder, me abraza con más fuerza y se acerca más, y el sentimiento de ternura casi me abruma.

—¿Anna?

Silencio. En ese momento, los primeros rastros de preocupación se cuelan en mi mente.

—¿Puedes hablarme? ¿He hecho algo mal? Si lo he hecho, dímelo y lo arreglaré. Quiero que te guste. —Para mí es algo importante, tal vez ahora sea más importante de lo que fue en el pasado.

—¿No podemos simplemente... seguir? —pregunta sin mirarme. Me pasa la mano por el brazo, presiona la mano que tengo entre sus muslos y se arquea contra ella para que mis dedos se introduzcan más hondo. Joder, cuánto me ha excitado eso—. Esto está bien.

¿*Bien*? No quiero que el sexo conmigo esté *bien*. Intento apartarla de mi cuello para poder verle la cara.

—¿Es...?

Aprieta su boca contra la mía antes de que pueda terminar la pregunta, y vaya si respondo. Podría besarla durante horas, solo besarla, nada más. Su boca es perfecta, su lengua, esos sonidos faltos de aliento que hace.

—No te preocupes por mí —susurra entre besos—. Me basta con besarte.

Me toca la entrepierna a través de los pantalones, roza la tela con las uñas, y la sangre se me acelera, todo se tensa, se me ponen todos los pelos del cuerpo de punta, casi me corro. Que me maten si no ha sido lo más sexi.

Pero, en ese momento, sus palabras calan en mi cerebro.

¿Le basta con que nos besemos? ¿No espera obtener nada al acostarse conmigo? ¿Le parece bien que me la tire como si fuera una muñeca hinchable o alguna mierda de esas?

Como si yo fuera una especie de obra sexual de caridad porque ya no estoy completo.

Me desabrocha la bragueta y mete la mano dentro, y no puedo evitarlo, me pongo rígido, me aparto, pongo distancia entre yo, el sofá y ella.

Me mira fijamente con los ojos muy abiertos y sorprendidos. Tiene el pelo revuelto y el vestido abierto, mostrando sus tetas y muslos preciosos. La imagen casi basta para ponerme de rodillas. Respiro hondo y me paso las manos por la cara, y la huelo en mis dedos resbaladizos. Ahogo un gemido y dejo caer las manos a los costados.

—Anna, lo siento. Es que... —Sacudo la cabeza. Sinceramente, no sé qué decir.

Recoge los pliegues de su vestido y parece encogerse sobre sí misma.

—¿Esto es todo? ¿Hemos terminado? —pregunta con la cara girada para no mirarme.

—¿Podemos hablar de esto?

Hace una mueca y abre la boca como si quisiera hablar, pero no le salen las palabras. Coge una bocanada de aire y vuelve a intentar hablar, pero, de nuevo, no le salen las palabras.

Doy un paso hacia ella. Es evidente que está teniendo problemas, y eso es algo que odio ver. Quiero arreglar las cosas. Tengo la bragueta abierta, así que me subo la cremallera antes de sentarme en el sillón adyacente al sofá.

—¿Recuerdas cuando te dije que hacía tiempo que no lo hacía? —pregunto en voz baja. No me siento bien compartiendo cosas sobre mí mismo, pero no soporto la idea de que malinterprete la situación.

—Tu operación —responde.

—Sí. —Exhalo con fuerza—. A menudo siento que... mi cuerpo ya no está bien. Supongo que esta noche esperaba demostrar que sigo siendo... No sé. Si no estás conmigo, si no lo sientes, no puedo... —Emito un sonido de frustración. Ayudaría si le diera detalles concretos, pero no me atrevo a hacerlo. No quiero que me mire de otra manera. No quiero que piense que soy *menos*—. ¿Sabes a lo que me refiero? Necesito que estés tan dispuesta como yo.

Me mira con el ceño fruncido durante un rato largo antes de hablar.

—¿Puede?

—¿Hay algo que podría haber...?

Se cubre la cara con las manos.

—¿Podrías dejarlo, por favor? La gente no habla de estas cosas.

—Sí que lo hace. *Yo* lo hago.

—No, no lo hace —dice.

Inclino la cabeza hacia un lado mientras trato de entenderlo.

—¿Entonces cómo va a saber un hombre cómo tocarte? He probado con lo normal y no parece que te sirva.

Emite un sonido de abatimiento y se encoge más sobre sí misma.

Se levanta una sospecha, y pregunto:

—¿Eres virgen? ¿Nunca has...?

Se quita las manos de la cara y me mira con impaciencia.

—No soy virgen. He tenido relaciones sexuales muchas, muchas, *muchas* veces.

—¿Alguna vez te has corrido? En plan, ¿has tenido un orgasmo? Es cuando tu cuerpo...

Vuelve a llevarse las manos a la cara.

—Sé lo que es un orgasmo.

—¿Has tenido alguno?

Se lleva las rodillas al pecho y, después de un rato, oigo un «sí» ahogado.

—¿Suceden por accidente? ¿O... puedes hacer que ocurran? —Me siento como si estuviera jugando a las adivinanzas, pero continúo.

—A veces ocurren por accidente durante el sexo, algunas veces cuando dormía —confiesa, y arqueo las cejas. Desde mi punto de vista, eso es una clara señal de que una chica no está recibiendo el cariño adecuado—. Pero también... —Se aclara la garganta—, yo sola puedo... —Se lleva los dedos a la boca, y tiene la cara roja y una expresión dolorosamente avergonzada.

Como no soporto que se sienta tan incómoda, me siento en el sofá junto a ella y enseguida se acurruca contra mí, apretando la cara contra mi cuello. La rodeo con los brazos y los mismos sentimientos de antes me inundan, ternura, protección.

—No entiendo por qué te da tanta vergüenza. Yo lo hago cada dos por tres —digo, y su cuerpo se estremece cuando se ríe—. En plan, todos los días, a veces más de una vez al día.

—En el caso de los chicos es diferente—contesta, y me golpea ligeramente en el pecho con un puño pequeño.

Le cojo el puño y le beso los nudillos.

—No debería serlo.

—Pero sigue siéndolo.

—A mí me pone que te cagas cuando las chicas lo hacen.

Vuelve a reírse, y la empujo con suavidad hasta que me mira.

—Lo digo en serio —digo con seriedad—. Si no puedes decirme lo que te gusta, podrías enseñármelo.

Sus pulmones se expanden en una inhalación aguda y su cara se sonroja aún más.

—Nunca jamás en mi vida podría...

—¿Por qué?

—*Quan* —dice con un tono acusador, como si debiera saber por qué.

—Solo estamos tú y yo. No es que nadie esté mirando.

Sacude la cabeza con rapidez y aparta la mirada de mí.

—¿Entonces te parece bien no echar nunca un buen polvo? —La idea me horroriza—. ¿Y qué pasa con todas las veces que has tenido sexo en el pasado? ¿Fueron todas una mierda?

No dice nada.

—Anna, habría sido tan fácil que simplemente...

Su cuerpo se tensa, y se sienta erguida, lanzándome dagas con los ojos.

—No es «fácil». No para mí. Si lo fuera lo habría hecho.

—Lo siento. Es que creo...

—Creo que esto es lo más lejos que vamos a llegar —dice, y su voz suena irrevocable, me deja entender que ya ha tenido suficiente. Su perfil de citas decía claramente que solo quería un rollo de una noche, y esta era nuestra única noche, ya que la primera no contó.

Me invade una sensación de pérdida. No quiero que nos separemos así. No he conseguido lo que quería y creo que ella tampoco, no si quería superar a su ex —quienquiera que sea ese imbécil— teniendo sexo por despecho. Pero es verdad que estamos en un punto muerto. Los dos queremos cosas que el otro no va a dar.

Me levanto y recojo mi camiseta del suelo. Mientras me la pongo, me doy cuenta de que me está mirando. Le gusta lo que ve. Es algo, aunque sea solo a nivel superficial. Creo que con la persona adecuada se abrirá, y será increíblemente glorioso. Pero esa persona no soy yo.

—Gracias por lo de esta noche —le digo cuando estoy frente a su puerta—. Sé que al final ha sido escabroso, pero me lo he pasado muy bien.

Se une a mí en la entrada.

—Lo mismo digo. Gracias... por ser tú.

Me parece que lo correcto es darle un abrazo a modo de despedida. Cuando la tengo entre mis brazos, *siento* que es lo correcto. Nuestros cuerpos encajan como si su lugar estuviera ahí. Mi intención no era besarla. Simplemente sucede. Y ella me devuelve el beso. Hay un momento en el que dudamos, inseguros de lo que estamos haciendo, pero nuestros labios vuelven a juntarse. No sé quién lo inicia, si ella o yo, tal vez los dos, pero la beso como si fuera nuestro último beso. Porque eso es lo que es.

Cuando por fin nos separamos, sus ojos son de ensueño, sus labios están rojos. Le paso el pulgar por el labio inferior hinchado, incapaz de soportar el hecho de que sea la última vez que pueda hacerlo.

—¿Y si lo volvemos a intentar? —inquiero sin pararme a pensarlo.

Parpadea varias veces con el ceño fruncido.

—¿Crees que por fin podremos tener un rollo de una noche en condiciones si lo intentamos una vez más?

Suelto una carcajada sin sonido.

—A la tercera va la vencida.

—Pero tú... nosotros...

—Creo que hay cosas en las que ambos podríamos trabajar. ¿Por qué no lo intentamos juntos? —Contengo la respiración y espero su respuesta.

Se concentra en trazar el gráfico de MLA de mi camiseta con la punta del dedo mientras dice:

—No creo que pueda hacer... las cosas que querías.

—Tal vez podamos encontrar otra forma, encontrar un punto intermedio.

—¿Se te ocurre algo? —pregunta.

—Todavía no —admito. La idea de follármela mientras está tumbada deseando que se acabe me deja un sabor amargo en la boca, pero tiene que haber otra manera, algo más que podamos hacer. Es imposible que seamos los primeros en la historia en tener esta clase de problemas.

—De acuerdo —accede, y cuadra los hombros mientras un brillo decidido se le asienta en la mirada—. Vamos a intentarlo una vez más.

No intento evitar sonreír.

—Vale.

—¿El fin de semana que viene? —pregunta.

—Me parece bien.

—¿Somos unos estúpidos integrales?

—Puede ser —respondo, riéndome.

Se ríe conmigo y, por un momento, nos quedamos abrazados, mirándonos el uno al otro.

Finalmente, me separo.

—Me voy a ir yendo, pero deberíamos escribirnos y acordar lo del fin de semana que viene.

—Claro. —Me sonríe—. Adiós, Quan.

Le doy un último beso rápido en los labios.

—Adiós, Anna.

Me voy y cierra la puerta tras de mí. Mientras me dirijo al coche, pienso en distintas formas de abordar nuestros problemas de intimidad. Nada parece correcto, pero creo que vamos a conseguirlo.

DOCE

Anna

—¿Qué tal te ha ido, Anna? —pregunta Jennifer Aniston. Hoy lleva un vestido suelto con diseños aztecas y unas sandalias de cuero que se le enrollan en los dedos gordos del pie y en los tobillos.

La respuesta habitual se desliza por entre mis labios.

—Igual. —Pero luego dudo—. Bueno, no del todo. —Han pasado muchas cosas en las semanas transcurridas desde nuestra última cita.

Los ojos le brillan con interés.

—¿Y eso?

—Mi novio decidió que quería tener una relación abierta.

Abre la boca para responder, pero tarda un segundo en hablar.

—Ahí hay mucho para desentrañar.

—Sí. —Sonrío con torpeza y me miro las manos, que están juntas sobre mi regazo como siempre.

—¿Cómo te sientes al respecto? —pregunta.

Dudo en responder y le examino el rostro mientras intento determinar cuál es su opinión al respecto.

—Cómo te sientes *tú*, Anna —dice con suavidad—. No yo. Lo que yo piense no es importante.

Exhalo un largo suspiro por la boca.

—Dices eso, pero no eres una desconocida con la que he quedado para un rollo de una noche. Eres alguien a quien voy a ver con regularidad en un futuro inmediato. Si no te gusto, eso me dificulta las cosas.

—Bueno, sí que me gustas —contesta con una sonrisa amable, pero divertida—, y no tengo ningún interés en juzgarte, solo en ayudarte. Así que cuéntame qué ha pasado. ¿Ahora tienes una relación abierta? Ya que lo mencionas, ¿quieres decirme si has tenido un rollo de una noche?

—Ahora *tenemos* una relación abierta —respondo—. Estoy segura de que se está viendo con otras personas.

Las comisuras de la boca se le inclinan hacia abajo y los ojos se le oscurecen con comprensión.

—Eso tiene que ser algo difícil de aceptar.

—Lo fue. Lloré cuando me enteré. Pero al momento llamé para tener un rollo de una noche con alguien que conocí en una aplicación de citas. —Me siento más recta en un intento por parecer audaz e indiferente, pero se me tensan los músculos mientras me preparo para su condena.

—Puede que yo hubiera hecho lo mismo en tu lugar —dice—. ¿Cómo fue?

Al ver que acepta mi intento de venganza sexual, se me relajan un poco los músculos del estómago. Aun así, me cuesta describir el tiempo que he pasado con Quan. No he dejado de pensar en él, en lo que hicimos y en lo que no hicimos, y me he pasado toda la semana inquieta y muy distraída. Esta mañana se me ha olvidado que anoche me dejé las lentillas puestas y me he puesto otro par. Me he tirado toda una hora pensando que me iba a quedar ciega antes de darme cuenta de lo que había hecho.

—No fue un éxito —contesto finalmente—. No hicimos... ya sabes.

Jennifer me lanza una mirada compasiva.

—Eso pasa. Pero eso es lo bueno de los rollos de una noche. Si no van bien, les haces caso omiso y sigues con tu vida.

Asiento con la cabeza.

—Eso es lo que tenía en mente. Pensé mucho en lo que dijiste la última vez sobre el enmascaramiento, lo de complacer a la gente y la preocupación excesiva por lo que piensan los demás. Tenía la esperanza de poder aprovechar el tiempo que durara un rollo de una noche para experimentar.

—Es un enfoque muy interesante. ¿Ha funcionado? —inquiere Jennifer.

—Un poco, pero la mayor parte del tiempo estaba tan nerviosa que no podía pensar con claridad. Y al final fue... —Niego con la cabeza—. Las personas son... Son tan *confusas*. A veces, si pienso en las cosas el tiempo suficiente y lo suficientemente bien, llego a entenderlas. Pero otras veces, por mucho que lo intente, es imposible.

—De hecho, quería hablarte de eso —comenta Jennifer, y en su rostro hay una expresión que no había visto antes. No me es imposible interpretarla.

Se levanta y va al escritorio que hay al otro lado de la habitación para rebuscar en uno de los cajones grandes. Saca una gruesa carpeta de papel manila que me entrega antes de volver a sentarse en la silla situada frente a mí.

—Es para ti —dice—. Adelante, échale un vistazo.

Extrañada, abro la carpeta. Hay un libro de bolsillo encima de una pila de impresos sujetos con varias grapas y un clip grande. Paso las yemas de los dedos por el título del libro, *Asperger en femenino: Cómo empoderar a las mujeres diagnosticadas de síndrome de Asperger*[*], y le dirijo una mirada interrogativa.

—Te recomiendo que te leas ese libro en tu tiempo libre. No es una fuente completa ni mucho menos, pero creo que algunas partes te servirán.

—Vale. Me lo leeré —accedo, aunque todavía no estoy segura de *por qué* quiere que me lo lea. En plan, hay una razón obvia, pero la descarto de inmediato. Tiene que haber otro motivo.

Como tengo curiosidad, dejo el libro a un lado y examino los impresos. En negrita, la hoja superior dice «Comprender tu autismo». Hay va-

---

[*] N. de la T.: Propuesta de la traductora, ya que el libro no se encuentra traducido al español. El título original es *Aspergirls: Empowering Females with Asperger Syndrome*.

rias frases y puntos resaltados en amarillo, pero cuando los leo, no entiendo lo que significan. Lo único en lo que puedo pensar es en el título.

—Basándome en lo que me has contado sobre tus problemas actuales y tu infancia y en lo que he observado en persona en los últimos meses que nos hemos estado viendo, mi opinión es que estás dentro del espectro autista, Anna —explica Jennifer.

En un instante, es como si alguien aspirara el aire de la habitación. Un fuerte pitido me llena los oídos. Mis pensamientos se reducen a esas palabras: *espectro autista*. Jennifer sigue hablando, pero mi cerebro está demasiado agitado como para captarlo todo. Solo pillo fragmentos.

«Dificultad para socializar».
«Necesidad de una rutina».
«Movimientos repetitivos».
«Problemas sensoriales».
«Intereses que consumen».
«Crisis nerviosas».

Me percato de que está describiendo el autismo. También es extraño lo mucho que suena como si estuviera describiéndome *a mí*, pero eso es imposible.

—Es imposible que sea autista —digo, interrumpiéndola—. Odio las matemáticas. No tengo memoria fotográfica. Encajo. Tengo amigos, un novio, incluso les gusto a las amigas de mi madre. No me parezco en nada a Sheldon de *The Big Bang Theory* ni... ni... ni al hermano de *Rain Man*.

—Nada de eso son criterios de diagnóstico. Son estereotipos y percepciones erróneas. Y creo que el hecho de que encajes es el resultado de un gran trabajo de enmascaramiento por tu parte. Es común que las mujeres autistas de alto funcionamiento como tú adquieran diagnósticos tardíos porque «pasan desapercibidas», pero no es sano. Temo que estés encaminada a sufrir agotamiento autista, si es que no lo estás sufriendo ya —explica Jennifer con el ceño fruncido.

No tengo respuesta. Su observación me ha dejado literalmente sin palabras.

Terminamos el resto de la sesión, pero cuando salgo del edificio, no me acuerdo de mucho. Miro el brillo cegador del cielo con los ojos entrecerrados. Es el mismo cielo que siempre ha estado sobre mí, pero ahora parece diferente. Todo parece diferente. El sol, el viento en los árboles, la acera bajo mis zapatos.

Hay un banco verde a un lado. Llevo meses pasando por delante de él y no me he sentado en él ni una sola vez. Me siento en él, abro el libro que me ha dado Jennifer y leo. Pasan las horas. Las nubes corren sobre el sol, envolviéndome momentáneamente en la oscuridad antes de seguir su camino. En las páginas, leo sobre otras mujeres, sus experiencias, sus dificultades, sus fortalezas. Pero parece que estoy leyendo sobre mí misma: cómo copio a mis iguales para encajar; cómo no los entiendo, pero finjo que sí; cómo solía esconderme debajo de la mesa en las fiestas para evitar el ruido, el caos y las interacciones sociales estresantes, lo que hacía que mis padres pasaran vergüenza; cómo necesito que mi día siga una estructura rígida o soy incapaz de funcionar; cómo no soporto concentrarme en algo a menos que me resulte interesante y entonces ya no existe nada más; incluso cómo estoy golpeando los dientes ahora mismo. Estoy realizando estereotipias. En secreto. A plena luz del día. Llevo haciéndolo toda mi vida.

Al igual que las mujeres del libro, siempre ha habido muchas cosas en mí que estaban «fuera de lugar», muchas cosas que cambiar, que suprimir, que ocultar, que enmascarar. Fue una tarea minuciosa, a menudo agotadora, pero mis esfuerzos se vieron recompensados con la aprobación de mi familia y la adquisición de amigos y un novio. Al cambiar, me gané la sensación de haber encontrado mi lugar.

Pero tal vez siempre he tenido un lugar. Solo que con un grupo diferente de personas.

Hice todo ese esfuerzo. Experimenté toda esa confusión y dolor. Y puede que no fuera necesario. Tal vez, con la percepción adecuada, podría haber sido aceptada tal y como era.

Cuando termino de leer las secciones pertinentes del libro y todo lo que hay en la carpeta de papel manila, el día ha alcanzado el crepúsculo. Este solía ser mi momento favorito del día para tocar el violín porque parece que hay magia en el aire. Lógicamente, sé que no es magia, sino que es la luz cayendo en ángulo mientras que el sol desciende hacia el horizonte, pero añade algo indefinible a la gravedad del ahora.

Vuelvo a casa en una especie de trance. No es hasta que los peatones me miran de forma extraña que me doy cuenta de que estoy llorando.

No intento detenerlo.

Dejo que las lágrimas caigan.

Lloro por la chica que solía ser.

Lloro por mí.

Es una experiencia extraña. Sentir lástima de mí misma no es un capricho que me permita. Sin embargo, no parece lástima. Parece *autocompasión*, y el darme cuenta de ello hace que llore más fuerte.

Nadie debería necesitar un diagnóstico para ser compasivo consigo mismo.

Pero yo sí. El amor duro no deja lugar a la debilidad, y el amor duro es lo único que he conocido. Quizá por ahora, solo por esta vez, sea capaz de experimentar con un tipo de amor diferente. Algo más amable.

Lloro hasta que me duelen los músculos, y luego lloro más, como si dejara salir las lágrimas por una tristeza futura. La gente me mira y susurra entre sí. Una niña me señala y le pregunta a su madre qué me pasa, y la mujer coge a su hija en brazos y se aleja corriendo.

Miro y, por primera vez en mi vida adulta, no me importa que esté montando una escena. No he hecho daño a nadie. No debería avergonzarme. No debería tener que disculparme.

Esta soy yo.

TRECE

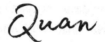

Cuando cuelgo la llamada con Adquisiciones LVMH, reclino la espalda contra la silla y miro fijamente a Michael, que está sentado frente a mí. Ninguno de los dos habla durante un minuto. La expresión de asombro en su cara lo dice todo. Estoy bastante seguro de que yo tengo la misma expresión.

—¿Acaba de ocurrir? —pregunta, rompiendo el silencio.

Abro el correo electrónico en el portátil y, cuando veo lo que estaba buscando, lo giro para que la pantalla quede cara a cara con Michael.

—Creo que sí. Mira, sus abogados ya se están poniendo en contacto con los nuestros para avanzar con las negociaciones sobre la adquisición. Prepárate para que te envíen copias de todo.

—¿Existe la posibilidad real de que seamos un nombre conocido? —inquiere.

Se me escapa una carcajada de asombro.

—¿Supongo? Aunque cabe la posibilidad de que odiemos la oferta que nos hagan y las condiciones que nos pongan. También podrían cambiar de opinión sin motivo. Estas cosas no van a ningún sitio cada dos por tres.

Asiente, pero también se hunde en la silla y se frota la cara como si no se creyera que esto es la vida real. Después de un momento, parpadea y declara:

—Tenemos que celebrarlo.

Sonrío.

—Me parece bien.

—Mañana por la noche —propone.

—Tengo algo —contesto, pero antes de que pueda sugerir otra hora, continúo—, pero lo cambio. De hecho, quiero cambiarlo de día.

Me mira con curiosidad.

—¿Tiene que ver... con *ella*?

—Sí. —Mantengo el tono despreocupado mientras ordeno mi escritorio, juntando los impresos financieros en una pila ordenada—. Las cosas no salieron tan a la perfección la última vez, así que decidimos intentar acostarnos una vez más.

Michael coloca el codo en el reposabrazos de la silla y apoya la barbilla en el puño mientras me mira.

—¿A qué te refieres con «no tan a la perfección»?

—No me acosté con ella. Hicimos algunas cosas, y estuvo muy bien. Pero los dos tenemos problemas y estamos trabajando en ello —explico con ligereza, como si no me hubiera tirado toda la semana pensando en ella y masturbándome cada vez que puedo con fantasías en las que sale ella.

Michael arquea las cejas.

—¿Cuántas veces habéis intentado acostaros? —inquiere.

—Solo dos.

—¿Cuándo se convierte en estar saliendo? ¿A la tercera? ¿A la cuarta?

—Es estar saliendo cuando *decimos* que es estar saliendo. Y no lo estamos —respondo.

Se sienta hacia delante en la silla como si fuera un sabueso que ha captado un olor.

—¿Por qué quieres cambiar el día?

Me encojo de hombros y pongo los impresos en la carpeta correspondiente del cajón de mi escritorio. Por lo general, soy un poco desordenado —cuando me puse a limpiar mi apartamento la otra semana, vi que a mis platos les estaba saliendo moho; eso es un nivel nuevo de asquerosidad, incluso para mí—, pero cuando se trata del negocio, soy superorganizado. Ordeno las cosas por orden alfabético y las coordino según los colores. Mi bandeja de entrada del correo electrónico se reduce a cero correos sin leer al final de cada jornada. Se paga todo justo a tiempo.

—¿Es porque no quieres que se acabe? —pregunta Michael—. ¿Lo estás alargando?

No respondo. Porque es complicado. Es cierto que Anna y yo llevamos toda la semana escribiéndonos, haciendo observaciones aleatorias, compartiendo artículos de noticias divertidos y vídeos de animales adorables y cosas así. Hablar con ella llena un espacio en mi vida que no sabía que estaba vacío, y me va a entristecer ver cómo eso se acaba.

Pero también estoy nervioso. Creo que sé lo que tengo que hacer la próxima vez que estemos juntos, y me pongo a sudar cada vez que lo pienso.

—Voy a preguntarle si le parece bien cambiarlo mientras pienso sobre el tema —digo, y cojo el móvil y le mando el mensaje: Hola, ¿podemos quedar el domingo por la noche en vez de mañana?

—Digamos que quedáis una vez más y finalmente echáis un polvo. ¿Y entonces qué? ¿Se acabó? ¿No volvéis a hablaros nunca más? —pregunta.

—Eso es lo que suele pasar después de un polvo de una noche —respondo, pero no me siento bien al respecto.

Michael empieza a hacer comentarios, pero mi móvil vibra al recibir un mensaje de Anna. Vale.

Eso es lo único que dice. Nada de emojis ni de comentarios divertidos. Algo va mal.

¿Estás bien? Podemos mantener la fecha original si te viene mal, le digo.

Estoy bien, contesta y, de nuevo, eso es todo. Esto no es propio de ella.

—Tengo que llamarla un segundo —digo en voz alta, y Michael frunce ligeramente el ceño al verme marcar su número y ponerme el móvil en la oreja.

El móvil suena tantas veces que estoy seguro de que me va a salir el buzón de voz, pero, al final, contesta.

—¿Hola? —Su voz tiene un tono extraño que me inquieta.

—¿De verdad que estás bien? Si quieres mantenerlo mañana, no pasa nada. O podemos cancelarlo o dejarlo para otro día. Lo que te...

—No, el domingo está bien. Estoy bien —asegura, pero se le quiebra la voz a mitad de la última palabra.

Está llorando.

El sonido se me clava en el pecho y, antes de ser cien por cien consciente, abro el cajón del escritorio y me guardo la cartera, las llaves y demás en los bolsillos.

—¿Dónde estás? —pregunto. Hay ruido de fondo. Estoy seguro de que está fuera.

—De camino a casa —responde.

—¿Entre qué calles?

—¿Por qué...? Oh. No tienes que venir a verme. Es muy amable por tu parte, pero estoy bien. —Deja escapar un suspiro tembloroso que es como un kilómetro y medio de largo—. Ya veo mi edificio. Estaré en casa en dos minutos.

—Voy para allá.

—Quan...

Cuelgo antes de poder escuchar el resto de lo que dice.

—¿Qué pasa? —inquiere Michael, que se levanta de la silla.

—Está llorando. Tengo que ver cómo está.

Asiente con seriedad. En cosas como esta, nos entendemos al cien por cien.

Al salir, me detengo.

—Te avisaré en cuanto a los planes para mañana. Puede que tengamos que celebrarlo más tarde.

—No te preocupes por eso. Ve a ver a tu chica. —Me da un apretón en el hombro y le hago un gesto con la cabeza antes de irme.

Sin embargo, mientras subo a mi Ducati, me doy cuenta de la importancia de lo que ha dicho. *Tu chica.*

Anna no es mía.

Pero he de admitir que me gusta cómo suena. Mucho.

Cuando llego al edificio de Anna, me las arreglo para agarrar la puerta cuando alguien sale y subo corriendo los tres tramos de escaleras hasta su apartamento. No me detengo a recuperar el aliento antes de llamar a la puerta.

Anna abre la puerta y todo en mi interior se agita con incomodidad. Tiene los ojos hinchados y rojos. Tiene la cara sonrojada. Tiene un aspecto horrible. Pero al menos está de una pieza.

—Has llegado muy rápido —dice, y mira al pasillo detrás de mí con los ojos muy abiertos, como si estuviera buscando un dispositivo de teletransporte o algo así—. No hacía falta que...

La rodeo con los brazos y la abrazo con fuerza.

—*Sí* hacía falta —susurro.

Al principio está rígida, pero se relaja poco a poco con un suspiro largo y estremecedor. Cuando presiona la frente contra mi cuello, todo lo que se había desplazado al verla vuelve a su sitio.

—¿Qué te ocurre? ¿Qué ha pasado? —pregunto.

Se pasa un rato largo sin responder antes de negar con la cabeza sin decir nada, y mi estómago se hunde, decepcionado. Es obvio que hay *algo*. También es obvio que no confía en mí lo suficiente como para decírmelo, y eso es una mierda. Me digo que no pasa nada. Lo que hay entre nosotros no es *nada*. Pero mi decepción permanece. Quiero ser alguien a quien pueda contarle cosas. Con otras personas soy esa persona, o solía serlo, antes de volverme frágil para ellos.

Después de quedarme junto a ella al lado de la puerta principal durante varios minutos, la conduzco hasta el sofá y me siento con ella. No sé qué hacer, así que me limito a abrazarla y a acariciarle la espalda con la mano.

Estoy seguro de que se ha quedado dormida cuando murmura:

—Esta noche no tengo energía para nuestro tercer intento.

—No he venido aquí para acostarme contigo —le aseguro con firmeza. ¿Qué clase de cabronazo se cree que soy?

Gira la cara hacia un lado y me mira.

—¿Entonces hoy no cuenta?

—No.

Esboza una leve sonrisa.

—Gracias. Por venir.

—Estaba preocupado.

Suspirando, cierra los ojos.

—Hoy he ido a terapia.

—¿Ha servido de ayuda? —inquiero con la esperanza de que se explaye más.

Su pecho se expande con una inhalación larga y profunda y desciende.

—No lo sé. Es complicado y... —Se le arruga la frente ligeramente—. Es difícil hablar cuando estoy tan cansada. Solo decir las palabras... —Alza la mano y esta cae sin fuerza sobre su regazo, dejándolo claro por ella.

—Puedes contármelo más tarde. Si quieres.

Asiente y la abrazo con más fuerza mientras el cielo da paso a la noche, envolviendo el salón en la oscuridad. No es precisamente cómodo. Sigo llevando la chaqueta de la moto, y si bien es cierto que el tejido sintético viene de perlas si te la pegas montando, no es un atuendo pensado para descansar. Pero me gusta cómo Anna se apoya sobre mí. Satisface necesidades que no sabía que tenía. Disfruto del momento hasta que se me agarrotan los músculos por la inmovilidad. Cuando no puedo más y estiro uno de los brazos, se le desliza la cabeza un poco por mi pecho.

Se ha quedado dormida.

Apostaría mi Ducati a que no se queda dormida con cualquiera. Pero conmigo lo ha hecho. Eso significa algo.

CATORCE

Anna

Lo primero que veo cuando abro los ojos es a Quan. Está de lado, frente a mí, profundamente dormido. La imagen es tan inesperada que se me acelera el corazón y miro a mi alrededor con pánico en un intento por encontrarle sentido a lo que está pasando. Esta es mi cama, mi habitación. Anoche no cerré las persianas, y todo está teñido de gris y silencioso, como lo está justo antes del amanecer. No suelo despertarme a esta hora. Solo cuando estoy de viaje o me acuesto muy temprano por accidente.

Los recuerdos de ayer revolotean por mi mente. Mi práctica habitual (fallida), ver a Jennifer, *las noticias*, el libro, llorar en público, Quan preocupándose por mí...

Recuerdo vagamente que anoche me movió del sofá y entonces... Me tapo la boca con la mano. *Le pedí que se quedara.* Por eso está aquí, durmiendo encima de mis sábanas y con pinta de estar pasando frío. Me siento y lo tapo con las mantas con cuidado.

Durante un rato me quedo sentada, con miedo a moverme por temor a despertarlo. ¿Qué hacen las mujeres cuando tienen extraños en sus camas? En cuanto ese pensamiento se me pasa por la cabeza, frunzo el ceño. *Extraño* no me parece la palabra adecuada para Quan. Pero no es mi *rollo de una noche*, todavía no. Está claro que no es mi *amante*. *Conocido* parece demasiado distante. Ha hablado conmigo un número de veces razonable, me ha escuchado, se ha reído conmigo, me ha visto en mis peores momentos, me ha abrazado mientras lloraba. Y se ha quedado porque se lo pedí.

Creo... que podría ser mi amigo.

Resulta incómodo darme cuenta de eso y es demasiado para mí a estas horas de la mañana, así que cojo el móvil de donde está cargando en la mesilla de noche —Quan debió de hacerlo por mí— y me escabullo para alejarme de él.

Mientras me cepillo los dientes lo más silenciosamente posible, reviso los más de cien mensajes que he recibido en el móvil. La mayoría son de Rose y Suzie. Hablan del nuevo prodigio del violín de doce años que acaba de llegar a la escena de la música clásica. Durante un tiempo, después de que me hiciera famosa por accidente en internet, todo el mundo hablaba de *mí*. Pero ya no se trata de mí.

Mi momento ha pasado.

Nunca anhelé ser el centro de atención de esa manera, pero supongo que ahora tengo la sensación de que he perdido algo. Es agradable que te quieran. Y triste que te descarten. Pero sé que esa es la naturaleza de las cosas nuevas y brillantes. Tengo que seguir adelante con mi vida, como todas las demás personas que ya no son brillantes y nuevas, y encontrar un sentido donde me sea posible.

Después de ponerme al día con el chat grupal de Rose y Suzie, veo que me he perdido un mensaje de mi hermana, Priscilla. Solo dice: ¿Qué tal? Me pregunta cómo estoy una vez al mes. Si no lo hiciera, nunca hablaríamos porque estoy demasiado inmersa en mi rutina diaria.

Escribo la respuesta (siempre es la misma) con la mano izquierda: Bien, ¿y tú?

Está en la Costa Este, así que las posibilidades de que esté despierta son bastante altas. No me sorprende cuando mi móvil empieza a vibrar con una llamada entrante.

Me apresuro a enjuagarme la boca y a buscar un lugar en el apartamento donde poder hablar. Ningún sitio parece adecuado, así que me pongo mi albornoz feo y salgo al balcón, que rara vez uso. Fuera hace mucho frío, sobre todo porque estoy descalza y hay humedad en el suelo, y me cierro los pliegues del albornoz con una mano.

Tras tomarme un segundo para recomponerme, respondo.

—Hola, Priscilla jie. —Tengo que añadir el «jie», que significa «hermana mayor». Cuando era pequeña, una vez la llamé simplemente «Priscilla» e hizo que me arrodillara en el baño con los brazos cruzados durante dos horas. Me lleva quince años, así que podía hacer cosas como esa. Como mis padres siempre estaban ocupados trabajando, también fue ella la que vino a recogerme al despacho del director cuando empecé a sollozar desconsoladamente y me negué a subirme al autobús escolar para volver a casa el primer día de infantil. Si salía a hacer truco o trato, ella me llevaba. Si celebraba una fiesta de cumpleaños, ella la organizaba.

—Hola, mui mui. Te has levantado temprano —contesta. Por el ritmo de sus palabras, estoy segura de que está caminando a toda velocidad hacia algún lugar. (No camina a la velocidad normal de un ser humano, no creo que sepa hacerlo)—. ¿Para ti no son como las seis de la mañana?

—Anoche me acosté temprano. Creo que he dormido casi doce horas —digo mientras hago cuentas mentalmente.

Se ríe, y el sonido es sonoro y suave, casi musical.

—Quiero tu vida.

—No, no la quieres.

—Lo que tú digas. Tú no trabajas ochenta horas a la semana. Me estoy haciendo demasiado mayor para esto —se queja.

—No eres vieja, y pensaba que te encantaba tu trabajo. —Año tras año, gana enormes bonificaciones de su empresa de consultoría, sobre lo que mi madre se deleita presumiendo con humildad ante sus amigos.

Hace un sonido de burla.

—Todo envejece con el paso del tiempo, pero ya basta de hablar de mí. ¿Cómo está Julian? ¿Qué habéis estado haciendo?

—Parece que le va bastante bien —respondo—. Pero no hemos estado haciendo mucho, juntos.

—¿Eso qué significa? —pregunta con suspicacia.

Considero la posibilidad de mentir, pero decido que no tiene sentido.

—Que quería ver a otras personas durante un tiempo.

—¿Que *qué*?

—Está viéndose con otras mujeres —le explico, ya que parece que no ha entendido cómo se lo he dicho antes—. Está viendo qué más hay ahí fuera antes de comprometerse porque no quiere arrepentirse.

—Dios mío, no... —Hace una pausa larga antes de añadir—: ¿Cuándo empezó esto?

—Hace un mes más o menos.

—¿Un mes? ¿Y no se te ha ocurrido *contármelo*? —lo pregunta casi gritando.

Alguien está paseando a su perro en la acera de abajo, así que me inclino hacia las puertas.

—Lo siento —murmuro.

—Antes de que pasara, ¿hiciste... algo raro? —me pregunta.

Se me desploman los hombros y me quedo mirando el cielo iluminado. Por eso no se lo he contado antes. Sabía que iba a pensar que era culpa mía.

¿Ha sido culpa mía?

—Que yo sepa no —respondo.

—¿Has estado en otra de tus fases de vaga?

Hago una mueca ante su elección de las palabras.

—No. He... —Pero mi voz se apaga al recordar las semanas posteriores a cuando volví de la gira. Apenas salí de la cama durante esos días, pero no porque fuera «vaga». Mi cerebro simplemente dejó de funcionar. Después de haber estado tan ocupada durante meses, actuando para públicos enormes, interactuando con innumerables directores, músicos y gente de la prensa, estando en *activo* durante tanto tiempo, me apagué. Recuerdo que abrí la nevera, vi la comida y me sentí completamente abrumada, desconcertada incluso, por todos los pasos que había que dar para llevármela al estómago. Durante varios días solo comí Cheetos. No tenía capacidad mental para cocinar, y mucho menos para salir con Julian, contorsionar la cara para mostrar las expresiones adecuadas, decirles las cosas correctas a sus amigos y hacerle las mamadas que tanto le gustan. Durante semanas, cada vez que Julian quería salir, yo ponía excusas.

Puede que sí que lo haya alejado después de todo.

Priscilla suspira de forma sonora.

—Ay, Anna, ¿qué voy a hacer contigo?

Sé que es una pregunta retórica, pero, aun así, estoy tentada a responder «nada». No quiero ni espero que ella resuelva mis problemas. Sin embargo, no digo nada. Se enfada conmigo cuando me pongo en «ese plan», que es como lo llama cuando no estoy de acuerdo con ella o expreso frustración, ira o cualquier emoción contraria a lo que quiere.

—A todo el mundo le gustaba mucho para ti —dice con otro suspiro.

—Lo siento. Sé que te llevabas muy bien con él.

Ella fue la que nos presentó. Era becario en su empresa. En las reuniones familiares y demás, Julian y Priscilla solían sentarse uno al lado del otro, inmersos en una charla sobre la bolsa, y me encantaba saber que mi novio y mi hermana se llevaban bien.

—No hagas que parezca que empezaste a salir con él por *mí* —contesta rígida. Casi me río. Es exactamente por eso por lo que empecé a salir con él. Priscilla es mi hermana mayor inteligente, guapa y muy exitosa, la persona a la que más respeto en todo el mundo. En muchos sentidos, es más una madre para mí que mi verdadera madre. Desde que tengo uso de razón me he esforzado por ganarme su aprobación, y está claro que Julian se lleva el aprobado de Priscilla, así como el de mis padres.

No sé cómo responder, por lo que me limito a un «vale».

—No te pongas en ese plan, Anna —espeta—. Había conseguido que salieras y que hicieras cosas, que fueras social, que no te encerraras en tu apartamento con tu música. Sonreías y te reías más. Eras feliz.

—Sonreír y reír no siempre significa ser feliz.

—Sé cuándo eres feliz —dice con seguridad.

Niego con la cabeza en silencio. Es imposible que sepa cuándo estoy feliz, no cuando las cosas que digo y hago con ella están específicamente diseñadas para hacerla feliz a *ella*.

—He empezado a ver a una psicóloga —le cuento, y me sorprende haber hecho esa confesión. Es algo que he estado reteniendo de manera intencionada por miedo, pero han pasado muchas cosas. Supongo que ahora quiero que lo sepa.

—Oh. Vaya. Vale —contesta. La he dejado sin palabras, algo poco habitual en la Priscilla socialmente inteligente.

Me llevo una mano al pecho y contengo la respiración mientras espero a que diga algo más.

—¿Lo saben papá y mamá? —inquiere.

Se me escapa una pequeña carcajada.

—No.

—Probablemente sea lo mejor. —Se aclara la garganta—. ¿Cómo encontraste a esa psicóloga?

—Busqué «psicóloga» y «local» y escogí la que mejor sonaba.

Hace un sonido con la garganta, solo un sonido, ni siquiera una palabra, pero sé que lo desaprueba. Después de un momento, pregunta:

—¿Ha sido por Julian?

—No, no ha sido por Julian. Fue antes de que él... de que nosotros... fue justo antes de eso —explico con torpeza—. Estoy teniendo problemas con mi música. Desde la gira y el vídeo de YouTube y todo eso.

—Podrías haber hablado *conmigo* del tema en vez de con una persona aleatoria que has encontrado en internet —dice Priscilla con voz frustrada—. Somos una *familia*. Siempre estoy aquí para ti. Es por la presión, ¿verdad? La presión es mi vida. Puedo hablarte de ella.

Aprieto los ojos y me abstengo de gemir. Sé lo que viene.

—Prioriza, divide las cosas en pequeñas tareas alcanzables y haz una lista de cosas que tienes que hacer. Yo lo hago todos los días —continúa.

Desconecto mientras me cuenta lo satisfactorio que es tachar cosas de la lista y me da su charla TED sobre cómo presentarse ante los directores generales y los grandes jefes. Ya he oído todo esto antes. No sirve de nada. Mis compulsiones son demasiado fuertes.

La puerta del balcón se abre un poco y Quan sostiene mi cepillo de dientes eléctrico con una pregunta silenciosa en el rostro.

Cubro la parte baja del móvil antes de responderle.

—Tengo cabezales para el cepillo de dientes de repuesto. Coge uno sin problemas. Bueno, y duerme más si quieres. Pareces muy cansado.

Sonríe y se pasa una mano por la cabeza, cohibido.

—Gracias, pero tengo algo esta mañana. Voy a... —Señala por encima del hombro, en dirección al baño, y se aleja.

La culpa me invade. No me gusta que le falten horas de sueño por mi culpa.

—Creía que habías dicho que llevabas un tiempo sin ver a Julian —dice Priscilla, interrumpiendo mis pensamientos—. ¿Pero está en tu casa ahora? ¿Cómo es eso?

No está aquí para verlo, pero agacho la cabeza de todos modos.

—Ese, eh, no era Julian.

—Imposible. ¿Estás viéndote con otra persona?

Tardo un poco en responder. Las cosas entre Quan y yo no son fáciles de explicar cuando apenas las entiendo ni yo.

—Supuse que, si él podía ver a otras personas, yo también.

—A ver, sí. Claro que puedes —contesta Priscilla, pero sigue sonando aturdida—. ¿Cómo lo conociste?

Entrecierro los ojos.

—¿Estás segura de que quieres saberlo?

—¿Internet otra vez? —inquiere, y suena como si le estuviera infligiendo daño físico—. ¿Y has pasado la noche con él? ¿Quién es y qué ha hecho con mi hermanita? ¿Es sospechoso? ¿Estás bien? ¿Necesitas ayuda para que se vaya? ¿O estás en su casa?

—No es sospechoso y estoy bien. Ni siquiera... —Suelto un suspiro frustrado. No hace falta que le hable de mi vida sexual a Priscilla. Y, sin duda, no quiero que ella me hable de la suya. Preferiría saltar por el balcón—. Está en mi casa, pero se va pronto. No te preocupes, ¿vale?

Se oye un ruido en el lado de Priscilla, como si hubiera entrado en un restaurante muy concurrido.

—Tengo que irme —dice—, pero te llamaré más tarde, ¿de acuerdo?

—Vale. Adiós, jiejie.

—Adiós, mui mui.

La llamada se corta y, despacio, me separo el móvil de la oreja, y los pensamientos me pesan por lo que le he dicho y aún más por lo que *no* le he dicho. Mi diagnóstico se cierne sobre mí y quiero hablar de ello. A lo mejor *necesito* hablar de ello para entenderlo y aceptarlo de verdad. Pero también tengo miedo.

Si de repente se avergüenza de mí, se me partirá el corazón.

De vuelta a mi apartamento, Quan está agachado junto a la puerta principal atándose los cordones de los zapatos.

—¿*Jie*? Eso es chino, ¿no? —pregunta cuando me ve.

—Sí, cantonés. Aunque es casi lo único que sé decir.

Se le alza la comisura de la boca.

—Mi hermano es igual con el vietnamita. Aunque lo entiende bastante bien.

—Oh, tampoco lo entiendo —digo con ligereza.

Espero que se ría como otras personas cuando digo cosas de este estilo, pero no lo hace.

—¿A veces es duro para ti? —pregunta—. Uno de mis primos solo habla inglés y la familia se burla mucho de él por eso. También incordian a sus padres por eso, y luego sus padres le echan la culpa a él.

—La verdad es que sí —admito—. Mi hermana mayor es casi cuatrilingüe (habla cantonés, mandarín y un dialecto poco común del sur, además del inglés, claro) y yo... —Alzo un hombro—. Cuando era pequeña, les fue imposible que dijera una palabra, y el médico sospechó que hablarme en todos los idiomas era demasiado para mí. Por lo visto, en cuanto me hablaron en un solo idioma, mejoró la cosa. Desde entonces no he vuelto a aprender nada más. Eso avergüenza a mi madre.

—Bueno, yo no hablo *nada* de chino —dice mientras termina de atarse los cordones y se levanta. Cuando ve bien mi albornoz feo, sonríe.

Me arde la cara al instante. No pensé en el futuro cuando me lo puse hace un rato, y tendría que haberlo hecho. Con Julian siempre estaba alerta y tenía cuidado, por lo que nunca me ha visto así. Pero ahora es demasiado tarde.

—Sé que es feo, pero es muy suave.

—Es muy... brillante. ¿Es de color salmón? —Todavía sonriendo, se acerca a mí y cierra la parte delantera con más fuerza, como si no quisiera que pasara frío. No parece disgustado ni burlón, y eso me desconcierta.

—Coral —respondo—. No me lo pongo y me imagino que soy un pez tropical en el océano, si es lo que estás pensando. Cuando estoy en casa, donde la gente no me ve, me gusta llevar colores brillantes y arco iris y cosas así. Me hace feliz. Un poco.

Frunce el ceño.

—¿Por qué tiene que ser donde la gente no te vea?

—Porque la gente es mala. Dicen cosas como «¿la has visto?», «no me creo que lleve eso puesto» o simplemente se miran y se ríen de mí. Odio que se rían de mí. Solía pasar mucho, pero he mejorado para evitarlo.

—Llevaré colores arco iris contigo en la calle. A mí no me importa una mierda —casi gruñe al tiempo que se me acerca de manera inesperada y me abraza.

No estoy acostumbrada a este tipo de actos cariñosos (mi familia no es nada cariñosa, y Julian tampoco), así que tardo un par de segundos en relajarme y apoyarle la mejilla en el pecho. Cuando me imagino al Quan malote vestido con colores arco iris y las reacciones confusas de la gente, sonrío y digo:

—Eso sería algo digno de ver.

—Sería increíble, sí.

Me abraza más fuerte, y la felicidad se expande en mi pecho. Me encanta que me abrace, sentirme a salvo.

—Fue una desconsideración por mi parte pedírtelo, pero gracias por quedarte —le digo.

—Sin problemas. ¿Ya te encuentras mejor?

—Sí.

—¿Quieres hablar de ello? —pregunta.

Un aluvión de emociones surge ante su sugerencia (miedo, emoción, ansiedad, incertidumbre y, sobre todo, esperanza) y me las trago.

—Tienes que irte a un sitio, ¿recuerdas?

—Puedo llegar tarde. Es una práctica de kendo con mi primo y mi hermano. Luego daré una clase para los niños más tarde.

—Eres el único asiático que conozco que sí que practica artes marciales —comento, eludiendo el tema de forma intencionada.

Se ríe.

—Supongo que eso me convierte en un estereotipo andante. ¿Adivina quién era mi ídolo de la infancia? Pista: no había muchas opciones.

Jadeo.

—*No.*

—Bruce Lee, sí —afirma con otra risa—. La caligrafía que tengo es esa frase que dice traducida al vietnamita. Sabes cuál.

—Sé agua, amigo mío —digo con una voz grave, lo que es mi aproximación a Bruce Lee.

—Sí, pero toda la cita, empezando por «Vacía tu mente».

Cuando me doy cuenta, me alejo y miro los tatuajes que tiene en los brazos como si los estuviera viendo por primera vez: las olas, las criaturas marinas. Parece que ha intentado tomarse al pie de la letra el consejo de Bruce Lee.

—No me lo creo. Eres un friki.

Una enorme sonrisa cubre su rostro, aunque parece casi tímido.

—Un poco, sí.

Toco con los dedos el pez que tiene tatuado en el antebrazo y trazo las escamas en su suave piel. No puedo dejar de sonreír. Me *encanta* lo friki que es. También su lado tímido.

—Este parece una pintadilla.

—Es un pez koi, y no vayas a acusarme de poner peces de agua dulce en el océano. Mis brazos son masas de agua diferentes del resto de mí.

Me río sin poder evitarlo.

—Acabas de decir algo muy friki, Quan.

—Te gusta.

—Sí. Puede que hasta seas más...

Me interrumpe con un beso profundo que hace que me aferre a él. Sabe a limpio, un poco a mi pasta de dientes, pero salado, misterioso.

Cuando se separa, me trago una protesta. Podría pasarme la vida besándolo.

—Mañana por la noche, ¿no? —pregunta, observándome con atención.

Esbozo una sonrisa y asiento con la cabeza, pero siento un poco de pánico. Mañana es la última vez que voy a verlo. Para siempre. Ese ha sido el mayor beneficio de nuestras interacciones desde que empezamos con esto, pero ya no lo siento así. Algo ha cambiado.

Aun así, es un recordatorio de por qué empecé a verme con él. Puedo decirle cosas que no puedo decirle a otras personas. Porque él no importa.

Salvo que sí que importa.

Pero es verdad que no voy a verlo después de mañana. Es lo que ambos queremos. Bueno, solía querer eso. Ya no sé lo que quiero.

—Me has preguntado por lo de ayer. —No me atrevo a mirarlo a la cara, así que me concentro en su camiseta mientras sigo hablando—. Mi psicóloga me dijo algo. —El corazón me late tan fuerte que lo noto en la garganta. Este momento es ruidoso, pesado.

Me coge las manos entre las suyas y se aferra a ellas.

—¿Qué te dijo?

—Me dijo que soy... —Se me ocurre algo y lo miro con curiosidad—. ¿Crees que me parezco en algo a tu hermano?

Alza las cejas.

—¿No... lo sé? No lo había pensado antes. ¿Por qué?

—¿No nos parecemos en nada?

—Eres mucho más guapa que él —responde con un brillo en los ojos.

Niego con la cabeza, aunque también sonrío.

—No me refiero a eso, pero gracias.

—¿A qué te refieres entonces? No voy a ser un idiota, lo prometo.

Es entonces cuando me doy cuenta de que confío en él. En las últimas semanas ha demostrado una y otra vez que me respeta, que no me va a hacer daño. Puedo contarle cosas. No porque no le importe. Sino porque es amable.

—Me dijo que estoy dentro del espectro autista —digo. Y ahí está. Las palabras han salido. Ahora parece real.

—¿Ya está? —pregunta, como si todavía estuviera esperando que le diera la gran noticia.

Emito una risa incrédula.

—Ya está.

Inclina la cabeza hacia un lado y me mira como si estuviera analizándome. Cuando no habla durante mucho tiempo, mis inseguridades me alcanzan y hablo.

—Si esto cambia las cosas y no quieres quedar mañana, lo entiendo perfectamente y...

—Quiero quedar mañana —se apresura a decir—. Estaba tratando de pensar en lo que tenéis en común mi hermano y tú.

—¿Y?

—Sinceramente, los dos sois muy diferentes, y ni siquiera sé qué buscar. No soy psicólogo ni nada por el estilo. ¿Tú qué piensas? ¿Te parece bien? —me pregunta, y noto que eso es lo que le importa. Confía en que me conozco a mí misma. No sabía lo importante que era eso para mí hasta ahora.

Yo soy la experta en mí.

Me toco el centro del pecho y asiento despacio mientras me escuecen los ojos.

—Encaja. Cuando mi psicóloga me describió el autismo, cuando leí sobre él, me sentí comprendida como nunca antes. Me sentí *vista*, mi verdadero yo, y *aceptada*. Toda mi vida me han dicho que tengo que cambiar y ser... otra cosa, algo más, y lo intento. A veces lo intento tanto que parece que me estoy rompiendo. Como mi música ahora mismo, no importa lo que haga, no puedo conseguir que sea *más*. Que me digan que está bien ser yo es... —Niego con la cabeza al quedarme sin palabras.

Quan me pasa el pulgar por el rabillo del ojo y me limpia una lágrima.

—¿Entonces por qué estás tan triste?

—No lo sé. —Me río, pero se me hace un nudo en la garganta. Me froto los ojos con las mangas—. Parece que soy incapaz de dejar de llorar.

Me acerca y me abraza con fuerza, apretando la mejilla contra mi frente, piel contra piel. Su calma me contagia, el latido constante de su corazón, el ritmo uniforme de su respiración.

Cuando el bolsillo le vibra, ambos nos sobresaltamos.

—Solo es el móvil —dice—. Ignóralo. —Pero sigue sonando.

—Deberías contestar. Podría ser importante.

Con un suspiro, se separa de mí y se lleva el móvil a la oreja.

—Hola... No, lo siento, es que me he entretenido con algo... Lo más probable es que no pueda ir hoy...

—No, no, por favor —me apresuro a decir—. Deberías ir. Estoy bien, de verdad. —No quiero que cancele sus planes por mí, sobre todo si no tengo ningún tipo de emergencia.

—Espera un segundo —le indica al móvil antes de silenciarse y centrarse en mí—. ¿Estás segura? Puedo quedarme y podemos ir a desayunar o algo así. Lo que quieras.

—Es un detalle por tu parte, pero... —Se me acumulan en la boca una serie de excusas y mentiras pequeñas, pero decido ser honesta—. Necesito estar sola y procesar las cosas. Además, ya mismo tengo que ensayar y no puedo hacerlo si estás aquí. Es mejor que te vayas.

Sonríe en señal de comprensión y vuelve a activar el micrófono en el móvil.

—En verdad, voy para allá. Nos vemos en un rato. —Tras colgar, me coge una mano—. ¿Seguro que estás bien?

—Sí. Deberías irte. Ya vas tarde.

Se inclina y me besa suavemente en los labios. Es un beso muy breve, pero me recorre un escalofrío.

—Mañana por la noche.

Asiento con la cabeza.

—Mañana por la noche.

Me da un apretón en la mano antes de irse. Mientras cierro la puerta tras él, vacilo. Ninguno se ha despedido.

Pero lo haremos mañana.

QUINCE

Después del entrenamiento, decidimos pasar el rato en el patio trasero de Khai y tomarnos unas copas para celebrar la noticia de LVMH en lugar de salir. Está de remodelaciones y acaba de instalar un fogón de piedra. Hay muebles de exterior bonitos y vete tú a saber qué árboles en flor (las flores son moradas, eso es lo único que sé), y el fuego evita que la gente pase frío por la noche. Es una disposición agradable.

—¿Qué estamos celebrando? —pregunta Khai mientras nos da un margarita a mí y a Michael. Hace los mejores margaritas. Están fuertes y les pone sal en el borde, mi parte favorita.

—Buenas noticias en cuanto a LVMH —respondo.

—¿Habéis firmado algo?

Le doy un sorbo a la bebida, y sí, está buenísima.

—No, es demasiado pronto para eso.

—¿Entonces estamos celebrando una llamada telefónica? —inquiere con el ceño fruncido con escepticismo.

Michael se ríe.

—Sí, estamos celebrando una llamada telefónica. Fue buena. Salud. —Extiende su bebida y todos chocamos nuestros vasos. Mientras doy un trago de tequila y zumo de lima, añade—: También estamos celebrando que Quan se ha echado novia.

Me atraganto y el alcohol me quema la tráquea, lo que hace que me cueste respirar y que tosa mientras Khai me da golpes en la espalda de forma poco útil.

—¿Qué cojones? No es mi novia —exclamo cuando por fin puedo respirar.

Khai se levanta y mira a Michael en busca de confirmación.

—¿Está saliendo con alguien?

Por encima del borde de su vaso de margarita, Michael sonríe como el gato de *Alicia en el País de las Maravillas*.

—Efectivamente.

—Nos estamos *enrollando*. Eso no cuenta como «salir con alguien» —aclaro, y no me gusta tener razón.

Michael pone los ojos en blanco.

—¿Al final follasteis anoche?

—No, estaba llorando y disgustada por ciertas cosas y no soy un cabronazo —respondo.

—Oyó que estaba llorando y fue corriendo a verla —le cuenta Michael a Khai en un susurro falso y fuerte —. Nuestro Quan tiene novia.

Khai asiente, vacilante.

—Si solo me estuviera enrollando con alguien, me mantendría alejado de esa persona cuando estuviera llorando.

—*No* es mi novia —digo con firmeza.

—¿Quieres que lo sea? —pregunta Michael.

Miro mi margarita y agito el vaso para que el líquido forme remolinos.

—Tal vez. —Suspiro y admito la verdad—. Vale, sí. Me gusta mucho Anna, pero ella quería algo sencillo en concreto. Está saliendo de una relación y le están pasando cosas en su vida. Además, no estoy seguro de estar preparado.

Khai frunce el ceño, pero asiente, aceptando lo que he dicho. Nunca es insistente ni entrometido. Es la persona a la que mejor se le da escuchar.

Michael, en cambio, hace un sonido de burla.

—Y una mierda no estás preparado. Ha pasado más de un año desde que te operaste. ¿Y qué pasó cuando llegaste a su casa? ¿Se sintió incómoda? ¿Te echó?

—Me pidió que pasara la noche allí —revelo, y la cara que pone Michael es tan de deleite que me entran ganas de darle un puñetazo—. Eres un incordio, ¿lo sabías?

Intenta parecer inocente.

—O sea, que pasaste la noche allí y no follasteis. Esa es, sin duda, la situación perfecta para echar un polvo.

Khai sonríe, aunque no dice nada.

—El plan es conseguir que mañana tengamos un rollo de una noche por fin —digo.

—Esa será la cuarta vez que intenten echar un polvo —le explica Michael a Khai, que parece confundido.

Me pongo rígido en mi asiento.

—No, la última noche no cuenta. ¿Y por qué estás llevando la cuenta, por cierto?

Michael me ignora y le dirige a Khai una sonrisa de sabelotodo mientras mueve las cejas. Menudo imbécil.

—A ver si lo entiendo —empieza Khai al tiempo que se frota la barbilla—. En cuanto os acostéis, ¿se acabó?

Le doy un sorbo grande al vaso y trago, y noto que de repente tiene un sabor amargo.

—Sí.

—Eso significa que habéis estado viéndoos sin acostaros —dice de forma intelectual.

—Sí.

—Y se escriben y hablan y ven documentales sobre naturaleza juntos —añade Michael, que finge que no ve cómo lo fulmino con la mirada.

—¿Cuánto tiempo lleváis así? —pregunta Khai.

—Unas semanas solo —respondo.

—No soy un experto, pero eso suena mucho a que tienes novia —dice Khai—. Sobre todo la parte en la que pasaste la noche en su casa.

Hago un sonido con la garganta y me bebo de un trago lo que me queda de bebida.

—No fue así. Estaba emocionalmente vulnerable y yo estuve ahí para ella. Como amigo. Nada más.

—¿Cómo es? —inquiere Michael.

Dejo el vaso en una mesa auxiliar y lo giro en círculos.

—Es... poco convencional, divertida, muy simpática.

—Es verdad que te gusta lo poco convencional —dice Michael. Se dirige a Khai—. ¿Te acuerdas de aquella chica con la que estuvo saliendo que no soportaba que la gente viera cómo comía, así que pedía que se lo pusieran todo para llevar?

—No juzgues. Todo el mundo tiene sus cosas —señalo.

—También estuvo esa que le hacía lavarse los dientes antes de darle un beso —añade Khai.

—Eso es solo cuestión de buena higiene, sobre todo por las mañanas —digo.

Michael me señala con su vaso.

—También te obligaba a usar desinfectante de manos antes de daros la mano y a ducharte antes de acostaros.

Me encojo de hombros.

—Tampoco era para tanto.

—También estuvo esa a la que le gustaba lamerle en público —dice Khai.

—Vale, eso no me gustaba. —Me froto el ojo al recordar cómo me picaba cuando se me metía la saliva ahí.

Michael le da un sorbo a su margarita.

—¿Y cuándo vamos a conocerla? —pregunta de forma despreocupada.

—Nunca, vete olvidando.

—Pero ¿por qué no? ¿Por qué no le dices lo que sientes? —inquiere Khai.

—No es tan fácil...

—Sí que lo es —interviene Michael—. Es así de fácil.

—No lo es —digo, y transmito mi certeza mediante el tono de voz.

Khai empieza a hablar, pero Michael niega con la cabeza en su dirección y se calla.

Giro el vaso varias veces más, una vuelta y otra.

—No sé cómo contarle lo que ha pasado.

—No lo hagas entonces —contesta Khai—. No es una información que necesite saber.

Michael asiente con la cabeza.

—Tiene razón. Puedes decírselo más tarde si las cosas avanzan.

Niego con la cabeza. Algunas partes de mí ya no parecen estar del todo bien. Esa es la pura verdad y algo que siento que tengo que explicar. También está lo otro, lo que todavía no le he contado a nadie, porque es incómodo y es una mierda y todavía me hace llorar a veces. Pero tendría que contárselo a Anna. Es relevante cuando se trata de relaciones.

—¿Sabes? Sé si a una chica le gusta alguien basándome en los mensajes que manda —dice Michael.

—Sí, si el mensaje dice «me gustas» es una señal bastante fiable —contesto con sequedad.

—No, saca el móvil y mándale un mensaje. Te voy a demostrar a lo que me refiero. Me bastan tres líneas para saberlo —insiste—. Además, ¿no quieres saber cómo está? En un principio ibais a quedar esta noche.

Refunfuñando, me saco el móvil del bolsillo y le mando un mensaje: ¿Cómo estás?

—No pienso enseñarte nada como diga algo personal. Además, ¿qué pasa si no responde al momento...?

Los puntos empiezan a saltar en la pantalla y recibo un mensaje nuevo con una cara sonriente. Estoy bien. ¿Y tú?

Se lo enseño a Michael para que analice el intercambio como si fueran hojas de té o alguna mierda del estilo, y enseguida sonríe.

—Un emoji sonriente del tirón. Eso es muy buena señal.

Entrecierro los ojos antes de escribir: Yo también. Estaba pensando en ti.

Antes de pulsar el botón de enviar, Michael mira el móvil por encima de mi hombro.

—¿Cómo? ¿Ningún emoji? Qué distante. Añade un corazón.

Le dirijo una mirada de desagrado.

—El matrimonio te ha deformado el cerebro si crees...

Me arrebata el móvil, me bloquea cuando me abalanzo sobre él y se aleja bailando y tecleando en la pantalla con los pulgares. Cuando me devuelve el móvil, el daño ya está hecho. Ha enviado el mensaje original. Pero hay un gran corazón rojo detrás.

Voy a matarlo.

Con mis propias manos.

Causándole tanto dolor como sea posible.

Pero entonces mi móvil vibra con un nuevo mensaje de Anna. Yo también estaba pensando en ti. Y ahí, al final, hay un corazón rojo igual que el mío.

Me quedo mirando su mensaje durante mucho tiempo, totalmente estupefacto, y la rabia me abandona.

—¿Crees que ella...? ¿Le...? ¿A lo mejor...?

Michael me pasa un brazo por los hombros.

—Eso, amigo mío, significa que le gustas. Lo he leído en *Cosmo*.

—No sé cómo puedes soportar leer esas revistas —interviene Khai mientras se levanta y recoge nuestros vasos—. Tengo un montón de limas, así que voy a hacer otra ronda. Creo que Quan la necesita.

—Sí, gracias —contesto mientras me dejo caer de nuevo en la silla, todavía mirando su mensaje y el corazón rojo.

Esto cambia las cosas. Tengo que desechar por completo mis planes para mañana. Ya no se trata solo de sexo. Si es que alguna vez se ha tratado solo de eso.

DIECISÉIS

Anna

Este fin de semana, cuando no estoy practicando, estoy investigando febrilmente sobre el autismo, consumiendo información de todas las maneras posibles: libros, artículos *online*, vídeos de YouTube, pódcast, publicaciones en grupos de gente autista de Facebook, incluso una película hecha para la televisión sobre Temple Grandin protagonizada por Claire Danes. Cuanto más aprendo, más segura estoy de que soy así. Este es mi lugar.

Quiero contárselo a la gente, a mi familia, a mis amigos, a mis compañeros de la sinfónica. Quiero que por fin me entiendan. Para mí la clave está aquí, en estos libros y en este contenido multimedia.

Está atardeciendo, y estoy esperando con nerviosismo a que llegue Quan para nuestra última cita mientras leo una entrada del blog personal de una mujer autista en el que habla sobre la terminología adecuada. Al parecer, ya no se utiliza «síndrome de Asperger» como diagnóstico en Estados Unidos. En 2013, se agrupó junto con otras condiciones neurológicas antiguas bajo el amplio paraguas del «trastorno del espectro autista». Muchos en la comunidad autista prefieren el uso de descriptores como «con menos necesidad de apoyo externo» en lugar de «de alto funcionamiento», que fue como Jennifer me describió. Estoy pronunciando las palabras *autista con menos necesidad de apoyo externo* y acostumbrándome a ellas cuando suena mi móvil. Es Priscilla, así que contesto de inmediato.

—Hola, jiejie.

Hay ruido de fondo, como si estuviera en un restaurante o en una fiesta. Siempre está «estableciendo contactos» y haciendo cosas sociales. Nunca sería capaz de vivir su vida, al menos no de forma feliz.

—Hola, tenía un minuto libre, así que pensé en llamarte. ¿Qué te cuentas?

—No mucho, solo estoy leyendo —respondo mientras paso de la entrada del blog sobre terminología a una sobre la mala conciencia espacial. Hay una foto de las piernas magulladas de la bloguera y las comparo con las mías. Aparte de nuestro tono de piel, somos iguales. Al igual que ella, me tropiezo constantemente con las esquinas de las mesas, las sillas, los pomos de las puertas y otras cosas, pero lo peor para mí son las vitrinas de los grandes almacenes. Me distraigo con las cosas brillantes que hay dentro y, siete de cada diez veces, me golpeo la cara contra el cristal al acercarme para ver mejor, una de las muchas razones por las que odio ir de compras.

—He hablado antes con mamá. Me ha dicho que papá no se encuentra bien. Igual quieres ir a verlos uno de estos días —dice Priscilla, y hay censura en su voz, como pasa siempre con este tema.

—¿Qué pasa? —Mi padre es más bien mayor (tiene dieciséis años más que mi madre), pero nunca me había dado cuenta hasta los últimos años, cuando una insuficiencia cardíaca congestiva le obligó a jubilarse en contra de su voluntad.

—Está muy cansado. Mamá dice que hoy se va a echar la siesta, y ya sabes lo que opina de las siestas —añade con una risa apagada.

—Intentaré ir el fin de semana que viene.

—¿Lo *intentarás*? —inquiere, y miro al techo al tiempo que flexiono los dedos en forma de garras. Detesto que me digan lo que tengo que hacer, lo detesto muchísimo, y es peor cuando se trata de hacer cosas con o para mis padres. Tienen una relación cercana con Priscilla. *Quisieron* tener a Priscilla. Yo soy su segunda hija accidental, el resultado de unas vacaciones en México y demasiadas piñas coladas. Peor que eso, soy demasiado sensible, difícil, «vaga» y, francamente, un poco decepcionante, excepto por mi relación con Julian, el yerno de sus sueños, y mi fama accidental en internet.

No obstante, las cosas con Julian no van bien y la fama no es duradera. Me está eclipsando una niña de doce años. Reconozco que he visto los vídeos de ella tocando con inquietud. No quería que me impresionara, pero es verdad que es increíble. Nunca he visto una forma de manejar el arco con tanta fluidez. Se merece los elogios. Aun así, ahora no tengo nada que enseñarles a mis padres, ni grandes noticias, ni nuevos logros, nada de lo que mi madre pueda presumir con humildad ante sus amigas, y sé que lo ansía. No sé si es mejor no tener nunca éxito o tenerlo durante un tiempo y luego perderlo.

—Los *visitaré* el fin de semana que viene. —Sueno alegre y emocionada mientras lo digo. Incluso sonrío. Porque así es como ella quiere que sea: despreocupada y con ganas de agradar. Como un *golden retriever*.

—Bien. Se alegrarán de verte —dice.

Casi suelto una risa amarga e irrespetuosa, pero consigo contenerla. Seguro que *no* se alegrarán si se enteran del desastre en el que he convertido mi vida. Nada de Julian. Nada de publicidad. La gira ha terminado. Mi carrera se está yendo por el retrete porque soy incapaz de ponerme las pilas. Voy a terapia. Lo que sea que tengo con Quan. (¿Qué es peor? ¿Intentar tener sexo casual con un extraño o fracasar en tener sexo casual con un extraño?). Y luego el último acontecimiento...

Un extraño impulso se apodera de mí y, sin decidirme de forma activa a hacer nada, me oigo decir:

—Mi psicóloga me dijo algo el otro día.

—Ya, ¿qué te dijo?

—Me dijo que tengo un trastorno del espectro autista. Soy autista con menos necesidades de apoyo externo. —Las palabras suenan extrañas cuando las pronuncio. Son demasiado nuevas. Pero son mías, y quiero que Priscilla lo sepa. Explican muchas cosas sobre mí: los problemas que tenía cuando era pequeña, las cosas por las que estoy pasando ahora, todo.

Aun así, contengo la respiración mientras espero su respuesta. Siento que el corazón me ha dejado de latir. ¿Se avergonzará? ¿Irá con pies de plomo cuando esté conmigo ahora?

¿Me seguirá queriendo?

—No, no lo eres —contesta con convicción.

Por un momento, estoy demasiado aturdida como para hablar. No había previsto que reaccionara con recelo.

—Me lo ha dicho mi *psicóloga*. Una de sus especialidades es...

Hace un sonido de impaciencia.

—Eso no significa nada. Hoy en día a la gente le diagnostican todo tipo de cosas. Es una estafa para sacarte dinero. No dejes que se aprovechen de ti, Anna.

Me quedo boquiabierta cuando sus palabras se me asientan en el cerebro. ¿Cómo puede hacer caso omiso a una opinión profesional con tanta facilidad solo porque no le gusta? ¿Cómo puede estar tan segura?

—El autismo suele tener un aspecto diferente en las mujeres —intento explicarle—. Se debe a un fenómeno llamado enmascaramiento, que es cuando...

—Créeme, *no* eres autista —me interrumpe Priscilla.

—Yo pienso que lo soy.

—No uses esto como excusa para tus defectos, Anna. Al hacerlo estás minimizando los problemas a los que se enfrentan los autistas de verdad.

—No estoy tratando de minimizar nada para nadie —me defiendo, horrorizada por la acusación—. El autismo puede ser diferente de lo que has visto. Por algo lo llaman espectro. Hay gente que tiene deficiencias más evidentes, pero también hay gente como yo. Que parezca que estoy bien no significa que siempre sea cierto.

—Dios mío, no me creo que estemos discutiendo esto. *No* eres discapacitada —afirma en un tono exasperado.

—No he dicho que lo sea. Personalmente, no creo que cumpla los requisitos. Pero es cierto que hay ciertas cosas que me resultan más difíciles de...

—Tengo que irme. Hablaremos de esto más tarde. —La llamada se corta.

Me separo el móvil de la oreja y me quedo mirando al frente sin ver nada. No ha salido en absoluto como pensaba, y se apodera de mí un sentimiento profundo de decepción y frustración. Se lo he dicho porque ansiaba que me entendiera. Pero nunca había quedado tan claro hasta qué punto no lo hace.

La duda se adueña de mí. Debo de estar equivocada. Jennifer debe de estar equivocada. Esas epifanías que tuve eran falsas. Ese sentimiento de identificación era erróneo. Es humano tener problemas. Si hubiera un diagnóstico para cada dificultad, no significaría nada.

El interfono suena, me pongo de pie y corro hacia la puerta principal para pulsar el botón.

—¿Hola?

—Soy yo —dice Quan—. ¿Lista?

—Sí —respondo, pero no sé si es verdad. He pensado mucho en esta noche y no he encontrado la forma de evitar mis problemas. No puedo hacer las cosas que él quiere. *No puedo.* Pero hemos puesto esto en marcha, y quiero ver cómo llega hasta el final. Yo termino lo que empiezo. Si no lo hago... me llena de sufrimiento.

—Sube.

Cuando llaman a la puerta un rato después, me tomo un segundo para reflexionar, esbozo una sonrisa y abro la puerta.

Va vestido como la primera noche que nos conocimos: chaqueta de moto, pantalones oscuros y botas. Lleva el casco bajo el brazo y me está sonriendo, esa sonrisa que me impide pensar. Sin embargo, en cuanto me mira bien, su sonrisa desaparece.

—¿Qué pasa? —pregunta.

—Nada. —Niego con la cabeza y me encojo de hombros.

Me mira con escepticismo, así que se lo explico.

—Estaba hablando por teléfono con mi hermana. Le he contado lo de... ya sabes.

—¿No se lo ha tomado bien? —pregunta con el ceño fruncido por la preocupación.

—No estoy segura de cómo responder a esa pregunta. Piensa que mi psicóloga está equivocada, que *yo* estoy equivocada. Y puede que lo esté. No lo sé ya.

Extiendo las palmas de las manos y las dejo caer a los costados mientras siento cómo una sensación de pesadez me empuja hacia abajo.

Me mira con el ceño fruncido durante un segundo antes de echarle un vistazo al salón por encima de mi hombro.

—¿Quieres salir un rato? ¿Dar un paseo o algo así? El aire fresco suele ayudarme a sentirme mejor.

—Vale, claro —accedo. Aparte de lo que tengo que hacer por motivos de transporte, no soy mucho de caminar. O de correr. O de hacer cualquier tipo de ejercicio. Pero hace días que no salgo y la idea no me molesta.

Me pongo mis bailarinas, que están perfectamente colocadas en la entrada, cierro la puerta y le sigo fuera del edificio. El cielo está oscureciéndose y hace un poco de frío, pero no vuelvo a por un jersey o a por un abrigo. No espero que estemos mucho tiempo fuera.

—¿Es la tuya? —le pregunto cuando pasamos por delante de una moto negra aparcada junto a la acera.

Se le levanta la comisura de la boca.

—¿Quieres dar una vuelta? Prometo tener cuidado.

Me cuesta darle una respuesta. Nunca me he montado en una moto. Nunca he *querido* hacerlo porque Priscilla cree que es una tontería. Según ella, cualquiera que se lesione conduciendo una moto se lo ha buscado y no debería sorprenderse cuando sufra daños cerebrales.

Antes de que pueda responder, me dirige una sonrisa despreocupada y dice:

—Solo estaba preguntando. No te sientas presionada.

Pasa junto a la moto, pero le agarro del brazo para detenerle.

—No, quiero hacerlo —me apresuro a decirle—. Solo estoy un poco nerviosa.

—¿Estás segura? No me va a sentar mal si no lo hacemos. De verdad.

—Estoy segura —afirmo. Priscilla no está aquí para juzgarme. Lo que es más importante, estoy cansada de la batalla interminable e infructuosa para ganarme su aprobación. Me ha traído más miseria que otra cosa, y ahora mismo quiero ceder y ver cómo es no luchar tanto. Quiero hacer algo memorable la última noche que voy a pasar con este hombre maravilloso y que no es nada adecuado para mí.

—Vale, pero dime si quieres que paremos y lo haré.

Mientras me coloca en la cabeza el casco adicional que ha traído y me lo abrocha bajo la barbilla, le sonrío, una sonrisa de verdad. *Estoy* nerviosa, pero también vigorizada, por extraño que parezca. Ha dicho que va a tener cuidado, y confío en él. Antes de subirse a la moto, vacila, se quita la chaqueta y me la pone sobre los hombros.

—Por si acaso —dice.

Estoy a punto de protestar, pero la chaqueta es deliciosamente cálida y huele a él. Meto los brazos en las mangas y me pongo la parte delantera sobre la nariz para poder inhalar su olor.

—¿Seguro que no la necesitas?

—No, tengo una temperatura alta. Estoy bien. —Me sube la cremallera y asiente con satisfacción, y me río con torpeza mientras muevo los brazos, haciendo que las mangas demasiado grandes se agiten como alas.

—Debo de tener un aspecto muy gracioso así.

—Estás perfecta. —Para demostrarlo, se inclina y me besa en los labios. Es un beso corto, pero aun así se me sube a la cabeza. Sus labios están fríos, su aliento, cálido. Cuando se separa, tardo un momento en volver a orientarme, y sonríe mientras me sube una de las mangas de su chaqueta hasta la muñeca.

—Puedo hacerlo yo —digo, ya que no estoy acostumbrada a que la gente me ayude con algo así. Ni con nada, en realidad.

Se limita a negar con la cabeza y se pone con la otra manga.

—Me gusta.

Ese es un concepto novedoso para mí. En el mundo único de mi familia, adicta al trabajo y al éxito, la autosuficiencia es la clave. Recuerdo perfectamente una vez en la que me puse enferma durante la escuela primaria. Mi padre me dio un frasco de Tylenol y me indicó que leyera las instrucciones mientras se iba corriendo a coger un vuelo para un viaje de negocios y dejaba que manejara la fiebre por mi cuenta. Era lo suficiente-mente mayor como para que no fuera ilegal estar sola en casa (creo) y, evidentemente, me las arreglé bien. Pero ese día perdí algo. O quizás sim-plemente maduré. No lo sé.

Lo que sí sé es que ahora mismo, mientras Quan hace esta trivialidad por mí, me siento extremadamente mimada. Y me encanta.

Se pone su casco, se sube a la moto y me hace un gesto para que me una a él.

—Pon los pies aquí y rodéame la cintura con los brazos.

Una vez que estoy detrás de él, agarrada con fuerza, la excitación, tanto la buena como la mala, corre por mis venas. Es como si me burbu-jeara la sangre.

—¿Preparada? —pregunta mientras me mira por encima del hombro.

Asiento con la cabeza, y me sonríe y hace rugir el motor.

Se me revuelve el estómago cuando nos alejamos del bordillo y se me tensan todos los músculos del cuerpo. No hay nada entre los vehículos gigantescos metálicos que se precipitan por la calle y yo. Siento el viento en las piernas, en las manos, en la cara, y aprieto los ojos mientras el terror se apodera de mí. Si el final está cerca, no quiero verlo.

Sin embargo, el final no llega. No en un minuto. Ni en dos, tres, cuatro o cinco. Una cosa que tienen los sentimientos es que se pasan. Los corazo-nes no están diseñados para sentir algo con demasiada intensidad duran-te mucho tiempo, ya sea alegría, pena o ira. Todo pasa con el tiempo. To-dos los colores se desvanecen.

Si bien es cierto que entiendo que puedo tener un accidente en cual-quier momento, mi miedo retrocede y abro los ojos. Al principio es dema-siado como para asimilarlo. Vamos deprisa y el mundo que me rodea está borroso. Pero al final recupero el aliento y se me ralentizan los latidos del corazón.

La ciudad está viva. Las luces de las calles brillan, los faros trase-ros parpadean, una nube de gases del tubo de escape de un camión que pasa por ahí me baña la cara. No sé cómo, pero todo es más nítido, más brillante.

Me oriento. He recorrido estas calles. Sé dónde estoy. Sobre todo, cuando gira hacia Franklin Street. El diseño moderno geométrico de la Davies Symphony Hall aparece a la vista. Es la parte trasera del edificio, así que no es tan impresionante, pero me siento como en casa. La echaba de menos.

A continuación, pasamos por el War Memorial Opera House y el Ballet de San Francisco, vislumbramos la parte trasera de la gran cúpula redondeada del ayuntamiento y continuamos hacia el norte. Supongo que nos dirigimos al océano, un lugar al que nunca voy a menos que esté enseñándole la ciudad a alguien de fuera, pero gira antes de que lleguemos. Nos dirigimos por unas calles tranquilas y secundarias bordeadas de árboles, apartamentos de lujo y parques, y me doy cuenta de que se está alejando de las zonas más concurridas de la ciudad. Está siendo cuidadoso, tal y como me ha prometido. Me está manteniendo a salvo.

Se me inunda el pecho de gratitud y de algo más, y le abrazo más fuerte. Es entonces cuando me doy cuenta de lo cerca que estamos. Nuestros cuerpos están apretados el uno contra el otro, su espalda contra mi pecho, mis muslos contra los suyos, mis brazos alrededor de su cintura. Es sólido contra mí, un ancla firme en este torbellino de caos. Mi atención se centra en él. Observo, cautivada, cómo nos conduce de forma competente a través del tráfico. No acelera. Señaliza los giros. No se salta los semáforos en amarillo. No intenta presumir, tiene la suficiente confianza como para no necesitarlo, y eso me gusta mucho, mucho.

Se detiene frente a un parque y me ayuda a bajar de la moto y a quitarme el casco.

—¿Qué tal? ¿Cómo estás?

—Eso ha sido... No tengo palabras —respondo. Estoy temblando un poco, pero no puedo dejar de sonreír.

—¿Bien, entonces? —pregunta para estar seguro.

—Sí. —Sonrío más—. Gracias.

Asiente con la cabeza, complacido por mi respuesta, antes de mirar el parque que hay al otro lado de la calle.

—¿Has estado alguna vez aquí? Es mejor por la noche.

—No. Es decir, he pasado por delante un montón de veces, sabía que estaba aquí, pero nunca me he parado a pasear y a explorarlo —digo.

—Vamos. Creo que te va a gustar.

Mientras me coge de la mano y cruza la calle conmigo, disfruto de la vista, viendo el Palacio de Bellas Artes con ojos nuevos. De una laguna que está rodeada de sauces llorones adormilados brota una fuente, y más allá se alzan las columnatas romanas que conducen a una rotonda elevada que brilla dorada bajo la iluminación hábil nocturna. Me parece un escenario sacado de un cuento de hadas.

Hay una gran extensión de hierba abierta antes del agua, salpicada aquí y allá de árboles en flor. No veo el color de las flores en la oscuridad, pero cuando se levanta la brisa, los pétalos caen como copos de nieve, lo que hace que el aire tenga un aroma a miel. Las parejas pasean por los senderos. Un desconocido le hace una foto grupal a una familia de seis miembros (dos padres y cuatro niñas de distintas edades con vestidos y coletas a juego) y les devuelve el móvil. Un perro peludo ladra con entusiasmo mientras pasa a toda prisa, arrastrando la correa por la hierba. Varios metros más atrás, un hombre agobiado corre detrás del perro gritando:

—¡Chico malo! ¡No se persigue!

Se me escapa una carcajada y Quan me aprieta la mano.

—¿Te encuentras mejor?

—Sí —digo de manera automática. El paseo ha sido una distracción tan buena que tardo unos segundos en recordar por qué estaba triste antes, pero en cuanto recuerdo la discusión reciente con Priscilla, me pesan los hombros—. Mi hermana cree que intento utilizar el diagnóstico como excusa para mis fracasos.

Hace una mueca.

—¿Qué coj... demonios?

Niego con la cabeza, sonriendo a pesar de la opresión que siento en el pecho.

—Puedes decir palabrotas conmigo delante, ¿sabes? Soy adulta.

—Tú nunca lo haces —apunta.

—Lo haría si se me diera mejor, pero las palabras suenan mal cuando las digo. Además, ¿por qué son tan malas? Una es solo... heces, lo que toda persona sana hace. La otra es sexo, y a la mayoría de la gente le gusta el sexo, así que...

—Lo dice la persona que no es capaz de decirme lo que le gusta en la cama —me susurra al oído, provocándome un escalofrío en el cuello.

—Vale, tienes razón. —Me retuerzo internamente mientras mi cara alcanza una temperatura de mil grados.

Me lanza una mirada amable pero cómplice antes de volver al tema original.

—¿Qué le dijiste a tu hermana después de que te dijera eso? ¿Te has enfadado?

—No, enfadarse nunca está bien. Es una falta de respeto, ¿sabes? Intenté explicárselo, pero no me escuchó. No sé qué hacer ahora. Y a lo mejor tiene razón. Tal vez solo estoy buscando excusas.

—Y una mierda —dice de forma abrupta—. Tú no eres así.

—¿Pero el autismo es correcto en mi caso? Ella dijo que estoy haciéndoles daño a los autistas de verdad cuando lo reclamo como algo que tengo.

—¿*Cómo?* —pregunta con disgusto—. No estás haciéndole daño a nadie. Si un diagnóstico puede ayudar a mejorar tu vida, es correcto, y solo *tú* puedes saberlo. ¿Qué crees? ¿Te ayuda o no?

—Creo que... ayuda.

—Entonces tu psicóloga tiene razón —se limita a decir, como si todo estuviera resuelto.

—Pero ¿qué hago cuando mi familia no me cree? —le pregunto.

Se le tuerce la boca como si algo le supiera mal.

—No hagas caso de lo que dicen y vive tu vida como tengas que vivirla.

Suelto un fuerte suspiro.

—No es fácil.

—Lo sé —concuerda, y su expresión denota un cansancio que implica que es verdad que lo entiende—. *Yo* te creo. Es algo, ¿verdad?

—Sí —susurro. *Es* algo. Ahora mismo parece que lo es todo.

DIECISIETE

Es un poco cursi, pero el Palacio de Bellas Artes es uno de mis lugares favoritos de la ciudad. Me encantan las columnas, las luces y el agua. Es romántico. Mucha gente celebra sus bodas aquí, y sí, me gustan las bodas. A veces se me saltan las lágrimas cuando la gente pronuncia los votos (si son buenos votos o se dicen con sentimiento). Me emociono cada vez que los padres lloran, tal vez porque me gustaría importarle a mi padre de esa forma.

—Este sitio no parece real —comenta Anna mientras mira a su alrededor con asombro, y toca con la punta de los dedos la piedra rojiza de una de las columnas mientras caminamos por los jardines.

—Mejora si vas por aquí —digo, y la conduzco por la columnata hasta la rotonda.

En el interior, echa la cabeza hacia atrás y contempla los intrincados dibujos geométricos del techo. La luz se refleja en la superficie del agua del exterior y las olas ondean sobre las formas hexagonales del techo. Es la obra de un genio de la arquitectura, pero lo que me cautiva es el perfil de Anna, cómo sus labios se separan ligeramente, lo mucho que me gusta verla con mi chaqueta puesta.

—Siempre he querido besar a una chica en medio de esta sala —confieso, sintiéndome decidido y un poco mareado por lo que estoy planeando hacer.

Me sonríe y la luz baila en sus ojos.

—Me apuesto lo que sea a que has traído aquí a muchas chicas.

—Sí. —Doy una zancada hacia el centro justo del espacio con eco.

—¿Ahí es donde las besas a todas? —inquiere, y se queda cerca de las paredes, lejos de mí.

—No —respondo.

—¿Por qué?

—Nunca me pareció correcto.

Intenta sonreír, pero sus labios no cooperan.

—Quizá con la persona adecuada.

Le tiendo la mano, invitándola a unirse a mí en el centro.

—Las vistas son mejores aquí. Son perfectamente simétricas. —Tengo la sensación de que le gusta la simetría como a los gatos la hierba gatera.

Da unos pasos hacia mí, pero se detiene fuera de mi alcance. Mirando al techo, sonríe y dice:

—Tienes razón. Aquí *son* mejores las vistas. Me encanta.

—No estás en el centro, Anna.

Se muerde el labio y da un paso más hacia mí.

Le cojo una de las manos y la atraigo suavemente hacia el centro conmigo.

—¿No quieres ponerte a mi lado?

Me mira a los ojos durante una fracción de segundo antes de apartar la mirada.

—No quiero que te sientas presionado a... hacer cosas conmigo.

—No me siento presionado.

Se le dibuja una sonrisa en la boca y asiente.

—Vale, bien.

Ánimo, me digo. Me mandó el emoji de un corazón. Puedo hacerlo. Armándome de valor, le coloco un mechón de pelo detrás de la oreja. Cuando se le contrae la mejilla, le pregunto:

—¿Te importa que haga eso?

Empieza a negar con la cabeza, pero se detiene.

—Me gusta el sentimiento.

—¿Pero?

—Pero... me molesta que me toquen el pelo —añade con la mirada fija en el techo.

Guardo esa información y le paso el dorso de los dedos por la mejilla y le rodeo la mandíbula con la mano para hacer que vuelva a centrar su atención en mí.

—¿Y cuando te toco así?

Toma una bocanada de aire temblorosa y exhala.

—No me importa.

—¿No te importa en plan bien o en plan mal?

Se le curvan los labios.

—No me importa en plan bien.

—Bueno es saberlo. —Me inclino, deseando acercar mi boca a la suya, pero solo permito que mi nariz roce el puente de la suya, una caricia que hace que Anna cierre los ojos.

Rozo mis labios con los suyos, y cuando se mueve como si quisiera prolongar el contacto, mi control se rompe y tomo su boca como llevo deseando hacer todo este tiempo. Emite un pequeño sonido con la garganta y me pierdo. La beso como si me estuviera ahogando.

Quería memorizar todo lo que tuviera que ver con este momento, besarla en este lugar, pero su boca es lo único en lo que soy capaz de pensar. Su suavidad embriagadora, su sabor, cómo parece atraerme más hacia ella. No tengo suficiente. No puedo parar.

Es ella la que se aparta, con sus manos agarrándome los hombros con fuerza.

—¿Nos pueden arrestar por besarnos en público de forma lasciva?

Suelto una risa ronca.

—¿No creo? ¿Y crees que esto es lascivo? Todavía no has visto nada. —Le deslizo las palmas de las manos por la espalda, le agarro las caderas y me arqueo contra ella para que note el efecto que tiene en mí.

Jadea, esconde la cara contra mi cuello y dice mi nombre como si fuera una protesta, y me río.

Este es el momento adecuado, así que lo digo.

—Me gustas mucho, Anna.

—Tú también me gustas —contesta, y por el peso de sus palabras sé que lo dice en serio.

—No quiero que esta sea nuestra última noche juntos —confieso—. Quiero seguir viéndote después de esto. En vez de intentar tener un rollo de una noche, ¿por qué no salimos juntos y vemos a dónde van las cosas? —pregunto, y me cuesta oír mi voz por encima del fuerte estruendo de mi corazón.

Respira con fuerza y se aleja de mí.

—¿Eso significa que quieres ser mi novio?

—No hace falta ponerle etiqueta si eso te incomoda. —Pero no estoy seguro de si lo digo por mí o por ella. Si estamos en una relación seria, tengo que ser honesto con ella en cuanto a lo que me pasa, y eso no es fácil, si bien es cierto que ella se ha abierto conmigo respecto a sus problemas. Quiero ser su roca, alguien de quien no tenga miedo de depender. *Necesito* que me considere como un todo.

—Mi novio y yo... —Frunce el ceño y se aparta el pelo de la cara con un movimiento impaciente—. Él quería que tuviéramos una relación abierta. Debería habértelo dicho antes, pero no sabía que íbamos a... que ibas a... que me... —Abandona su intento por explicarse.

Tardo un momento en entender lo que está diciendo, pero entonces una mezcla extraña de sentimientos hierve en mi interior. Me equivoqué. No estaba intentando superar a alguien. Solo quería probar algo nuevo. Porque su novio de mierda lo estaba haciendo. Me duele que no me lo haya dicho, pero entiendo por qué no lo ha hecho. Se suponía que nunca íbamos a ser nada.

—¿Estás enfadado? —me pregunta.

No tengo ni puta idea de cuál es la respuesta, así que hago la única pregunta que de verdad importa en este momento.

—¿Sigues queriendo estar con él?

Se mordisquea el labio inferior y niega con la cabeza lenta pero decididamente.

—No.

Mi corazón da un salto. Mis manos se mueren por tocarla, pero las mantengo a los costados.

—¿Quieres...?

—Quiero estar *contigo* —afirma, sosteniéndome la mirada como pocas veces lo ha hecho antes.

Doy un paso hacia ella.

—¿Cuánto tiempo lleváis... con esto?

—Básicamente desde que nos conocimos tú y yo. Es sorprendente lo fácil que es estar separados —añade—. Para que conste, solo he estado contigo.

He de sonreír ante eso. Soy el único del que se ha escondido en el baño.

—Ya que estamos siendo sinceros el uno con el otro... —Me invaden las náuseas y exhalo por la boca en un intento por disiparlas.

Anna me observa con el ceño fruncido, esperando que hable.

—No tuve ningún tipo de lesión. Estuve enfermo. —Las náuseas aumentan hasta casi marearme, y me fuerzo por pronunciar las feas palabras—. Tuve cáncer testicular y me tuvieron que extirpar uno. Algunos dirían que solo soy la mitad de...

Me presiona los labios con los dedos para silenciar el resto de las palabras que iba a decir.

—No digas eso.

No he terminado. Hay más cosas que tengo que sacar a la luz. Pero tengo los ojos llorosos y un nudo en la garganta. No importa cuántas veces trague saliva, se niega a desaparecer. No quiero estar así delante de ella. Quiero ser la persona que creía que era, un cabrón seguro de sí mismo al que todo esto le importa una mierda. Pero sí que me importa. Quiero ser suficiente para ella, para mí, para la gente que tengo en mi vida.

Me toca la cara como hice antes con ella, con los ojos arrugados por la preocupación.

—¿Te duele?

—No, en absoluto. Llevo un tiempo curado y libre de cáncer.

Una sonrisa brillante se le expande por el rostro.

—Esa es la mejor noticia.

—No son buenas noticias del todo. No tengo el aspecto que debería tener ahí abajo. No es...

Estalla en carcajadas, lo que me pilla por sorpresa. Sinceramente, me enfurece un poco.

—Lo siento, no me estoy riendo de ti —aclara—. Pero, en serio, me da igual el aspecto que tengas ahí abajo. He leído libros en los que las mujeres están obsesionadas con cómo son los huevos de un hombre, y nunca he llegado a entenderlo. Los «bonitos», los «no bonitos», para mí son todos iguales. No sé... cómo apreciarlos.

Soy consciente de que podría enfadarme. Sus palabras son, en cierto sentido, insensibles. Pero sé que no es su intención. Quiere que sepa que le da igual si soy más asimétrico de lo que debería, que no le importa en absoluto.

Así que lo dejo pasar.

Elijo enfadarme con la situación, con el cáncer, y *no* con ella.

Me la imagino perpleja ante unas elaboradas descripciones de huevos peludos, tal vez mirando un mosaico de escrotos mientras intenta comprender qué tienen de atractivo, y no puedo evitar que me haga gracia. Tiene razón. Antes de operarme, mi médico me animó a ponerme una prótesis de silicona para sustituir lo que me iban a quitar, y me negué. Después de haber tenido cáncer, no quería tener una pelota falsa en mis pelotas. Me dije a mí mismo que podía soportar tener un aspecto diferente y que, de todas formas, a nadie le importaba. Pero eso era *antes*, cuando todavía no había perdido nada. Después de la operación, me sentí vulnerable de una manera que nunca había experimentado. Todavía no lo he superado.

Pero quiero hacerlo. Puede que esté en ello por fin.

—No dejas de hablar de los libros que lees —digo—. ¿Qué clase de libros son?

Frunce los labios, guardando un silencio obstinado, aunque se le insinúa una sonrisa en las comisuras de la boca, y suspiro y coloco la frente sobre la suya.

—Hagámoslo, estar juntos tú y yo, y veamos qué pasa —digo.

—Vale. —Es lo único que dice, pero es más que suficiente.

Ahora que no estamos hablando, el rugido que hace la fuente de la laguna me llena los oídos. Soy consciente de Anna, del edificio que nos rodea, de la luz que ondula sobre nosotros y de la noche que hay más allá.

Todo, cada cosa, es absolutamente perfecto.

DIECIOCHO

Anna

Compramos falafel en pan de pita en un camión que vende comida y nos los comemos mientras pasamos por el puerto deportivo, donde los mástiles sin velas de los barcos apuntan hacia el cielo como piruletas a las que les han dado la vuelta. Hablamos de pulpos y bromeamos sobre los posibles lugares en los que podríamos encontrarnos a uno escondido en la orilla. Como es habitual en nosotros, acabamos besándonos, pero cuando Quan me toca, noto sus manos heladas sobre la piel. No quiero que se muera de hipotermia, así que insisto en que demos por concluida la noche.

Fuera del edificio de mi apartamento, me debato durante un segundo antes de preguntarle si quiere subir.

—¿Quieres que lo haga? —pregunta.

—Yo he preguntado primero.

Se ríe mientras manipula mi casco. Parece que le cuesta un poco fijarlo a la parte trasera de su moto antes de responder:

—Sí quiero.

—Entonces sube conmigo.

Después de atar su casco a la moto, me sigue hasta el edificio y sube los tres tramos de escaleras viejas y mohosas hasta mi apartamento. Dentro, me quito los zapatos, me quito su chaqueta y la coloco sobre el respaldo del sillón, repentinamente incómoda. Sé lo que viene a continuación, pero no sé cómo llegar hasta ahí.

—¿T-Tienes sed? —le pregunto.

—No, gracias.

—¿Quieres ver algo en la tele?

Sus labios se mueven divertidos.

—Sería diferente ver algo en persona contigo por fin, pero no, ahora mismo no me apetece ver algo en la tele.

Avanza hacia mí y se me corta la respiración. La forma que tiene de caminar, como si fuera a algún lugar importante, me atrae. Porque viene hacia mí.

—He descubierto cómo tenemos que hacerlo la primera vez —dice.

—¿Cómo?

Se inclina y me presiona los labios contra la sien, la mejilla, el espacio suave que hay detrás de la oreja.

—En la oscuridad.

Inmediatamente pienso en lo inseguro que se siente con respecto a la operación y asiento con la cabeza.

—Me parece bien.

Nos dirigimos por el pasillo hacia el dormitorio y, en la puerta, tanteo de manera automática el interruptor de la luz hasta que Quan susurra:

—Dejemos las luces apagadas. A no ser que hayas cambiado de opinión.

—No, es que se me había olvidado. —Camino a través de la oscuridad y acabo golpeándome las rodillas contra el lado acolchado del colchón.

Me doy la vuelta para acabar cara a cara con él y me choco con su pecho, soltando un «ufff».

—¿Estás bien? —inquiere.

—Sí, pero esto es un poco incómodo.

—Un poco —concuerda—. Pero también es cierto que me gusta. Puedo conocer una faceta tuya nueva.

—¿Mi faceta torpe?

—Estoy muy acostumbrado a verte. Ahora puedo concentrarme en sentirte. —Sus labios se posan en mi frente; en una ceja, lo que provoca que me ría; en la punta de mi nariz; en mi boca. Me pasa la lengua por el labio inferior, lo lame y luego reclama mi boca con una lengua atrevida mientras me recorre el cuerpo con las manos.

Cuando me toca el trasero y lo aprieta, se me tensan los músculos internos y la humedad se desborda entre mis muslos. Lógicamente, sé que no va a aliviar el dolor que siente mi cuerpo —es imposible que sepa cómo hacerlo—, pero lo deseo de todas formas. Quiero sus besos, sus caricias. Quiero que esté cerca. Sobre todo, quiero que me desee.

Mis besos adquieren un tono salvaje. Le deslizo las manos por debajo de la camiseta y compruebo lo firme que tiene el estómago, el pecho, la espalda. Incluso sin luz, percibo lo fuerte que es, lo rápido que es. Yo no soy ninguna de esas cosas y me deleito con nuestras diferencias. Cuando noto la dureza que me presiona el bajo vientre, me levanto de manera instintiva sobre la punta de los pies hasta que nos alineamos... a la perfección.

Emite un sonido ronco y se balancea contra mí, despacio. La sensación fluye directamente a mi núcleo y se me doblan las rodillas. No deja que me caiga. Me sostiene, me coge del muslo para colocárselo contra la cadera y se frota sinuosamente entre mis piernas mientras me besa con más profundidad. La crudeza de la acción, la fricción, su boca, todo me abruma.

Apenas me doy cuenta de que me acomoda en la cama. Solo sé que ahora nuestros cuerpos están más cerca. Más cerca es mejor. Le subo la camiseta, impacientándome con las capas de tela que nos separan, y rompe el beso para quitársela. Nuestras bocas vuelven a juntarse como si no pudiéramos soportar estar separados. Supongo que por ahora es cierto. Soy adicta a sus besos. Y a su sabor, a su olor, a su piel. Deslizo las manos por su espalda, recorriéndole la columna vertebral con las yemas de los dedos, deleitándome con lo que siento al tocarlo. Cuando me topo con la cintura de sus pantalones, deslizo los dedos por debajo y me aventuro a bajarlos para poder llenarme las manos con las esferas perfectamente redondeadas que forman su culo. Un instante y estoy obsesionada.

—Estás en problemas —digo entre besos.

—¿Por qué?

—Ahora que sé cómo es, no voy a poder dejar de tocarte aquí. Pienso hacerlo cada dos por tres. —Estoy siendo completamente sincera, así que al principio no entiendo por qué empieza a reírse, pero decido que *es* un poco divertido.

—Me alegro de que te guste —contesta, y si bien es cierto que no puedo verlo, por el timbre de su voz me doy cuenta de que está sonriendo—. Tócame todo lo que quieras.

—¿Cualquier parte? —pregunto, porque me acuerdo de lo que pasó la última vez.

Se detiene un momento y la cama se mueve cuando lo hace él. Oigo la cremallera cuando se desabrocha los pantalones y el ruido sordo que hacen cuando caen al suelo. No tiene sentido, pero me siento muy insegura cuando me saco el vestido por la cabeza, lo tiro a un lado y me quito la ropa interior.

No debería sentirme así. No puede verme. Ni siquiera *yo* puedo verme. Pero es como si mi mente aún no hubiera aceptado que la oscuridad es real. Estoy esperando que alguien me juzgue a mí, a mi cuerpo, a mis acciones.

Se tumba a mi lado y me atrae hacia él para que nuestros cuerpos queden pegados, frente a frente, piel con piel. La longitud rígida de su sexo arde contra mi pelvis, pero lo ignoro.

—Me encanta sentirte —susurra mientras me recorre la pierna y la cadera con la mano.

—A mí también —Le toco la cara, el cuello, y apoyo la palma de la mano en el centro de su pecho—. Noto cómo te late el corazón. Va rápido. ¿Estás nervioso?

—Un poco —admite.

—Yo también.

—¿Quieres parar? —pregunta.

—No.

Rozando sus labios suavemente contra los míos, susurra:

—¿Entonces debo dejar de hablar y volver a besarte?

—Sí, por f...

Su lengua se desliza entre mis labios y me besa con tanto sentimiento que se me encogen los dedos de los pies. Durante mucho tiempo, eso es lo único que hacemos. Nos besamos hasta que apenas podemos respirar. Nos tocamos, pero nuestras manos permanecen en lugares seguros: brazos, piernas, estómagos, espaldas. Sí, le agarro el culo porque soy una mujer indecente, pero no tengo el valor de hacer más que eso después de la última vez.

Cuando me muevo de manera inquieta, su longitud se desliza entre mis muslos y me roza el sexo, y Quan gime contra mi cuello mientras su cuerpo se pone rígido.

—Lo siento.

—No lo sientas.

Respirando con fuerza, me acaricia el cuello y me chupa el lóbulo de la oreja antes de decir:

—Si te enseño cómo me gusta que me toquen, ¿harás lo mismo?

—¿No puedo tocarte y ya está?

Emite un gruñido frustrado y me da un beso fuerte en la boca.

—Quiero que disfrutemos los dos.

—Ya estoy disfrutando. —El sexo con Julian era un esfuerzo, física, mental y emocionalmente. Porque siempre intentaba ser algo distinto de lo que era. *Esto* es... otra cosa.

—Ya sabes a lo que me refiero —contesta—. Dímelo o enséñamelo, lo que sea.

—No puedo. *Quiero* hacerlo. Por ti. Pero no puedo. Es embarazoso, y si alguien...

—¿Alguien qué? Aquí solo estamos nosotros dos, Anna.

—Lo sé, pero... —No termino. No sé cómo explicarlo.

—Me deseas. A no ser que me esté imaginando cosas.

—Sí. —Giro mi rostro ardiente hacia otro lado, pero entonces me acuerdo de que no ve nada y me siento tonta.

Me acerca y me da un beso en la sien.

—No puedo dejarte con un hinchazón de huevos versión femenina. De eso ya se encarga el novio de mierda.

—Eso no existe —digo, incapaz de ocultar la diversión de mi voz.

—Claro que existe. Lo que pasa es que no te das cuenta porque lo padeces constantemente.

—Qué va.

—¿Con cuánta frecuencia te tocas? —susurra.

Me arde más el rostro, pero me obligo a responder.

—No lo sé. No llevo un registro.

—¿Una vez al día?

—No.

—¿Una vez a la semana?

Lo intento dos veces antes de conseguir decir:

—Puede.

—Cuando lo haces, ¿te tocas aquí? —Sus dedos bajan desde mis clavículas hasta mi pecho, y me acaricia el pezón hasta que se endurece y se convierte en un pico apretado.

Se me bloquea la garganta y pierdo la capacidad de hablar. Antes de conocerlo, nunca me había tocado los pechos a mí misma de esa manera. Pero después de que me besara ahí, intenté reproducir cómo me hizo sentir. No tuve éxito.

—Supongo que no hace falta que pregunte. Ya sé que te gustó lo que hice la última vez. —Ajusta ligeramente la posición de su cuerpo y, al instante, el calor de su boca se cierra en torno a mi pezón. Chupa y acaricia con la lengua, y siento la atracción en mi interior. No puedo evitar el sonido que emito, mitad jadeo, mitad gemido—. Hiciste ese mismo sonido. Adoro ese sonido.

Pasa al otro pecho y repite lo mismo. Intento no hacerlo, pero vuelvo a emitir ese sonido. Me agarro a las sábanas y las aprieto con fuerza mientras me retuerzo bajo su boca.

—Ojalá supiera cómo conseguir que hagas ese sonido cuando te toco aquí.

Al decir eso, me acaricia el vientre con una mano hasta llegar a los rizos que hay entre mis piernas. Un dedo se desliza entre los pliegues resbaladizos y me rodea el clítoris con movimientos lánguidos. Se me corta la respiración y mis caderas se levantan bruscamente contra su mano. Está tan cerca de ser lo que necesito. Tan cerca. Pero sigue estando muy lejos.

—¿Más rápido? —pregunta en voz baja.

Soy incapaz de responder.

—¿Más fuerte?

Miro fijamente a la oscuridad, furiosa en silencio con... todo. Pero sobre todo conmigo misma. ¿Por qué soy así? ¿Por qué no puedo cambiar? ¿Por qué no puedo hablar?

—¿Deberíamos parar, Anna? —murmura.

Se me inundan los ojos de lágrimas que se me derraman lentamente por la cara y que empapan las mantas.

—No quiero parar.

Permanece en silencio durante un largo espacio de tiempo antes de cogerme una mano y besarme los nudillos, chupar la punta de un dedo, darle un mordisco y guiar mi mano entre mis muslos hasta mi sexo.

—Probemos esto entonces —susurra, maniobrando mis dedos de manera que estén presionados contra la zona más sensible—. No puedo verte. No voy a saber lo que estás haciendo. No tienes que decir nada.

—Quan, no puedo...

Me besa con la boca abierta para hacerme callar mientras sus dedos se cuelan entre los míos y me acarician el clítoris, atrapándome la mano bajo la suya mientras me toca. Al igual que antes, está muy cerca de ser lo que necesito. Pero sigue estando muy lejos.

Solo que esta vez tengo los dedos justo ahí, y la tentación de hacer lo que él sugiere es casi insoportable. Lucho contra ella. Intento hacer lo correcto. Lo consigo.

Durante un tiempo.

Pero cuanto más me besa, más crece la tentación. Mis caderas empujan contra sus dedos, buscando la caricia que se me está escapando. No me la da. No puede. No sabe cómo hacerlo. Pero *mis* dedos están ahí, y están increíblemente resbaladizos por la fuerza de mi necesidad. Cada músculo de mi cuerpo se tensa como una cuerda del violín.

Uno de mis dedos se estremece, traicionando mi control, y me froto como me gusta. Solo un poco, me digo. Solo un poco. Gimo contra la boca de Quan a medida que mi excitación se agudiza de manera casi dolorosa.

—Eso es —susurra mientras retira la mano, dejándome que me toque libremente.

No debería, pero lo vuelvo a hacer. Y luego otra vez, gimiendo su nombre. Mi sexo se aprieta con fuerza y mis caderas dan una sacudida.

—No pares —dice, y me besa la sien, la mejilla, la boca, la mandíbula.

Vuelvo a hacerlo, y el sonido que hacen mis dedos mientras se agitan sobre la carne resbaladiza suena fuerte en la oscuridad de la habitación. Fuerte, y claramente erótico.

—Cómo me pone —me susurra al oído, y resplandezco por dentro ante sus elogios.

Impulsada por el deseo de oír más, cedo y me toco con abandono mientras le lamo los labios y le introduzco la lengua en la boca, le muerdo el labio inferior, la barbilla, le chupo los tendones fuertes del cuello. Me acerco rápido al orgasmo, pero entonces me quedo en el límite, incapaz de sobrepasarlo, mientras los pensamientos traicioneros me invaden la mente.

Ahora mismo debo de hacer mucha gracia, tocándome cuando tengo a un hombre precioso conmigo. Debería tener sexo de la manera correcta, dejar que él se encargue de tocarme. Debería ser una persona fácil de complacer. Debería llegar al orgasmo al instante, varias veces, siempre, *cada* vez que él lo desee. La gente se reiría de mí si vieran la escena.

Me besa y me susurra palabras de ánimo mientras tiemblo en sus brazos. Pero no consigue ahogar las voces de mi cabeza. Se han vuelto demasiado fuertes. Mis caderas se agitan al tiempo que me arqueo contra su mano, persiguiendo una liberación que permanece fuera de su alcance hasta que el sudor me cubre el cuerpo.

Su mano me acaricia el interior del muslo y el corazón me da una sacudida. Me quedo paralizada, con miedo a que analice lo que estoy haciendo y descubra lo mucho que necesito tocarme, lo rara que soy. No quiero que lo sepa. No puede saberlo.

—No puedo... No está... Tenemos que parar —digo, y suena a súplica.

—Vale. Paramos. —Sus palabras son roncas, ásperas, pero hace lo que le pido. Se detiene. Se pone de espaldas y me coloca sobre su pecho, donde oigo los latidos salvajes de su corazón y noto su respiración profunda. Más abajo, su sexo es como un hierro de marcar contra mi pierna, rígido y caliente.

La sensación de fracaso hace que me entren ganas de llorar.

—Lo siento.

—No lo sientas —dice.

—Pero no lo he hecho. Y tú tampoco. —No me atrevo a decir lo que no hemos hecho.

—Hemos hecho *mucho.*

—¿No estás enfadado? —pregunta.

—No, no estoy *enfadado* —casi gruñe mientras me abraza más fuerte—. Estoy más que orgulloso de ti. Me siento honrado de que hayas confiado en mí. No estoy enfadado, ni siquiera un poco.

—Todavía estás... —Muevo la pierna y deslizo la mano desde su pecho hacia abajo. Me detiene y me aprieta la mano contra el estómago.

—Tal vez la próxima vez —dice con voz áspera.

—¿Quieres que haya una próxima vez?

—Sí, quiero que haya una próxima vez. Quiero que haya muchas veces.

—Puede que acabes muy... —No sé cómo expresarlo de forma que suene bien y me decido por—: frustrado sexualmente. Si sigues esperándome.

—Pues acabaré frustrado sexualmente —sentencia.

Casi le digo que, al elegir esperar, me está presionando, pero no lo hago. No se trata solo de mí. Se trata de los dos. Él tiene sus motivos para necesitar que las cosas sean de una manera determinada, y lo respeto.

—¿Dormimos? —pregunto, sintiéndome agotada.

—¿Me estás invitando a quedarme?

Estoy cansada, pero sonrío.

—Sí.

—Entonces sí, vamos a dormir.

El tono insistente de un móvil me arrastra de nuevo a la conciencia. No debo de llevar mucho tiempo dormida. Todavía tengo el pelo húmedo por el sudor y me siento incómodamente sucia entre las piernas. Con un gruñido, me siento.

—Que dejen un mensaje —murmura Quan, adormilado.

—No puedo. Es el tono de llamada de mi madre. —Me deslizo fuera de la cama para buscar mi vestido en el suelo a ciegas.

Encuentro algo que parece un vestido y me lo pongo por encima de la cabeza, aunque cae hasta llegar justo por debajo del culo. Debe de ser la camiseta de Quan, pero servirá. Me dirijo a la puerta y luego al salón en busca de mi móvil, encendiendo la lámpara de la mesa auxiliar a medida que avanzo. Ha dejado de sonar, y no consigo recordar dónde lo dejé (un problema habitual en mí). Miro por todas partes: en la mesa de centro y en las estanterías, debajo de los cojines del sofá. Incluso miro dentro de los zapatos y me pongo a cuatro patas para buscar debajo del sofá.

—Está en el bolsillo de mi chaqueta.

Miro por encima del hombro y me da un vuelco el corazón cuando veo a Quan. Está apoyado en la pared con aire despreocupado, sin camiseta, solo con los vaqueros, los cuales le cuelgan por las caderas. He tocado todo eso, esa piel, esa tinta, sin ver nada. Es una pena que lo hayamos hecho todo a oscuras.

Salvo que, si no hubiera estado oscuro, nunca podría haber hecho lo que hice. ¿Fue por eso por lo que lo sugirió? ¿No por él, sino por mí?

Su mirada me recorre, oscura, intensa, incluso posesiva, y me doy cuenta de que estoy inclinada y arrodillada y del hecho de que no llevo ropa interior. Debe de tener buenas vistas. Me enderezo y tiro del dobladillo de la camiseta, avergonzada y cohibida. Pero también me siento inmensamente deseada y sexi, dos cosas que no estoy segura de haber sentido antes.

Mi móvil vuelve a sonar desde el interior del bolsillo y me apresuro a sacarlo. Es casi medianoche. Esto no puede ser bueno.

—Hola, ma. ¿Todo bien?

—Por fin contestas. —Se oye un extraño sonido apagado seguido de un gemido largo y agudo. Me resulta tan desconocido que tardo un momento en comprender lo que es. Es un llanto. Mi madre está llorando.

Nunca, ni una sola vez en toda mi vida, he oído a mi madre llorar así.

—¿Qué pasa? ¿Dónde estás? —pregunto.

—En el hospital. Es tu ba. Pensaba que estaba durmiendo —dice antes de estallar en una serie de sollozos desgarradores.

—¿Qué ha pasado? —Las posibilidades pasan por mi mente, cada una peor que la anterior. La presión aumenta en mi cabeza, tanto que el cuero cabelludo me pica y me hormiguea.

—Ha tenido un derrame cerebral, uno grande. Ven a verlo, Anna. Ven ahora mismo.

Segunda parte

Durante

DIECINUEVE

Anna

Estoy como atontada durante el trayecto de una hora al hospital, y apenas me doy cuenta de que Quan se detiene en el aparcamiento que hay debajo de su edificio para cambiar la moto por un Audi SUV negro. Tiene ese olor a coche nuevo que me resulta nauseabundo, pero aprecio que se preocupe por mi seguridad. No tengo coche, así que agradezco mucho que me lleve. Si no fuera así, habría pedido un Uber; estaba a punto de hacerlo cuando me preguntó qué me creía que estaba haciendo.

Conque esto es lo que se siente al tener un novio que no está fuera todo el tiempo. Cuando este atontamiento desaparezca, estoy segura de que tendré sentimientos al respecto.

Por ahora, necesito hechos, información. No lloro, no me aflijo, mantendré esta frialdad hasta que sepa más.

Le preguntaría a Priscilla —siempre lo sabe todo—, pero, según los mensajes que pasé por alto mientras Quan y yo tonteábamos, se ha subido a un avión con destino a California y no estará disponible hasta mañana.

En el hospital, la recepción nos da tarjetas de visita y unas indicaciones complicadas para llegar a la habitación de mi padre. Estoy al borde del pánico mientras me esfuerzo por recordar todas las veces que hay que girar y hacia dónde, pero Quan me coge de la mano y me muestra el camino como si hubiera estado aquí antes. Puede que sea así.

Los pasillos son luminosos y concurridos. Podría ser de día. La enfermedad no tiene un horario normal.

Cuando llegamos a la habitación de mi padre, suelto la mano de Quan y me tomo un momento para recomponerme. Cierro los ojos y busco de manera automática la imagen adecuada. Mi postura cambia. Yo cambio.

Llamo una vez para anunciar mi presencia y abro la puerta para entrar mientras Quan se queda atrás. Es una habitación doble grande, pero la segunda cama está vacía. Hay una cortina azul alrededor de la mitad ocupada de la habitación y la aparto. Mi padre está dormido en la cama, conectado a varios tubos y cables, y sentada a su lado, cogiéndole de la mano, está mi madre. Tiene la cara anormalmente pálida, pero, como siempre, va impecablemente vestida con un jersey negro de cachemira con abalorios decorativos de oro y perlas y con unos pantalones negros.

—Ma —digo con cuidado de no hacer demasiado ruido—. ¿Cómo está?

Se tapa la boca y niega con la cabeza.

Tragando saliva, me acerco despacio a la cama. Mi padre siempre ha sido alto y robusto, pero ahora parece pequeño. Delgado. Frágil. Antes no tenía el pelo tan gris. Antes no notaba todas las manchas solares que tiene en la cara. Su vitalidad las atenuó hasta hacerlas irrelevantes. Cuando lo vi hace unos meses, no entendí por qué mi madre le daba tanto la lata para que se pusiera crema solar. Es como si hubiera envejecido diez años desde entonces. Ya no se parece al hombre que me compraba caramelos cuando estaba fuera y que los escondía en el maletero del coche para que los encontrara cuando iba a meterle el equipaje en casa, un ritual que solo existía entre nosotros dos y que le ocultamos a mi madre, quien lo habría desaprobado.

Alargo la mano para ponerla sobre la de mi padre. Está frío al tacto y no responde, y miro la pantalla que hay a su lado, donde se mueven los números y las líneas, asegurándome de que está vivo.

—Ba, soy yo, Anna. He venido a verte —le digo.

Abre los ojos y, somnoliento y parpadeando, mira la habitación durante un rato antes de centrarse en mí. Espero que se le iluminen los ojos al reconocerme. Espero que sonría, aunque sea un poco, y que diga mi nombre.

Pero no se le iluminan los ojos. No sonríe. Cuando habla, las palabras parecen salir con gran esfuerzo y suenan arrastradas y confusas. No las entiendo. Ni siquiera sé en qué idioma está intentando hablar.

—¿Cómo has dicho? —pregunto, instándole a que lo repita.

Cierra los párpados y se le arruga la frente mientras sus labios emiten más sonidos confusos y forzosos. Finalmente, se le relaja el rostro y su respiración se estabiliza. Se ha vuelto a dormir.

Miro a mi madre completamente perdida.

Temblando a causa de unos sollozos silenciosos, entierra la cara entre las manos.

—Le dije que se echara una siesta. Pensé que se sentiría mejor mañana —dice en un susurro atormentado.

Una doctora entra en la habitación, una mujer alta con la habitual bata blanca de laboratorio, unas trenzas largas recogidas en una coleta gruesa y unas gafas rojas.

—Solo quería ver cómo está antes de que termine mi turno —dice en voz baja. Saluda a mi madre con una inclinación de cabeza compasiva—. Señora Sun. —Luego se dirige a mí—. Soy la doctora Robinson. —Y me estrecha la mano con firmeza.

—Soy Anna, su hija —logro responder. Me doy cuenta de que se me ha olvidado sonreír, y lo hago con retraso, aunque mis labios parecen de plástico.

—Como ya le he dicho a tu madre... —me explica mientras examina a mi padre, escudriñando sus constantes vitales, asegurándose de que la intravenosa y los medicamentos están bien.

Me siento como si saliera de mí misma cuando entra en detalles sobre el estado de mi padre. La oigo hablar. Me oigo a mí misma haciendo preguntas desde la distancia, como si fuera otra persona. La veo a ella, a mi padre, a mi madre. Siento que también me veo a mí misma, esa mujer despistada e ineficaz, aunque sea imposible. Quan está en algún lugar al otro lado de la cortina azul. La doctora Robinson utiliza una terminología médica con la que no estoy familiarizada, pero llego a comprender que mi padre sufrió importantes daños cerebrales porque, tras tener el derrame cerebral, no recibió tratamiento médico con la suficiente rapidez. La doctora no recomienda operarlo debido a la edad de mi padre, y de todos modos no hay mucho que puedan hacer. Es posible que no sobreviva a la semana. Si lo hace, la mitad de su cuerpo está paralizado. Su capacidad cognitiva puede verse afectada. Con las terapias adecuadas, *puede* que algún día pueda hablar, sentarse por sí mismo y comer sólidos.

¿Tiene un documento de voluntades anticipadas?

Mi madre le dice que no.

Cuando la doctora se va, se hace un silencio enorme. Estoy tan abrumada que no sé qué pensar ni qué hacer. Creo que mi madre se siente igual. Debe de estar esperando a que venga Priscilla y se haga cargo. Solo tenemos que esperar a mañana.

Pasan quince minutos en los que nos quedamos ahí sentadas, inexpresivas y sin palabras, hasta que al final hablo.

—Ma, pareces cansada. Deberías irte a casa y descansar un poco.

—No puedo. ¿Y si...? —Se le contrae la cara y no dice el resto.

—Yo me quedaré. Si pasa algo, te llamaré enseguida. Tienes que descansar. Si no, te pondrás enferma. —La adrenalina me recorre el cuerpo, dándome una energía que está claro que a mi madre se le ha acabado.

Se lo piensa un momento y veo que está indecisa. Quiere quedarse, pero el día de hoy tiene que haber sido horrible. No parece que pueda aguantar mucho más, y mucho menos toda la noche.

—Por favor, ma. La casa no está lejos de aquí. Si vienes justo cuando te llame, no deberías tardar más de quince minutos en llegar.

Finalmente, asiente y se pone de pie despacio.

—Vale, así podré limpiar el desorden que hay en casa. La gente vendrá de visita y necesitan un sitio en el que quedarse.

Mientras se coloca el bolso de Louis Vuitton en el brazo, Quan rodea la cortina y mi madre retrocede físicamente al verlo.

—Puedo llevarla a casa si lo necesita. Soy Quan, el... amigo de Anna. Encantado de conocerla. —Extiende la mano para estrechar la de mi madre con su sonrisa encantadora.

No tiene el efecto que tiene en mí. Mi madre se queda mirándolo con los ojos anormalmente abiertos, como si la estuvieran apuntando con una pistola. Sé lo que está viendo: sus tatuajes, su cabeza afeitada, su chaqueta para la moto. Sé lo que está pensando. Y empiezo a sudar de forma incontrolada.

—¿Tu amigo? —me pregunta con voz aturdida.

—Sí —respondo. Estoy tan nerviosa que siento como si unas agujas frías me estuvieran pinchando los labios—. ¿Quieres que te lleve? Quan me ha traído aquí en coche.

—No, gracias —dice con una cortesía extrema y con la sonrisa más falsa del mundo—. He venido conduciendo hasta aquí. Conduciré a casa. Buenas noches. —Se apresura a pasar junto a Quan, echándome una mirada horrorizada por encima del hombro, y se va.

Quan ve cómo se marcha con una expresión ilegible en el rostro y luego mira hacia abajo. Parece tan solo, tan triste, como un perro atado a un árbol fuera de la casa de su dueño, y me siento fatal.

—Lo siento —le digo. Ansío eliminar el recibimiento frío que le ha dado mi madre. No se merecía eso, en absoluto—. Debería haber...

—Ey —susurra, y me abraza y me da un beso en la frente—. No pasa nada. No es para tanto.

—*Sí* es para tanto.

—Tu padre no está bien. Es normal que ahora mismo nadie esté en su mejor momento. No te preocupes por mí, ¿vale? —dice.

—Pero...

—En serio. Me esforzaré con tu madre, buscaré la forma de caerle bien. No tiene que ser algo inmediato.

Estoy demasiado cansada como para discutir, así que me digo que lo resolveré todo más tarde. Por ahora, asiento con la cabeza y me permito relajarme entre sus brazos. Dejo que me sostenga. Estoy tan agradecida de que no haga que la situación sea más difícil.

—¿Tienes todo lo que necesitas? ¿Quieres que te traiga algo? —pregunta.

—Creo que lo tengo todo.

—Puedo preguntarles a las enfermeras si te pueden traer una cama plegable o algo.

La sugerencia me recuerda la larga noche que me espera, y suspiro.

—Creo que lo mejor será que no duerma. Pero tú deberías hacerlo. Mañana tienes que trabajar. De hecho, deberías irte a casa.

—No me importa quedarme —asegura, y veo en su cara que está preocupado por mí—. Puedo tomarme el día libre mañana.

—No hace falta, y a lo mejor... Quiero estar a solas con mi padre.

Me analiza el rostro antes de responder.

—Vale, pero puedes llamarme cuando sea y vendré enseguida.

Le toco la mejilla y le rozo el pelo afeitado con las yemas de los dedos.

—Gracias.

Me da un beso en los labios y se aparta.

—Mándame un mensaje si necesitas a alguien con quien hablar, ¿vale?

—Vale.

Tras dedicarme una última sonrisa y lanzar una mirada silenciosa hacia mi padre, se va y me quedo a solas con él. Parece una despedida cuando me siento con él. Le cojo la mano. Miro su rostro dormido, que se parece a él, pero que *no* es él. Recuerdo los momentos que hemos pasado juntos. Era ingeniero en una empresa internacional de semiconductores y estuvo fuera del país durante la mayor parte de mi infancia, pero siempre intentó estar presente en los grandes momentos de mi vida: los conciertos de inauguración, la graduación, etcétera. También se esforzó por estar presente en los momentos pequeños, a pesar de que se marchaba con tanta frecuencia, y echando la vista atrás, esos eran más importantes. Quería saber lo que me interesaba. Siempre quería verme cuando llegaba a casa. Comprobaba en silencio cómo estaba cuando me metía en problemas con mi madre y a menudo me defendía, a pesar de que él también le tenía miedo.

Echo de menos su risa llena de fuerza. Echo de menos su humor seco. Echo de menos su terquedad malhumorada. Tengo miedo, mucho miedo, de que esas partes que lo forman, las que lo diferencian de todos los demás, las partes *esenciales*, se hayan ido para siempre.

VEINTE

El lunes por la mañana, la alarma me despierta a la hora de siempre. Justo después de apagarla, compruebo si tengo algún mensaje. No tengo ninguno. Me froto la cara y suspiro. Conociendo a Anna, no querría molestarme.

Todavía no entiende que *quiero* que me moleste.

Pero haré todo lo posible para que lo entienda. Con dicha finalidad, escribo rápidamente un mensaje: Hola, acabo de despertarme. ¿Cómo estás? ¿Cómo está tu padre?

No me responde al instante —no espero que lo haga—, pero mi cama, todo mi maldito apartamento, parece enorme y estéril. Quiero despertarme con ella a mi lado. Quiero continuar donde lo dejamos ayer.

Pensar en lo que hicimos, en los sonidos que emitió, en cómo dijo mi nombre cuando se acercó, hace que se me ponga dura al instante, y me parece completamente normal cuando me bajo los bóxers y me agarro con la mano mientras los pensamientos sobre Anna me llenan la cabeza. El mero hecho de recordar el aspecto que tenía mientras buscaba su móvil debajo del sofá, sin más ropa que mi camiseta, hace que gima en voz alta. Fantaseo con lo que habría hecho si las circunstancias fueran diferentes, cosas como poner mi boca sobre ella y hacer que se corra en mi lengua, luego empujarle las caderas hacia atrás e introducirme hasta el fondo...

Mi móvil suena con fuerza y aparto la mano, presionando la palma contra las sábanas frías mientras se me agitan los pulmones. Cuando consigo hilvanar dos pensamientos, cojo el móvil y leo su mensaje: Estoy bien. Mi padre está igual que ayer. Mi hermana acaba de llegar de Nueva York, y las cosas están bastante agitadas.

Echo la cabeza hacia atrás y miro al techo, con todos los pensamientos subidos de tono desterrados de mi mente. ¿Hay algo que pueda hacer?

La verdad es que no, pero gracias por preguntar, dice, y su siguiente mensaje es un corazón rojo.

Es superpatético por mi parte, pero me flipa recibir corazones de Anna.

Como estoy loco por ella, le envío un corazón seguido de: ¿Quieres que vaya a verte?

Probablemente sea mejor que por ahora no, responde.

Vale. Tú ya me avisas, contesto.

Lo haré. Gracias. Tengo que irme, escribe, y sé que es lo último que voy a saber de ella en un tiempo.

No me parece bien que esté pasando por momentos difíciles y que no pueda estar con ella, pero lo entiendo. Es un momento familiar, y yo no formo parte de su familia. Teniendo en cuenta cómo me miró su madre, me queda un largo camino por delante si quiero ser aceptado por las personas que hay en su vida. Mi actitud siempre ha sido «lo tomas o lo dejas» cuando se trata de la gente, lo que significa que, si no les gusta lo que ven, pueden irse a la mierda. Pero estamos hablando de la madre de Anna. Tengo que esforzarme y resolverlo, aunque sea incómodo y frustrante y vaya en contra de quien soy.

A Anna le importa, por lo que a mí me importa.

En cuanto a las buenas noticias, tengo la bandeja de entrada llena de correos electrónicos relacionados con la posible adquisición por parte de LVMH y con una reunión que se celebra hoy con todos los abogados. He intentado mantener la cabeza fría, pero se está volviendo real. Mi instinto me dice que va a ocurrir. Será la culminación de años de duro trabajo y el comienzo de una nueva etapa de mi asociación con Michael. Vamos a conquistar el mundo juntos. Y voy a ganar una barbaridad de dinero en el proceso.

Eso no va a perjudicar en lo que respecta a la madre de Anna. Si soy lo suficientemente rico, sé que esa mujer me respetará. No importará mi aspecto o dónde estudié o cómo sueno cuando hablo o lo que queda de mi cuerpo.

Voy a ser lo suficientemente bueno para su hija.

VEINTIUNO

Anna

Tal y como sabíamos que iba a ocurrir, Priscilla se hace cargo en cuanto llega al hospital. Pide segundas y terceras opiniones sobre el estado de nuestro padre. Examina todos los expedientes que tiene a mano, consigue copias de los escáneres cerebrales, persigue a las enfermeras y a los médicos con tantas preguntas e indicaciones que siento lástima por ellos. Parecen bastante acosados, y debe de serles difícil de digerir la poca confianza que tiene en su competencia. No entienden que es su manera de ser, no es algo personal, pero ya ha hecho llorar a una de las enfermeras. Para compensar, intento ser lo más amable posible con todo el mundo. Soy simpática, soy dulce, soy considerada, le compro pasteles al personal del hospital.

Yo os aprecio. Por favor, no odiéis a mi familia. Por favor, preocupaos por mi padre.

Priscilla le cuenta a la red familiar que nuestro padre está posiblemente en su lecho de muerte, y funciona como una señal de búsqueda que invoca a todos los cercanos y lejanos para que vengan. En los días siguientes, el hospital se ve inundado por un número notable de asiáticos. Estamos apiñados en la habitación de mi padre. Nos hemos instalado en la sala de visitas de la planta de mi padre y la hemos llenado de bebidas y aperitivos con sabor a marisco. Ocupamos todas las sillas del vestíbulo.

Hay un banco largo en el pasillo junto a los ascensores, y también lo hemos reclamado como nuestro. Me preparo para el momento en el que los administradores del hospital nos pidan que bajemos el volumen. Sinceramente, no sé cómo vamos a hacerlo. Mi padre es el mayor del clan Sun, el patriarca, y todos quieren presentar sus respetos y despedirse.

El problema —esa no es la palabra adecuada, pero no se me ocurre otra mejor— es que cada vez que creemos que es el final, se recupera de forma milagrosa. Lloramos, nos despedimos, lo dejamos ir. Y, entonces, abre los ojos al día siguiente, no recuperado, ni remotamente mejor, pero definitivamente sigue aquí, sigue vivo. Nos alegramos y lloramos de felicidad. Sin embargo, a medida que pasa el tiempo, va ocurriendo algo nuevo; parece tener un episodio de algún tipo o su ritmo cardíaco fluctúa de forma peligrosa, el médico dice que no pasará de esa noche, y todo el mundo corre a su habitación. Lloramos, nos despedimos, lo dejamos ir. Y al día siguiente vuelve a abrir los ojos y nos alegramos de nuevo. Esto sucede tres veces antes de que su estado parezca estabilizarse. Es la mayor montaña rusa emocional que he experimentado en mi vida.

Esta noche, los mayores (es decir, mi madre y los cuatro hermanos de mi padre y sus respectivos cónyuges), Priscilla y yo estamos en la sala de visitas con la puerta cerrada. Huele a los rollos de huevo que ha traído mi primo después de comer, y el aire está viciado, demasiado caliente. No hay suficientes sillas, así que, como la más joven y menos importante que soy, me quedo de pie con la espalda apoyada en la pared, abrazándome los brazos contra el pecho e intentando mezclarme con el papel de la pared. Estoy tan cansada que veo doble, pero hago lo posible por concentrarme. Esto es importante.

Observo cómo Priscilla explica la situación y dirige la discusión. Su cantonés es excelente (eso me han dicho) para alguien que ha nacido y se ha criado en Estados Unidos, pero aun así tiene que usar el inglés cuando las cosas se ponen técnicas. Destacan palabras como *paralítico, sonda de alimentación* y *cuidados paliativos,* y mis tíos y tías parecen afectados mientras asimilan las noticias. En una inusual muestra física de afecto, la tía Linda le frota la espalda a mi madre mientras esta llora contra las palmas de las manos. Repite la misma frase una y otra vez, y aunque no es inglés, puedo adivinar lo que dice: *Pensaba que estaba durmiendo.*

Hay un intercambio de opiniones, pero no es acalorado. Todos están tristes y agotados, no enfadados. Sin embargo, cuando parece que se ha llegado a un consenso, Priscilla sale de la habitación sin decirme nada. Tengo que correr tras ella para averiguarlo.

Detrás de ella, en el pasillo, le pregunto:

—¿Qué han decidido todos?

Su paso propio de una mujer de negocios despiadada y que no tolera tonterías se detiene cuando se da la vuelta.

—No había mucho sobre lo que elegir. Todo el mundo piensa lo mismo. No vamos a poner a papá en un hospital de cuidados paliativos. Lo matarán con morfina. Y tienen que ponerle la sonda de alimentación.

—¿Creen que eso es lo que quiere papá? —inquiero dubitativa.

—Si no, morirá —sentencia Priscilla—. ¿Quieres ser *tú* responsable de su muerte?

Niego con la cabeza rápidamente y me arrepiento de haber dicho algo.

Priscilla suspira, parece más cansada y estresada que nunca.

—Tengo que ir a rellenar el papeleo para que se haga el procedimiento y luego estudiar la posibilidad de trasladar a papá a casa, donde podremos cuidarlo mejor y ayudarlo a coger fuerzas.

Asiento, aturdida, pero estoy aterrada. Priscilla parece creer que nuestro padre puede mejorar, pero según lo que he visto y oído de los médicos, creo que es poco probable que coja fuerzas o que recupere algo de calidad de vida. No obstante, no soy más que una opinión, y soy la más joven, así que no cuento.

Pero ella ha dicho «podremos». Eso significa ella y *yo* cuidando de nuestro padre postrado en la cama, atendiendo literalmente todas sus necesidades.

¿Qué sé yo de cuidar a alguien? Nunca he hecho de canguro ni he tenido una mascota (aparte de Roca, que, a pesar de su innegable carisma, no está viva). No estoy preparada para lo que me espera.

—Puedes tomarte un tiempo libre de la sinfónica, ¿verdad? No eres una pieza clave, así que deberían poder cubrir tu puesto con bastante facilidad —dice Priscilla con un tono propio de los negocios. Sus palabras despectivas me escuecen, pero estoy acostumbrada. Es un amor duro destinado a ayudarme a superar mi extrema sensibilidad y a ser realista conmigo misma—. En cuanto a lo de tu contrato discográfico, estoy segura de que podrás posponer el plazo. Deberían ser comprensivos.

—Sí —respondo con inseguridad. Ella no sabe que la sinfónica cubrió mi puesto hace meses ni que ya he pospuesto el plazo de grabación porque soy incapaz de tocar. Sin embargo, si lo hice una vez, probablemente pueda volver a hacerlo, así que le digo—: Puedo sacar tiempo.

Priscilla me dedica una sonrisa orgullosa y, aunque estoy emocionalmente abrumada, su aprobación me llena de calidez.

—Yo tengo un montón de vacaciones ahorradas, y, si se da el caso, lo dejaré. Estamos juntas en esto, mui mui. Mientras tanto, intenta dormir un poco si puedes. Yo me eché una siesta en el coche de papá antes y me ha sentado bastante bien. Y acuérdate de abrir todas las ventanas.

Me entrega las llaves del Mercedes de nuestro padre y continúa por el pasillo con la mirada concentrada como si tuviera una misión, y supongo que la tiene. Está intentando, de una forma muy valiente, salvarle la vida a nuestro padre. Eso es lo que haces cuando amas a alguien. Luchas sin importar lo que te cueste. Luchas incluso cuando no hay esperanza.

¿No es así?

Recorro el pasillo saludando a mis primos, que están sentados en los bancos, me subo al ascensor hasta llegar a la planta baja, atravieso el vestíbulo, donde saludo a más primos y primos segundos y primos de mis primos que ni siquiera son parientes míos, y salgo del edificio. El coche está aparcado debajo de un árbol situado en el otro extremo del aparcamiento, con el parabrisas cubierto de savia y chorros blancos de caca de pájaro. Tomo nota de que un día de estos hay que lavarlo. A pesar de que es más viejo que yo, a mi padre le encanta este coche, un descapotable de color canela de los años ochenta que *nunca* deja que nadie le baje la capota.

El asiento del copiloto ya está reclinado hacia atrás, así que me subo por ese lado y bajo las ventanillas, las cuales son manuales, por lo que no tengo que arrancar el motor. Cierro los ojos, disfruto de la sensación de la luz del sol bailándome en la cara y me dispongo a quedarme dormida.

Sin embargo, por mucho que intento despejar la mente, mi cabeza sigue bullendo. Unas instantáneas inconexas parpadean detrás de mis ojos. El médico recomendando cuidados paliativos y medicación para el dolor para que mi padre esté cómodo durante sus últimos días. Mi primo, un profesional del ejercicio y de la alimentación sana, diciendo que solo deberíamos darle productos naturales como extractos de marihuana porque, cuando se mejore, no queremos que sea adicto a los analgésicos. Mi madre repitiendo esa misma frase una y otra vez, buscando el perdón de todos los que la rodean porque no puede perdonarse a sí misma. Priscilla, llena de determinación para hacer lo correcto. Y mi padre, gimiendo y agitándose, atrapado en su cama, atrapado en su propio cuerpo.

Mientras lo observaba anoche, comenzó a agitarse. Continuó durante varios minutos agobiantes, y cuando la enfermera finalmente vino después de que la llamara, comprobó sus constantes vitales y lo inspeccionó solo para determinar que tenía que hacer sus necesidades. Le explicó amablemente que no podía levantarse para ir al baño y le animó a que lo hiciera en la cama, pero él luchó y luchó. Luchó hasta que su cuerpo finalmente ganó, y entonces lloró como si estuviera roto, volviendo la cara hacia la almohada.

Deseo tanto un respiro de estos pensamientos que me planteo encender la música, pero la radio está estropeada desde hace siglos, al igual que el aire acondicionado, y la misma cinta lleva décadas atascada en el reproductor de casetes: *Theresa Cheung Greatest Hits*. Cuando era pequeña, le pregunté a mi padre por qué no lo había arreglado, y me dijo que para qué gastar dinero en reparaciones si reproducía exactamente lo que quería escuchar.

Como escuche esa cinta ahora mismo, me destrozará, así que recurro a la distracción que me proporciona mi móvil. Me sorprende gratamente ver mensajes de Quan:

Hoy mientras corría he pisado un caracol sin querer y me he acordado de ti

No porque seas lenta y viscosa

(no lo eres)

Me recordó a los pulpos

En fin, sé que están pasando muchas cosas, pero quería que supieras que me he acordado de ti

Sus mensajes me hacen sonreír por primera vez hoy, pero antes de responderle, tengo que mandarle un mensaje a Jennifer primero.

Mi padre está en el hospital, así que no podré ir a terapia pronto, le digo. Es un alivio —no puedo decir que me guste ir a terapia—, pero también reconozco que cancelar nuestras sesiones podría no ser lo más saludable para mí, especialmente ahora.

Me responde enseguida, lo que me lleva a pensar que ha dejado en espera la sesión de terapia de alguien solo por mí. Lo siento mucho. Estoy aquí si me necesitas, y por favor, escríbeme cuando puedas para saber que estás bien.

Gracias. Lo intentaré, digo, y le da «me gusta» al mensaje para que sepa que lo ha visto.

Mientras vuelvo a la pantalla de mensajes de Quan, recibo un mensaje nuevo, pero no es de él ni de Jennifer. Es de Julian.

Oye, mi madre se ha enterado de lo de tu padre y me lo ha contado.
¿Te parece bien que vayamos a visitaros mañana?

Mi corazón da una sacudida y empieza a latir de forma dolorosa. No quiero ver a Julian y definitivamente no quiero lidiar con su madre. Apenas soy capaz de mantener la calma.

Gracias, pero ¿puedes decirle a tu madre que mañana no es un buen momento? A mi padre le van a hacer una intervención pronto y estamos pensando en trasladarlo a casa. Si queréis visitarlo, será mejor que lo hagáis en un par de semanas, le contesto.

¡Es genial que vaya a casa! Se lo diré a mi madre, dice.

Sí, estamos todos muy aliviados, respondo.

Los puntos bailan en la pantalla, se detienen, como si hubiera borrado lo que había escrito, y vuelven a bailar. Un minuto después, recibo un nuevo mensaje suyo. Te he echado de menos, Anna.

Pongo los ojos en blanco. Claro que sí.

Lo digo en serio, insiste.

No me atrevo a decir que yo también le he echado de menos (sería mentira), así que le respondo: Gracias. En cuanto el mensaje se marca como leído, hago una mueca. No ha sido la respuesta más amable que podría haber dado, pero no tengo la energía necesaria para ser lo que él quiere ahora mismo.

Hablemos más, ¿vale? Estoy aquí para ti, dice.

Salgo de la aplicación de mensajes sin responder y pongo el móvil en la consola central. No quiero que esté aquí para mí.

Hay otra persona a la que eso se le da mucho mejor que a él.

VEINTIDÓS

Quan

La casa de los padres de Anna se encuentra en medio de Palo Alto, no muy lejos de la casa de mi madre en EPA (East Palo Alto), a quince minutos como máximo, pero no tiene nada que ver con el lugar en el que crecí. Los patios delanteros están bien iluminados y no sirven de chatarrerías. No hay vallas con cadenas. Los jardines están inmaculadamente cuidados. Todos tienen paneles solares. En cuanto a las casas, cada una de ellas podría adornar la portada de la revista *Better Homes and Gardens*, sobre todo la de los padres de Anna. Hay una casa principal de dos plantas en la parte delantera y una casa de invitados independiente en la parte trasera. Son de estilo mediterráneo, con estuco color crema y tejados de tejas naranjas, muy californiano.

El sitio destinado a aparcar del camino de entrada está vacío, pero dejo el coche junto a la acera. El camino de entrada no parece ser para mí.

Acabo de aparcar, le digo a Anna con un mensaje.

Es una estupidez, pero estoy nervioso. Ha pasado una eternidad desde la última vez que la vi (dos semanas enteras), y tengo la preocupación irracional de que las cosas entre nosotros han cambiado a peor durante ese tiempo, aunque hayamos estado enviándonos mensajes y hablando.

No recibo respuesta, y tamborileo con los dedos en el volante mientras me debato entre acercarme a la puerta principal y llamar al timbre.

Sin embargo, eso podría despertar a alguien. Han dividido el cuidado de su padre en turnos de ocho horas para que siempre haya alguien que lo vigile durante el día, pero eso significa que también siempre hay alguien durmiendo.

Antes de que pueda enviarle otro mensaje, se abre la puerta principal y Anna sale corriendo con los pies descalzos. Tiene el pelo recogido en una coleta desordenada y lleva un chándal feísimo, pero es lo mejor que he visto en mucho tiempo.

Salgo del coche justo a tiempo para que caiga en mis brazos, y la abrazo e inspiro su olor.

—Hola —le digo con voz ronca.

En vez de hablar, me abraza más fuerte.

—¿Va todo bien? ¿Tu padre está bien? —le pregunto.

—Está igual —murmura sin abrir los ojos.

—¿Estás...?

—Estoy bien —afirma—. Es que me alegro mucho, mucho, mucho de tenerte aquí.

Eso me saca una sonrisa.

—Habría venido antes.

—Lo sé. Todo era un caos y...

—No tienes que dar explicaciones. Lo entiendo —la tranquilizo.

Suspira y noto cómo sus músculos tensos se relajan.

—¿Tienes hambre? Le he hablado a mi madre de ti y de tu familia y me ha dado tres cajas de comida para vosotros, no exagero —le digo.

Se endereza y mira mi coche con curiosidad.

—¿De su restaurante?

—Sí, rollitos de primavera, sopa de fideos y cosas así. —Abro el maletero para que vea todos los envases de sopa de plástico y los envases de poliestireno, y se queda boquiabierta.

—No sé si tenemos suficiente espacio en nuestra nevera...

Me froto el cuello mientras se me enrojece la piel.

—Se puede congelar sin problemas. También puedo llevarme algo a casa. —Pero tendría que intentar comérmelo yo solo, porque ni de coña soy capaz de decirle a mi madre que Anna no se lo ha quedado todo.

—Vamos, eh, a meterlo a ver si cabe —dice aturdida, y recogemos las cajas y las llevamos dentro.

La entrada de la casa de sus padres es de las que llaman la atención. Hay un pasillo largo de mármol con cuadros y un reloj de pie. A un lado, hay un salón con una gran chimenea, vigas de madera en el techo, muebles elegantes y las cortinas más caras que he visto en mi vida. Parecen de oro, pero estoy seguro de que son de seda, una seda muy bonita. Un poco más abajo veo un comedor formal con una mesa antigua para diez personas y una lámpara de cristal.

Este lugar no se parece en nada a la casa de mi madre, donde la estética pasa a un segundo plano frente a la utilidad y el coste, pero donde la comida siempre es buena. Lo único que me resulta familiar aquí es la alfombra que hay junto a la puerta de entrada con todos los zapatos alineados en filas ordenadas. Creo que mi madre tiene ese mismo par de sandalias de plástico naranja.

Me quito los zapatos y sigo a Anna por el pasillo, sintiendo la frialdad del mármol que se filtra a través de mis calcetines hasta las plantas de los pies. Hago un descubrimiento que debería haber sido obvio, pero que no lo era, porque nunca había pisado tanto mármol sin zapatos: el mármol está *duro*. Anna va a acabar con fascitis plantar de tanto caminar sobre esta mierda todo el día.

Al final del pasillo, gira a la izquierda y entra en una enorme zona que hace de cocina y de salón con un techo de seis metros de altura y más cortinas doradas. Anna pone su caja de comida en una de las islas de granito (hay dos) y abre uno de los frigoríficos Sub-Zero (también hay dos) con paneles de madera a juego con los armarios.

Mientras movemos las cosas, intentando hacer sitio para toda la comida de mi madre, se nos une una tercera persona.

—Oye, ¿puedes sacar las compresas calientes del microondas para...? —Es una mujer, mayor que Anna, más compacta, un poco más baja, pero está claro que están emparentadas. También se separan el pelo exactamente por el mismo sitio.

Sonrío y me limpio la mano en los vaqueros por si tengo salsa de pescado o algo así antes de tendérsela.

—Hola, soy Quan. Encantado de conocerte.

Durante una fracción de segundo, me mira como lo hizo su madre hace dos semanas (con los ojos muy abiertos, la mandíbula floja, asombrada de una forma horrorosa), pero luego ve las cajas de comida. Probablemente también pueda olerla. Hay pollo frito, y el pollo frito huele genial. Además, el de mi madre es el mejor, con una piel crujiente y salada que cruje entre los dientes y que luego se derrite en la lengua. Se recupera y una sonrisa de agradecimiento le ilumina la cara mientras me da la mano.

—Yo soy Priscilla, la hermana de Anna. Es muy amable de tu parte. Gracias. —Todo en ella, desde su postura hasta la forma directa que tiene de hacer contacto visual y lo segura que suena su voz, me dice que está a cargo de este lugar. Si tengo que esforzarme en impresionar a alguien, es a ella.

—Ni lo menciones. A mi madre le gusta dar de comer a la gente —contesto.

Anna se rasca la cabeza mientras frunce el ceño mirando el interior de la nevera, con un aspecto ligeramente asustado.

—Puede que tengas que llevarte una caja, Quan. No creo que tengamos espacio para todo esto...

—¿Qué? —interviene Priscilla—. Tenemos espacio. También está la nevera extra que hay en el garaje y el congelador ese grande.

—Oh, claro. Se me había olvidado —contesta Anna, y su voz suena tan diferente que se me erizan los pelos de la nuca. Es aguda y vacilante, extremadamente suave. No es ella misma—. ¿Entonces debería guardar la mayoría de cosas ahí fuera?

—No —decide Priscilla—. Guarda todo lo que puedas aquí. Creo que a mamá le gustará.

—Vale —dice Anna con esa misma voz extrañamente joven, sonriendo como si la idea de meter cosas en la nevera fuera muy emocionante.

Miro a una hermana y a otra para ver si Priscilla se da cuenta del drástico cambio de Anna. Parece que no.

—Deberíais congelar algunos de los *wonton*. Hay muchos. Es mejor que os comáis hoy el pollo con fideos —sugiero, actuando como si mi novia no acabara de envejecer veinte años—. ¿Habéis comido ya? Puedo enseñaros a juntarlo todo.

La cara de Priscilla se ilumina con algo que parece alegría.

—Me *encantaría*... —Se pone rígida y mira por encima del hombro hacia una parte de la casa que no he visto, como si hubiera oído algo que nadie más ha detectado—. Me preocupa cuando tose así después de darle de comer. Tenemos que espaciar más las cosas. —Coge un bulto de tela del microondas, lo cierra de golpe y se aleja corriendo.

—Ahora tiene un oído sobrehumano, como las madres. Mi padre es básicamente su bebé —dice Anna, y su voz y su comportamiento vuelven a ser completamente normales. Vuelve a ser la Anna que conozco mientras saca los cartones de las cajas y los alinea en la mesa con una precisión geométrica.

Le dirijo una mirada interrogativa y su expresión se vuelve confusa.

—¿Qué? ¿Tengo algo en la cara? —pregunta mientras se toca la mejilla.

—No, solo estaba... ¿Has...? —No estoy seguro de lo que conseguiría señalándolo (ya tiene bastante con lo suyo), así que pregunto—: ¿Calentamos algo para tu hermana y se lo llevamos? Además, ¿debería saludar a tu padre?

Anna niega con la cabeza.

—No comemos ahí dentro. Estaría mal, ¿sabes? Porque él no puede. Pero si le preparamos un plato, saldrá y se lo comerá muy rápido. Por eso tenemos ese monitor para bebés. —Señala una pequeña pantalla situada en una de las encimeras. El volumen está apagado, pero un vídeo granulado muestra a Priscilla caminando cerca de su padre, ajustando sus almohadas y sus cosas mientras duerme.

—Supongo que no debería saludarlo mientras duerme.

—Sí, mejor cuando esté despierto—concuerda—. Pero no te ofendas si no responde. No estoy segura de que sea consciente de lo que está pasando la mayor parte del tiempo. He intentado hablarle, enseñarle películas en YouTube, ponerle música. Nada le llega. Nada que haga yo, al menos.

—Alza un hombro y toca la esquina doblada de un recipiente de poliestireno.

Durante unos segundos largos, parece perdida en sus pensamientos, pero finalmente parpadea, se centra en mí y sonríe.

—Vamos a comer. Tengo hambre y esto huele muy bien.

Le enseño cómo recalentar las cosas para que estén lo más deliciosas posible. Mi madre me dio una serie de instrucciones específicas: asar el pollo frito en el horno durante cinco minutos para que quede crujiente, volver a hervir el caldo de la sopa en una olla sobre la cocina de gas y calentar en el microondas los fideos de huevo, los *wonton* y el cerdo asado. Cuando todo está caliente, lo junto, el pollo frito por encima, y espolvoreo cebollino y jalapeños encurtidos sobre cada plato. Anna corre a buscar a su hermana y los tres nos sentamos en los taburetes de cuero de la isla de granito más lejana y comemos mientras el monitor de bebé crepita con el volumen al máximo.

—Esta puede que sea la mejor sopa de fideos *wonton* que he comido en mi vida —dice Priscilla mientras, sorprendentemente, vacía todo el cuenco. Hasta los huesos del pollo están limpios.

—Gracias. Se lo diré a mi madre —contesto—. Le encanta cocinar y trabaja constantemente para mejorar sus recetas. Deberíais ver cuando prueba un restaurante nuevo. Pide un plato de cada cosa y analiza cada bocado.

—Una artista, entonces, como Anna —comenta Priscilla, que le da un codazo a Anna en el costado de forma burlona.

—Se podría decir que sí, pero ella no hace nada del otro mundo. Si la cocina de mi madre fuera música, sería música folk o, no sé, música *country*. No como lo que toca Anna. Aunque podría estar equivocado. Nunca he escuchado a Anna tocar. Simplemente asumí que era música clásica.

En lugar de comentar, Anna se encoge y se mete más fideos en la boca. Unos mechones de pelo le cuelgan delante de la cara, pero no se los acomodo detrás de la oreja. No le gusta.

—¿De verdad? ¿Nunca? —inquiere Priscilla con incredulidad. Cuando niego con la cabeza, continúa—: ¿Ni siquiera su vídeo de YouTube?

—¿Hay un vídeo en YouTube? —Es la primera vez que oigo hablar de él, y ahora mismo me odio a mí mismo por no haber buscado su nombre en internet.

—¿No se lo has *enseñado*? — le pregunta Priscilla a Anna.

—No, no es que sea una representación exacta de cómo toco —responde Anna con esa misma voz suave y cuidada de antes. No me lo he inventado. Se transforma en otra persona cuando está cerca de su hermana—. No es más que un truco de edición inteligente y...

—Dios mío, tenemos que enseñárselo —Priscilla se saca el móvil del bolsillo de sus vaqueros ajustados y abre YouTube, donde busca «anna sun vivaldi» antes de añadir—: No puedes buscar solo su nombre porque sale esa canción de pop.

—¿Tu nombre es una canción? —pregunto.

Anna me sonríe, y con una voz más cercana a la normal (pero no del todo) dice:

—Eso suena como el verso de un poema. Debo gustarte mucho.

Priscilla pone los ojos en blanco.

—Sois demasiado monos. Vale, aquí está. —Me tiende el móvil para que lo coja.

Cuando lo acepto, veo una foto en miniatura de Anna en un escenario con su violín. Tiene más de cien millones de visitas.

—Joder —digo.

Priscilla me sonríe.

—Impresionante, ¿verdad? —Vuelve a darle un codazo a Anna, esta vez con cariño.

Anna hace ademán de llenarse la boca con el *wonton* más grande que hay en su cuenco, pero aunque actúa como si nos estuviera ignorando, me doy cuenta de que está prestando mucha atención.

Reproduzco el vídeo y veo cómo una mujer con un vestido negro, inconfundiblemente Anna, lleva su violín por el escenario. Y tropieza con el atril de un violonchelista, lo que hace que casi se caiga. Nerviosa, endereza el atril, recoge todas las partituras que se han caído al suelo y las vuelve a colocar donde estaban.

—Lo siento mucho, señor Atril. No quería hacerte daño —dice la Anna del vídeo, dándole una palmadita al atril, mientras que el violonchelista ofendido la mira con la boca abierta y el público rompe a reír.

A mi lado, la verdadera Anna se tapa los ojos con una mano.

—Tengo la mala costumbre de hablar con objetos inanimados.

Eso es tan propio de ella que tengo que morderme el labio para no sonreír. Se vuelve más complicado cuando la Anna del vídeo llega al centro del escenario y se dirige al público con timidez.

—Hola, gracias a todos por venir esta noche. Lamento informarles de que el mundialmente conocido violinista Daniel Hope y varios de nuestros mejores violinistas de la Sinfónica de San Francisco han sufrido un accidente de coche hoy mismo. No se preocupen, los médicos dicen que, aunque hay algunos huesos rotos, se espera que Daniel, junto con todos los demás, se recupere por completo y vuelva a tocar en un futuro próximo. Aun así, debido a esto, voy a, mmm, tocar en solitario para ustedes esta noche. Mis más sinceras disculpas a los que han venido a escuchar a Daniel. Yo también estoy decepcionada.

Hay una larga pausa, y la cámara se acerca a las caras del público, mostrando sus muecas y expresiones de pesar. Luego, Anna asiente a los músicos que están detrás de ella en el escenario y alza su violín hasta llevárselo a la barbilla. Su postura se endereza. Su mirada se concentra. El temor desaparece.

Empieza a tocar.

Y desafía todas las expectativas que la primera parte del clip podría haber creado en alguien. No es el equivalente asiático de una rubia tonta. No es un músico de reserva de segunda categoría.

Anna tiene *talento*.

La música crece como una tormenta y sale de su violín con una violencia que impresiona aún más por lo controlada que está. Sus dedos son precisos. No se resbalan. Sus movimientos son fluidos a la perfección. Pero más que eso, lo que escucho y veo, lo que me atrae de ella más que nada es la pasión. Está perdida en la música. Su mirada es dolor, es placer, alegría, pena, todo a la vez.

Es preciosa.

Cuando el vídeo termina, no puedo hablar.

—Increíble, ¿verdad? —dice Priscilla.

Me aclaro la garganta y trago saliva antes de responder.

—Sí. —Miro a Anna, y es como si la viera por primera vez de nuevo—. No tenía ni idea...

Me mira a los ojos durante un segundo antes de apartar la mirada.

—No me mires así. Después de ese comienzo, solo hacía falta que fuera pasable para impresionar a la gente. No soy más que una violinista normal.

—No creo que hubieras conseguido cien millones de visitas si solo fueras pasable —digo con una risa.

—Es la historia lo que le gusta a la gente. La chica cabeza hueca supera las expectativas. —Hace una mueca y lleva los cuencos de todos al fregadero.

—Es más que eso. Tú...

Priscilla me agarra del brazo y niega con la cabeza.

—Déjalo.

No estoy seguro de por qué debería dejarlo, pero supongo que ella conoce a Anna mejor que yo. Cambiando de tema, le pregunto:

—¿Quieres que te traiga tu violín? Sueles practicar todos los días, ¿verdad?

Abre el grifo y lava los platos a mano, manteniendo la cabeza inclinada sobre el fregadero.

—Muy amable por tu parte, pero no, gracias. No puedo practicar aquí.

Priscilla dirige una mirada impaciente a su hermana.

—Oh, vamos, eso no es más que una excusa.

—La pieza no va bien. No quiero que nadie me escuche —dice Anna.

Priscilla hace un sonido de burla.

—Te he oído tocar un millón de veces.

—Lo sé. Es que... —Anna no termina la frase. Se concentra en apilar los platos en el estante de la vajilla y en limpiar la hornilla y la encimera.

—Deberías tocar para papá. Le encantaría —propone Priscilla—. De hecho, pronto será su cumpleaños. Deberíamos hacerle una fiesta y *tú* deberías tocar su canción favorita. Voy a decírselo a ver qué le parece. Sé que a mamá le hará ilusión. Podemos ponerlo en su silla de ruedas y sacarlo fuera también.

Priscilla se baja del taburete de un salto y desaparece solo para reaparecer en la pantalla del monitor para bebés.

—¿Qué te parece si hacemos una fiesta de cumpleaños, ba? —pregunta con palabras suaves, como si le estuviera hablando a un bebé. Se sienta a su lado en la cama, le coge la mano, que está enroscada de forma incómoda, y se la masajea—. Invitaremos a todo el mundo y cocinaremos (bueno, lo más probable es que pidamos *catering*) y Anna tocará el violín para ti. Te gustaría, ¿verdad?

Su padre no responde.

—¿No te gustaría, ba? —insiste—. Te gustaría, ¿verdad? ¿Ba? ¿Una fiesta de cumpleaños? Te pondremos en tu silla y podrás moverte.

Sin abrir los ojos, emite un gemido diminuto, y ella sonríe.

—¡Lo haremos! —exclama Priscilla—. ¿Lo habéis oído? Papá quiere una fiesta.

Anna apaga el monitor para bebés y mira la oscuridad nocturna que hay al otro lado de la ventana con el ceño profundamente fruncido.

—¿Estás bien? —pregunto, caminando para colocarme a su lado.

—No creo que pueda tocar si hay una fiesta —explica.

—¿No quieres?

Coloca las palmas de las manos sobre la encimera de granito y luego las cierra en puños.

—No es eso. *Sí* que quiero. Sería hacer algo bueno. Pero no creo que *pueda*.

—¿Por qué no?

—Es complicado —responde con un suspiro tenso.

—¿Complicado en qué sentido?

Me mira durante un instante antes de bajar la vista a sus manos.

—En los últimos seis meses, no he sido capaz de hacer una sola pieza entera. Toco en círculos, empiezo, me equivoco, vuelvo al principio, cometo nuevos errores, y así una y otra vez. Soy incapaz de terminar nada de lo que empiezo. Hay algo en mi cerebro que no está bien.

—¿No puedes meter la pata... y simplemente seguir? —inquiero, acordándome de aquella primera noche en la que no fue capaz de terminar la cita conmigo porque empezó mal.

Niega con la cabeza lentamente.

—No puedo.

—Pero ¿por qué?

—Ahora la gente tiene expectativas. Por culpa de ese vídeo. Piensan que soy especial —explica.

—Lo eres.

Sus ojos se vuelven vidriosos y las comisuras de su boca descienden.

—No lo soy. Pero sigo intentando que esta vez me gane las cosas de verdad. —Derrama lágrimas, y la atraigo hacia mí y la abrazo, deseando saber cómo mejorar las cosas.

—¿Por qué piensas que no te lo has ganado antes?

—Conseguí ese puesto de solista porque a Daniel Hope *lo atropelló un coche*, y también a todos los violinistas que habrían sido los siguientes en la lista. Y después de eso, el compositor, Max Richter, me invitó a hacer una gira, en lugar de a Daniel, porque tenía las costillas rotas y mi vídeo se hizo viral, lo cual fue solo porque me tropecé y hablé con el atril. Eso es tener una suerte horrible, no trabajo duro, y definitivamente no es talento.

—Vale, sí, entiendo lo que dices. La suerte tuvo mucho que ver, pero tenías que ser una violinista fuerte para aprovechar la oportunidad. No todo el mundo podría haber hecho eso —le aseguro, esperando que la lógica fría la ayude a sentirse mejor—. Y no conozco a nadie más que le hubiera hablado a ese atril. Solo tú.

Anna hace un sonido medio risueño, medio sollozante.

—Ese es mi verdadero salto a la fama: hablar con cosas que no están vivas. —Se aleja de mí y se pasa una manga por la cara—. Perdón por ser un desastre. Seguro que no lo estás pasando bien. —Coge aire y esboza una sonrisa brillante y feliz. Es tan convincente que es imposible saber que es falsa, y eso es algo aterrador.

—No he venido a divertirme. Solo quería estar contigo —le digo—. No necesito que finjas ser distinta de lo que eres, aunque estés triste.

Su sonrisa se desvanece de inmediato, pero me coge la mano entre las suyas y se la lleva al pecho, sobre el corazón, mientras unas lágrimas nuevas le recorren el rostro y le tiembla la barbilla. No dice nada, pero entiendo lo que quiere decir.

Le beso la sien y la mejilla, le limpio las lágrimas con los dedos, intentando consolarla, intentando hacerle saber que me importa. Se gira hacia mí y nuestros labios se encuentran, y el beso es lento y lleno de sentimiento. Dice las cosas que no dije antes.

Para mí eres especial. Para mí eres increíble.

Este anhelo por ella, esta ansia, se ha hundido tan profundamente en mí que ahora forma parte de mí. Así es Quan ahora. Está loco por esta chica.

Se oye un fuerte estruendo cuando algo golpea el suelo, y ambos nos giramos hacia el sonido. La madre de Anna nos mira con su pijama de señora de estampado floral, con el pelo corto erizado por todas partes como si acabara de salir de la cama. En el suelo, sobre un pequeño charco de agua, hay una gran taza de metal, de esas térmicas que mantienen los líquidos calientes o fríos durante horas.

—Hola, mamá —dice Anna antes de apresurarse a coger una toalla y limpiar el desastre mientras su madre la observa sin moverse—. Te has levantado temprano.

Le sonrío a la madre de Anna como si no me acabara de pillar besando a su hija y medio inclino la cabeza sin decir nada. No sé cómo dirigirme a ella. «Señora Sun» me parece demasiado formal, pero aunque supiera su nombre (que no lo sé) no me sentiría cómodo usándolo. Está al mismo nivel que mi madre, y llamar a mi madre por su nombre es el tipo de falta de respeto que haría que me ganara una bofetada.

—¿Tienes hambre? Quan ha traído comida del restaurante de su madre. Voy a calentártela —dice Anna rápidamente.

—Todavía no. —Su madre se mueve por fin, se acerca a la isla que hay junto a las neveras y mira dentro de las cajas—. ¿De tu madre? —me pregunta sorprendida.

—Sí, los *wonton* se pueden congelar sin problemas —le respondo—. Cuando quiera comérselos, solo tiene que hervirlos hasta que floten.

—Dale las gracias de nuestra parte, por favor —dice la madre de Anna, que parece conmovida de verdad.

—Claro, le...

Un grito desde el otro lado de la casa me interrumpe.

—Anna, necesito ayuda para levantar a papá.

Anna deja la taza de metal recién lavada de su madre sobre la mesa y se apresura a salir.

—Vuelvo enseguida.

No puedo quedarme sin hacer nada, así que empiezo a ordenar la comida que no llegamos a meter en las neveras.

—Priscilla me dijo que hay otra nevera en el garaje. Llevaré esto allí si me enseña dónde está.

—No, no, déjalo ahí. Ya me encargo yo. —La madre de Anna me empuja lejos de las cajas con las manos. Me mira con consideración y me pregunta—: Quan. ¿Cómo se deletrea?

Sé de inmediato que no lo pregunta porque tiene intención de escribirme una carta algún día. Quiere saber de dónde vienen mis padres y cree que puede adivinarlo por la ortografía de mi nombre.

—Q-U-A-N. Es vietnamita —respondo, facilitándoselo, y aunque asiente y sonríe, me doy cuenta de que esa no era la respuesta que quería oír. Soy la variedad de asiático equivocada para su hija. En realidad, no somos todos iguales.

Anna vuelve a la cocina.

—Priscilla quiere bañar a mi padre y debería ayudarla.

—Me voy, entonces —digo. Solo llevo aquí una hora y he tardado otra en llegar, pero sé cuándo no debo quedarme.

Arruga la frente con preocupación.

—¿Estás seguro?

—Sin problemas. —Le aprieto la mano una vez para que sepa que lo digo en serio, pero cuando noto que su madre nos observa con atención y con desaprobación, se la suelto—. Me alegro de verla —le digo a su madre antes de que Anna me acompañe hasta la puerta principal, donde nos quedamos de pie en el umbral, sin estar preparados para separarnos todavía.

—¿Me mandarás un mensaje cuando llegues a casa? —inquiere.

Eso me saca una sonrisa.

—Sí, vale.

—¿Es una pregunta de novia empalagosa?

—No creo, pero a lo mejor me gustan las novias empalagosas —respondo. Sea cual sea la clase de novia que es Anna, me gusta—. Buenas noches. —La beso en la boca una vez, solo una vez, y las palabras (no sé de dónde han salido) se quedan atrapadas en mi boca, queriendo que las libere. Pero no las suelto. Me dan miedo.

—Conduce con cuidado. —Me toca la cara con nostalgia, y salgo de la casa y vuelvo a mi coche.

Una vez que arranco el motor, me quedo sentado un momento, pensando en las palabras que me han faltado poco para pronunciar. Me alegro de haberlas retenido, pero no porque no las sienta. *Sí* que las siento. Pero no creo que Anna esté preparada para escucharlas.

Primero tengo que ganarme a su familia.

VEINTITRÉS

Anna

Mientras Priscilla le frota los pies a nuestro padre con un paño enjabonado, yo le afeito el bigote y la barba de la cara con una maquinilla eléctrica. No se me da bien. *No* paro de preocuparme de que inspire los pelos que le he afeitado, así que le limpio la boca repetidas veces. Sé que no le gusta. No para de hacer muecas y de intentar apartarse de mí, y parece que lo estoy torturando.

—¿Estás segura de que tenemos que hacer esto? —pregunto.

—Sí —dice Priscilla con el tono brusco y molesto que suele utilizar conmigo—. Deja de ser un bebé y hazlo. Lo odia porque tardas demasiado.

—Lo siento, papá —susurro mientras le afeito el último pelo del labio superior, y luego se lo limpio.

Nuestra madre entra en la habitación, con su taza favorita en la mano y el vapor emanando del té caliente, y se sienta en el sofá que hay cerca de la cama de nuestro padre.

—¿Qué ha pasado con Julian? —pregunta.

Antes de que pueda responder, Priscilla lo hace en cantonés, así que no tengo ni idea de lo que le está diciendo. A juzgar por la cara de nuestra madre mientras asimila la información y el tono de su voz al responder, no le gusta lo que ha oído.

—Es una relación abierta, ma. La gente lo hace hoy en día —dice Priscilla, cambiando al inglés para mi beneficio.

—¿Julian quería eso? ¿Una... relación abierta? —inquiere con incredulidad.

Asiento con la cabeza y termino de afeitar la barbilla de nuestro padre en silencio.

—¿Y de qué trabaja ese Quan? —pregunta.

—Ha montado una empresa de ropa con su primo.

Priscilla alza la vista de los pies de nuestro padre y arquea las cejas.

—¿Quieres decir que vende camisetas en la calle?

—La verdad es que no lo sé. No habla mucho de su trabajo. —Intento sonar objetiva al respecto, pero por dentro me estoy retorciendo. Vender camisetas en la calle está muy lejos de la inversión bancaria para Goldman Sachs.

—Sí, estoy bastante segura de que sé a qué dedicáis el tiempo, y no es a hablar de trabajo —dice Priscilla con una sonrisa de satisfacción.

—Todavía no lo hemos hecho —contesto, perversamente feliz de que mis encuentros sexuales (y los de Quan) me hayan llevado a marcarle un punto a mi hermana. Me echo un chorro de champú en la mano y se lo aplico a nuestro padre con cuidado en el pelo.

—¿Y qué es lo que he visto en la cocina? —pregunta nuestra madre indignada.

—Promiscuidad —responde Priscilla, pero parece celosa—. Espero no tener que recordarte que lo que estáis haciendo es solo por diversión. No te encariñes.

Es demasiado tarde para eso, pero me lo guardo para mí.

—Solo por diversión. —Nuestra madre sacude la cabeza, y parece que apenas es capaz de entender el concepto.

—Oh, vamos, mamá —dice Priscilla—. ¿Nunca has tenido una cita antes de ba?

Nuestra madre da un suspiro cansado.

—No, ba fue el primero y único. —Pasa por delante de mí y le toca la mano a nuestro padre, con una suave sonrisa en su rostro, como si estuviera acordándose de algo, antes de centrarse en mí—. Pensaba que Julian sería tu primero y único, Anna.

—Yo también lo pensaba, pero... —Me encojo de hombros porque, sinceramente, ya no me importa. Empapo una toalla en agua tibia, la escurro y luego la uso para quitarle el jabón del pelo a nuestro padre. Creo que esto le gusta. Tiene los músculos faciales relajados y su respiración es lenta y tranquila. La hora del baño es el único momento en el que tiene este aspecto.

—¿Seguís hablando? —inquiere Priscilla.

—Últimamente ha estado escribiéndome. —El recordatorio hace que mis labios se conviertan en una fina línea. Tengo un montón de mensajes de él por responder, pero lo he estado posponiendo porque resulta muy agotador.

—Anna, eso es una buena señal —afirma Priscilla—. Puede que se esté preparando para sentar la cabeza.

Ese pensamiento había pasado por mi mente, pero a diferencia de Priscilla, no me hace feliz. Si Julian vuelve a aparecer, tendré que decirle a alguien que no, y eso me cuesta mucho.

—Aunque a lo mejor... —Priscilla me mira de forma significativa—. A lo mejor tú no estás preparada para sentar la cabeza todavía.

Nuestra madre emite un sonido de horror, como si unos demonios la estuvieran persiguiendo.

—Está preparada. Ya se ha divertido bastante.

Priscilla se dobla sobre sí misma y se ríe como si la reacción de nuestra madre fuera divertidísima.

—Los niños de hoy en día. *Divertirse.* —Nuestra madre niega con la cabeza como si su dignidad estuviera herida, y eso hace que Priscilla se ría más.

—Es justo. Si él sale con gente, yo también puedo —digo en mi defensa, pero siento que, de alguna manera, estoy siendo deshonesta. Al principio eso era Quan para mí: una aventura, una venganza, un medio para conseguir un fin, pero ahora es más.

La mandíbula de nuestra madre se vuelve rígida, pero asiente.

—Su madre nos va a visitar pronto. Tendré una charla con ella.

—Ma, no, no hace falta que hagas eso —digo.

—Estoy de acuerdo, ma. No lo hagas —añade Priscilla.

Nuestra madre agita la mano para restarle importancia a nuestras palabras.

—Sé cómo decir las cosas.

—No siempre —discrepa Priscilla, haciendo responsable a nuestra madre de una manera que, si lo hiciera yo, nunca podría salirme con la mía—. Eso me recuerda que falta poco para el cumpleaños de ba. Deberíamos hacerle una fiesta. Podríamos ponerlo en su silla y hacer que venga todo el mundo. Creo que le gustaría. —Le sonríe a nuestro padre y le acaricia la espinilla mientras le habla como si fuera un bebé—. ¿A que sí, ba?

Nuestra madre asiente en señal de aprobación.

—Anna podría tocar su canción.

Me muerdo el interior de la mejilla para no comentar que ambas me ofrecieron como voluntaria para ser el entretenimiento de la noche sin molestarse en preguntarme primero. Mi conformidad es y ha sido siempre una conclusión inevitable para ellos.

En estos tiempos modernos, a la gente se le dice que tiene derecho a decir que no cuando quiera, por la razón que quiera. Podemos dejar que los «no» lluevan de nuestros labios como si fueran confeti.

No obstante, cuando se trata de mi familia, esa palabra no es mía. Soy mujer. Soy la más joven. No tengo nada de especial. Mi opinión, mi voz, tiene poco o ningún valor, y por eso, mi deber es escuchar. Mi deber es respetar.

Digo que sí.

Y parezco feliz cuando lo hago. Servicio con una sonrisa.

—Voy a empezar a organizarlo, entonces —dice Priscilla.

Mientras terminamos de bañar a nuestro padre, poniéndolo de lado con cuidado para poder lavarle la espalda y cambiarle el pañal, ella divaga sobre a quién invitará y qué comeremos, lo divertido que será para todos. Excepto para mí. Sabe que las fiestas me suponen un reto, aunque está claro que no le interesa el *porqué,* y espera que asista y que dé lo mejor posible de todas formas. No se me permite protestar o quejarme o ponerme en «ese plan». Eso es inaceptable.

No hablo durante el resto de la noche. Me guardo la rabia, la frustración y el dolor dentro, donde deben estar.

Nadie se da cuenta. Así es como debe ser.

VEINTICUATRO

Anna

Los días siguientes pasan con lentitud y, sin embargo, cuando echo la vista atrás, me sorprende que haya pasado una semana entera. Aquí el tiempo parece fluir a otra velocidad. Las almohadillas curtidas que tenía en la punta de los dedos de la mano izquierda han empezado a desgastarse porque hace mucho tiempo que no practico. Quan me trajo mi violín, pero ha permanecido en su estuche, sin ser tocado, ya que me he centrado en cuidar a mi padre.

Eso es lo único que hacemos aquí. Nuestras vidas giran en torno al intrincado horario que Priscilla creó para asegurarse de que recibe los mejores cuidados posibles. Le damos la vuelta cada dos horas para que no le salgan escaras, lo rodeamos de almohadas, almohadillas térmicas y toallas enrolladas para sostener varias extremidades. Le masajeamos obsesivamente las manos y los pies para evitar que se le produzcan contracciones dolorosas. Le cambiamos los pañales inmediatamente para que no le salgan sarpullidos. Dividimos sus comidas en casi una docena de mini ingestas porque los músculos de su garganta no funcionan correctamente y tose la comida si se le da demasiada cantidad a la vez. Le damos muchos, muchos medicamentos. Intentamos darle fisioterapia, pero no hacía más que quejarse y se dormía durante los ejercicios, por lo que dejamos de hacerlo.

A Priscilla le gusta estirarse en la cama junto a él y mostrarle fotos en el móvil. La mayor parte del tiempo, él no presta atención. Sin embargo, de vez en cuando, gime de forma significativa y nos recuerda que sí que está aquí. No es un cuerpo sin alma. Nuestro trabajo no es en vano.

Esta mañana solo estamos mi padre y yo, y eso es un poco inusual. Técnicamente, todas somos responsables de un turno: mi madre tiene el turno de noche, de medianoche a ocho; yo tengo el de mañana, de ocho a cuatro; y Priscilla tiene el de tarde, de cuatro a medianoche. Pero este es el momento en el que nos congregamos todas. Además, es difícil moverlo sin ayuda, y debemos venir corriendo si nos necesitan. Bueno, yo tengo que venir corriendo. Yo nunca le pido ayuda a nadie cuando lo cuido sola. No considero que tenga ese privilegio.

Son las once de la mañana, una de las horas a las que hay que darle de comer, así que después de cambiarle el pañal, girarlo hacia su otro lado y levantar la mitad superior de su cama para que esté relativamente erguido, me cambio los guantes de látex sucios por otros limpios, le levanto la sonda de alimentación de la barriga, donde la mantenemos apartada, y la pongo encima de una toalla blanca. Luego lleno una jeringa grande de plástico con comida líquida sacada de una lata. Es espesa y marrón y tiene un olor desagradable —la probé una vez, y sí, está asquerosa—, pero contiene todas las calorías y nutrientes que necesita. Lo mantiene con vida.

Destapo la sonda de alimentación y estoy a punto de introducir la jeringa cuando me agarra la muñeca con una fuerza sorprendente. Cuando lo miro a la cara, veo que me está mirando fijamente. Tiene los ojos concentrados y despejados, consciente.

—Hola, ba —digo con una sonrisa que me invade la cara. Hasta ahora no había interactuado conmigo en absoluto.

Emite un gemido bajo en la garganta. ¿Eso es un saludo?

No puedo evitar emocionarme. Ha estado aquí todo este tiempo, pero lo he echado mucho de menos.

—Te estoy dando de comer, pero cuando termine podemos mirar fotos si quieres.

Intento volver a introducir la jeringa en la sonda de alimentación, pero me agarra de la muñeca con fuerza y niega con la cabeza.

—¿Qué pasa, papá? —pregunto.

Con una mueca, me suelta la muñeca y hace un gesto con la mano. Aquí nadie sabe lengua de signos, pero esa señal con la mano, moviendo los dedos de un lado a otro, es universal.

Para. Basta.

—Pero hace horas que no comes —le digo, sin comprender todavía lo que me está comunicando.

Aprieta los ojos y vuelve a hacer el movimiento de la mano.

Para. Basta.

—Si no tienes hambre ahora, te daré de comer más tarde, ¿vale?

Vuelve la cara hacia otro lado, pero veo que la humedad se desliza lentamente por su mejilla. Mi padre está llorando.

Una última vez, hace un gesto con la mano: *Para. Basta.*

No sé qué hacer, así que guardo todo rápidamente, vuelvo a meter la sonda de alimentación debajo de la bata del hospital y corro al baño contiguo, donde me siento en la baldosa y me abrazo a las rodillas.

Se me entrecorta la respiración. La luz es tan brillante que me marea. Todavía llevo puestos los guantes de látex, así que me los quito y los tiro a la papelera. Mi piel ha absorbido el fuerte olor químico de los guantes y, aunque no los tengo cerca de la cara, el olor me da náuseas y me llena la boca de saliva. Me meto las manos detrás de las rodillas para sofocar el olor, me balanceo hacia delante y hacia atrás y golpeo los dientes entre sí, intentando volver a un estado tolerable.

Para. Basta.

Dios mío, ¿qué estamos haciendo?

Él no quiere esto.

Quiere que paremos.

Pero si nos detenemos, eso significa...

No, no puedo hacerlo.

Incluso si pudiera, mi familia nunca lo permitiría. Peor aún, me condenarían. Me *exiliarían*.

No puedo perder a mi familia. Son lo único que tengo.

Es demasiado. No puedo soportar mis pensamientos. Así pues, empiezo a contar mentalmente. Llego a sesenta y vuelvo a empezar por el uno. Una y otra vez hasta que ya no necesito balancearme, hasta que se me cansa la mandíbula, hasta que estoy entumecida.

Finalmente, encuentro fuerzas para ponerme de pie y abrir la puerta. Tengo la cara caliente y escucho ruido en los oídos. Siento como si algo enorme hubiera ocurrido, como si el mundo entero se hubiera movido sobre su eje. No obstante, la habitación de mi padre está igual que antes. Está durmiendo como siempre. Tiene exactamente el mismo aspecto. Viejo. Frágil. Cansado, incluso estando en reposo.

Me dirijo a la cómoda que hace las veces de mesa de suministros médicos y examino la tabla en la que anotamos la información de mi padre a lo largo del día: cuánto le hemos dado de comer, cuándo, qué medicamentos se ha tomado, si ha defecado, etc. La siguiente entrada se supone que es la comida. Ese es el horario. Ese es el patrón.

No fue decisión mía ponerle la sonda de alimentación. Tenía mis reservas. Pero no hablé cuando tuve la oportunidad. Nunca hablo. Así pues, ahora este es nuestro destino. Todas estamos atrapadas al igual que él.

Tenemos que llegar hasta el final.

Secándome los ojos con la manga, preparo una jeringa nueva para mi padre y, cuando todo está listo, la conecto a la sonda de alimentación. Está profundamente dormido, así que esta vez no me detiene.

Presiono lentamente la jeringa para introducir en su cuerpo los nutrientes que lo mantienen vivo. Cuido de él, aun sabiendo que mis cuidados prolongan su sufrimiento.

Lo siento, papá.

VEINTICINCO

Es tarde, y la única luz que hay en mi habitación es el resplandor que proyecta la pantalla del móvil mientras hablo con Anna. Ponerme al día con ella al final de la jornada justo antes de irme a dormir se ha convertido en una especie de ritual.

—¿Qué tal el día?

—Largo —responde, y puedo escuchar lo largo que ha sido por lo derrotada que suena su voz.

—¿Qué te ha parecido el vídeo que te mandé del pulpo golpeando peces? —inquiero con la esperanza de distraerla.

—Mira que eres idiota —dice con una risa suave—. Recibí tu mensaje mientras Julian y su madre estaban de visita hoy. Quisieron saber por qué me estaba riendo y yo no sabía cómo explicárselo.

Una sensación incómoda me sube por la columna vertebral.

—¿Julian... es tu ex?

—Sí, es él. Su madre es amiga de la mía.

—¿Cómo ha sido verlo después de tanto tiempo? —pregunto con cuidado. No quiero actuar como si estuviera celoso. Quiero mostrarme justo, tranquilo y racional. Pero no me importaría darle un puñetazo en la cara.

—No ha sido tan incómodo como pensé que sería. Actuamos como si volviéramos a estar juntos.

Los músculos de mi estómago se flexionan como si me hubieran dado un puñetazo en las tripas.

—¿Lo estáis?

—No. —Hace un sonido divertido—. No, no, no, no, no, no, no.

—¿Lo sabe?

Suelta un largo suspiro.

—Supongo que todavía no hemos tenido esa conversación.

—Anna.

—Lo sé. Tengo que hacerlo. Es que es difícil. Me pareció tan claro que habíamos terminado. Nunca esperé que de verdad quisiera continuar donde lo dejamos después de que... ya sabes.

Sé que no debería, pero no puedo evitar preguntar:

—¿Después de que se follara a medio San Francisco?

Coge aire de forma entrecortada.

—Sí —contesta, y me arrepiento al instante.

—Lo siento, no debería haber dicho eso.

—Bueno, es la verdad —dice—. Hace tiempo que quiero hablar con él. Pero nunca parece ser el momento adecuado. O si no, estoy agotada. A veces, salir de la cama es lo único que puedo hacer. Ayer me duché durante dos horas sin querer. No fue mi intención. Simplemente... perdí la noción del tiempo. Al principio, mi madre temió que me hubiera caído o algo. Luego me gritó por malgastar agua. —Se ríe, pero es la risa más triste que he oído nunca.

—¿Por qué es tan difícil? —pregunto.

—Mi padre es infeliz, Quan —susurra.

—Pero lo estáis ayudando a que sea menos infeliz, ¿no?

Se queda callada durante mucho tiempo y, cuando por fin habla, su voz tiene esa cualidad ronca y temblorosa que significa que está al borde de las lágrimas.

—No sé cuánto tiempo podré hacer esto.

Oigo tanto dolor en sus palabras que me escuecen los ojos. Para mí no llega a tener sentido del todo. Si se invirtieran nuestros lugares, dudo que me sintiera igual. Me gusta cuidar de la gente. Me gusta que me necesiten. Pero el dolor de Anna es real.

No puedo hacer caso omiso a él solo porque no lo entiendo. No puedo juzgarlo. El dolor es dolor.

Sé lo que es sufrir y que los demás no lo entiendan.

—¿Puedes tomarte un fin de semana libre, entonces? Podemos salir y ver cosas o podemos quedarnos en casa. Lo que tú quieras. Siempre que estemos juntos —digo. Cuanto más lo pienso, más me gusta la idea. Hace siglos que no tengo a Anna para mí.

—No puedo —responde con desilusión—. No puedo dejar que Priscilla y mi madre se encarguen de todo mientras yo me voy de vacaciones. Estaría mal.

—Vais a tener que descansar de vez en cuando. No podéis seguir así para siempre, os va a pasar factura. Estoy preocupado por ti.

—Gracias —contesta.

Respiro con frustración.

—No tienes que agradecerme que me preocupe por ti.

—Lo sé. Pero significa mucho para mí que lo hagas —dice—. Mi prima Faith, la gurú de la salud, puede que venga uno de estos fines de semana. Es muy buena amiga de Priscilla, y las dos harán como si fuese una fiesta, cuidando de mi padre y cotilleando todo el tiempo. No haría falta que estuviera yo aquí. Pero no se puede contar con Faith. Es como el viento. Sopla cuando sopla. En fin, estoy cansada de hablar de mí. ¿Cómo estás? ¿Qué tal va tu empresa? El otro día me di cuenta de que no sé nada de ella. Priscilla me preguntó si vendías camisetas en la calle y no supe decirle ni que sí ni que no.

Echo la cabeza sobre la almohada mientras gimo para mis adentros.

—No, no vendo camisetas en la calle. Mira, estos somos nosotros. —Le mando un mensaje con los enlaces a nuestra página web y a uno de nuestros perfiles en las redes sociales, y cuando suelta un «oooooh» impresionado, me relajo un poco.

—Esta ropa es adorable —dice, y luego jadea—. Quiero ese vestido arco iris en talla adulto. Y una de esas camisetas del *T. rex* con un tutú.

—Veré lo que puedo hacer, pero estoy bastante seguro de que la talla más grande que tenemos para ese vestido arco iris es la infantil grande.

—Vaya —contesta, pero también se ríe.

—Michael es el que se encarga del diseño, pero esas camisetas del *T. rex* con tutú fueron idea mía. La verdad es que se venden muy bien. Resulta que a los niños pequeños les encantan los *T. rex.*

—Obviamente. A *mí* me encantan los *T. rex.* Fue una buena idea —sentencia. Puedo oír en su voz que lo dice en serio, y quiero atravesar el móvil y besarla hasta que se maree—. ¡Quan, hay un *pulpo* con tutú!

—Es una incorporación nueva —comento, y no puedo evitar sonreír hacia el techo oscuro.

—Parece la misma especie de pulpo que el del documental...

—Sí, me aseguré de que fuera la misma especie. *Octopus vulgaris.*

Suspira de forma soñadora, como si le hubiera regalado chocolates y rosas y una noche en la ópera, y se me ablanda el corazón. Se me llena la boca con las palabras de la otra vez, las cuales empujan para salir, queriendo ser escuchadas, pero las contengo. No puedo decirlas todavía.

—Parece que van a adquirir mi empresa —digo—. Hemos empezado las negociaciones del contrato.

—¿Eso es bueno o malo? —inquiere.

—Bueno. No habrá demasiados cambios en la forma que tenemos de dirigir las cosas, pero nos ayudarán a conseguir un alcance que nos habría sido imposible por nuestra cuenta. No voy a perder mi trabajo ni nada.

—Eso es *genial.* ¿Quién es la empresa que os va a comprar? ¿He oído hablar de ella? —pregunta.

—Creo que has oído hablar de ella. Es Louis Vuitton. —*Díselo a tu hermana*, pienso, pero no lo digo.

—¿*Qué*? —chilla Anna—. Espera a que se lo cuente a Priscilla. Mi madre va a flipar.

—Bueno, asegúrate de decirles que todavía no es definitivo. Y que no tengo descuentos en sus bolsos y demás. —Mi hermana casi lloró cuando le dije que no habría descuentos en sus bolsos de diseño favoritos, pero supongo que es bueno ser franco y establecer expectativas realistas.

—Vale. Me aseguraré de que sepan que no es un trato cerrado y les diré que no esperen descuentos en bolsos. Pero me alegro por ti y, en serio, enhorabuena —dice con palabras cálidas, cariñosas y sinceras. Está orgullosa de mí, orgullosa de que sea suyo, y eso hace que sienta como si mi corazón estuviera creciendo demasiado para mi pecho—. ¿Estás muy ocupado trabajando para que suceda?

—Gracias. Sí, el trabajo ha sido un no parar de reuniones y llamadas telefónicas y papeleo, pero es superemocionante. Aunque me siento mal porque a mí me va bien y tú estás...

—No te sientas mal. No quiero que otras personas pasen por lo que estoy pasando yo. Me gusta saber que a alguien le va bien —afirma.

—Me gustaría que a ti te fuera mejor.

—Lo sé.

Seguimos hablando durante unos minutos más, aunque no decimos mucho. Sobre todo, escuchamos el sonido de la voz del otro, que nos reconforta.

Al final nos despedimos, y me quedo mirando la oscuridad durante un buen rato antes de quedarme dormido. No puedo dejar de pensar en el hecho de que su ex no es técnicamente su ex. Primero tendrían que romper para que eso ocurriera. Sé que nunca me engañaría. Confío en ella. Pero, de alguna manera, mi novia tiene dos novios, y eso *no* me parece bien.

VEINTISÉIS

Anna

Las semanas pasan. Semana tras semana tras semana, hasta que han pasado dos meses desde que mi padre acabó en el hospital. En algún momento empieza a gemir, un gemido lento y rítmico que se prolonga durante horas. Siempre es el mismo. Debo de haber heredado de él mi afinación perfecta, porque sus gemidos nunca varían de un perfecto mi bemol.

Nadie sabe por qué lo hace, pero el médico nos dice que no nos preocupemos. No le duele nada (a nivel físico). Priscilla, siempre escéptica ante los conocimientos que no son los suyos, se obsesiona con la idea de que está estreñido e insiste en darle leche de magnesia. Resulta que mi padre es extremadamente sensible a la leche de magnesia, y nos sometemos a una bolsa entera de pañales —y muchas arcadas y náuseas por mi parte, lo que hace que Priscilla me mire mal— antes de que su cuerpo se calme.

Gime todo el tiempo. Y continúa después.

Mi bemol, mi bemol, mi bemol, mi bemol, mi bemol.

Priscilla y mi madre se ponen frenéticas a causa de la preocupación. Como la medicina moderna no ayuda, hacen que un acupunturista venga a casa y lo trate. Le introduce remedios herbales en la sonda de alimentación y le pone aceite de CBD debajo de la lengua. Incluso pagan a un médico naturista para que le dé vitamina C por vía intravenosa. Es obscenamente caro, pero no funciona. Nada funciona.

En todo caso, sus gemidos se vuelven más vigorosos.

Quiero decirles que paren, que se queja porque no quiere vivir así y que todas sus atenciones lo están torturando. Pero no lo hago. Sé que no va a servir de nada. No estoy aquí para hablar. Estoy aquí para cuidar de mi padre, para asegurarme de que nunca esté solo en su habitación, para atender sus necesidades.

No obstante, el sonido de sus gemidos me afecta, el recordatorio constante de *por qué* está gimiendo, y no es que pueda ponerme los auriculares e ignorarlo. Si tose o se ahoga, necesito saberlo. No tengo más remedio que soportarlo. Cuando cada día termina mi turno, me siento en la cocina, lo suficientemente cerca como para poder oír si Priscilla necesita mi ayuda, pero lo suficientemente lejos como para que sus gemidos queden silenciados.

No es un descanso de verdad. Sé que me llamarán en cualquier momento, pero al menos no estoy absorbiendo su dolor emocional directamente. Además, aquí no huele a pañales sucios ni a parches analgésicos de la marca Salonpas.

Me pongo al día con los cientos de mensajes de texto sin leer que tengo en el móvil: Rose actuó en la televisión canadiense en directo y acaba de firmar un contrato con Sony, la niña prodigio de doce años va a salir en una película de Netflix, la versión de Suzie para violín de una famosa canción de rap ha sido elegida como tema principal de un drama médico nuevo (lo cual resulta irónico porque odia tanto la música rap como los dramas médicos), Quan habló con el jefe de adquisiciones de LVMH y fue «guay», Jennifer me está preguntando cómo estoy, diciendo que está preocupada por mí… cuando mi prima Faith entra en la cocina con una bolsa de lona y una esterilla de yoga enrollada en los brazos. Lleva el pelo alborotado, como siempre, y su uniforme de siempre, el cual consiste en unos *leggings* y en una camiseta holgada puesta sobre un sujetador de deporte elegante que se entrecruza en la espalda como la tela de una araña, de esos que yo no puedo llevar porque me pierdo entre los tirantes.

—Hola, Anna —me dice mientras me sonríe con esa dulzura propia suya. Le gusta todo el mundo, se preocupa de verdad por todos—. ¿Cómo estás? ¿Cómo está tu madre? ¿Dónde está Priscilla?

—¿Esa es Faith? —grita Priscilla desde el otro lado de la casa.

En lugar de responder con palabras (literalmente estoy demasiado cansada como para hablar), esbozo una sonrisa y señalo hacia la habitación de mi padre.

Faith solo ha dado unos pasos cuando Priscilla entra en la habitación y le da un fuerte abrazo.

—Estás *aquí*. No puedo creerme que ni siquiera me hayas escrito con antelación.

—Se me quedó un hueco en la agenda, así que conduje directamente desde Sacramento hasta aquí. Tienes buen aspecto, Prissy —dice Faith al tiempo que se separan, usando el apodo de Priscilla que odio. No estoy segura de si es por el significado negativo que tiene la palabra en inglés o por el hecho de que no tengo permitido usarla.

—No, no tengo buen aspecto, pero te quiero por mentir. He cogido dos kilos desde que estoy aquí. No hay nada que hacer más que vigilar a papá y comer, y su rollete nos dio toneladas de comida. —Priscilla me señala cuando pronuncia la última parte, y tardo unos segundos en entender que se refiere a Quan.

Niego con la cabeza mientras intento recordar cómo se forman las palabras para poder corregirla, pero tardo demasiado.

—¿*Tu* rollete, Anna? —inquiere Faith, sorprendida—. ¿Qué pasa con ese novio superguapo que tenías?

—Están en una «relación abierta» —responde Priscilla por mí, poniendo comillas en las palabras *relación abierta*.

Faith se queda con la boca abierta.

—Deberías ver al nuevo. —Priscilla mueve las cejas de forma sugerente—. Está cubierto de tatuajes. Nuestra madre piensa que trafica con drogas.

La expresión de sorpresa de Faith se transforma poco a poco en una sonrisa socarrona.

—Bien por ti, Anna.

Eso me irrita lo suficiente como para encontrar la voz y hablar.

—No trafica con drogas. Trabaja en el sector de la moda.

—Vende camisetas en la calle —añade Priscilla en un susurro fingido.

—No es así —contesto, irritada porque haya menospreciado a Quan con tanta facilidad, aunque yo hice lo mismo al principio—. Su empresa se llama MLA y la va a comprar Louis Vuitton.

—¿En serio? —pregunta Priscilla. Al segundo está sacando el móvil, tecleando «ropa MLA» en el buscador y mirando la página web—. ¿Este es él?

—Sí —respondo, y mi fastidio queda ahora completamente eclipsado por una anticipación nerviosa. Va a quedarse impresionada. Tiene que quedarse impresionada.

Por favor, que se quede impresionada.

—Interesante. —Es lo único que dice. Hace clic en diferentes enlaces de la página web, evaluando, juzgando—. ¿Ha firmado un contrato con Louis Vuitton? —pregunta en tono neutro.

—Ha dicho que están en negociaciones. Todavía no es un trato cerrado.

—Me lo imaginaba. —Guardando el móvil con frialdad, añade—: Para que lo sepas, estas cosas rara vez salen adelante. En caso de que no esté al tanto, dile que no se haga ilusiones. Pero es una página web bonita.

Me desplomo en la silla, decepcionada e inexplicablemente enfadada. ¿Por qué tiene que poner a todo el mundo en su sitio de esta manera? ¿Por qué no puede alegrarse por él? ¿Por mí?

—¿Cuánto tiempo vas a quedarte? —le pregunta a Faith.

—No tengo nada hasta el lunes, así que había pensado en quedarme el fin de semana para ayudaros y luego irme el lunes temprano, como a las cinco de la mañana —responde con una sonrisa centelleante.

—¿No prefieres irte el domingo por la noche como una persona normal? —inquiere Priscilla.

Faith se encoge de hombros.

—Ya sabes cómo soy con el tema de dormir. También había pensado en hacer los turnos de noche para que vuestra madre pueda tomarse un par de días libres...

—Dios mío, eres un ángel. Voy a besarte —dice Priscilla mientras se acerca con los labios fruncidos.

—No hace falta que me beses —contesta mientras se ríe y aparta a Priscilla. Su expresión se suaviza cuando me mira, aunque hay una sonrisa que sigue jugando en las comisuras de sus labios—. Deberías tomarte el fin de semana libre e ir a ver a tu novio diseñador.

—Deberías ir ahora que tienes la oportunidad, Anna. Yo tengo que volver a Nueva York en un par de semanas para hacer algunas cosas, y tú y mamá vais a tener que cuidar a papá solas —añade Priscilla.

Es lo que quería, una oportunidad para salir de esta casa, pero ahora que se ha presentado, me siento mal si la aprovecho. No debería querer irme. Debería querer quedarme. Una buena hija se quedaría.

¿Y qué es eso de que Priscilla se va a Nueva York? No lo había mencionado antes. La idea de cuidar a nuestro padre yo sola durante todas mis horas de vigilia me llena de temor. Los gemidos... Tendré que escucharlos durante dieciséis horas seguidas y luego dormir, despertarme y escucharlos durante otras dieciséis horas.

—¿Cuánto tiempo estarás fuera? —pregunto.

—Una semana o dos solo. Han surgido algunas cosas en la oficina y necesitan que las resuelva —responde Priscilla en tono despreocupado—. Volveré en cuanto me sea posible, pero, sí, deberías tomarte el fin de semana libre mientras puedas. No te preocupes, volveré antes de la fiesta de papá.

La sangre abandona mi cara y la siento fría. *Una semana o dos.* La verdad es que no sé si podré soportarlo. Lo estoy intentando con todas mis fuerzas, pero no lo estoy llevando bien. Tal como están las cosas, he llorado al levantarme de la cama cada mañana al saber lo que me espera, lo que voy a hacer, lo que quiere nuestro padre.

—Está bien —accedo. Cuando me acuerdo, le sonrío a Faith y le digo—: Gracias. De verdad. Es muy amable por tu parte que...

—No es nada —contesta antes de que pueda terminar, y me da un apretón en la mano—. Tenía intención de venir. Solo que no ha surgido hasta ahora. Ya sabes cómo es.

No sé cómo es, pero de todos modos asiento con la cabeza en un movimiento un poco circular. Lo que sí sé es que ella no tiene ninguna obligación de estar aquí, no como Priscilla y yo. Ella no es más que la sobrina de mi padre. Nosotras somos sus *hijas*. Él nos crio, nos alimentó, nos amó. Cuidar de él ahora es algo que debemos hacer.

Incluso si eso nos rompe.

El agradecimiento me invade, y las lágrimas me nadan en los ojos mientras Faith y mi hermana salen de la cocina para dirigirse a la habitación de mi padre. Hace tanto tiempo que no estoy libre que ni siquiera sé qué voy a hacer con el tiempo que me está regalando.

¿Practicar el violín en círculos y más círculos?

No.

Le escribo un mensaje a Quan: Ha venido mi prima. Está AQUÍ. ¿Tienes este fin de semana libre?

Me responde al instante: Sí, ¡pero ya no! ¿Puedo ir a buscarte esta noche? En plan, ¿ya?

Sí, por favor, le digo.

Voy. Nos vemos en un rato.

Abrazo el móvil contra mi pecho durante un momento, deseando que no tardase tanto en llegar. Luego me dirijo a mi habitación. Mi plan es darme una ducha a toda prisa, recoger mis cosas y hacer la cama antes de encontrarme con Quan fuera, pero cuando me meto en la ducha, pierdo la noción del tiempo.

Este ha sido mi único santuario desde que estoy aquí. Cuando estoy en la ducha, nadie puede gritar «Anna, ven a ayudarme a levantar a papá» o «Anna, tráeme la bolsa de pañales del garaje» o «Anna, saca la basura por mí» o «Anna, vigila a papá mientras voy a la tienda» y esperar que deje lo que estoy haciendo, deje de pensar en lo que estaba pensando y me apresure a cumplir su orden con una sonrisa feliz. Me estoy duchando. No las oigo. Tienen que esperar a que salga.

Incluso después de lavarme el pelo y de que me haya enjabonado y limpiado entera, me entretengo y apoyo la frente en el azulejo de la pared.

Puede que esté llorando. Es difícil saber si es agua o lágrimas lo que me recorre el rostro, pero lo siento en el pecho y en la garganta. Lo siento en el corazón.

No debería estar tan contenta de irme. Pero lo estoy. Y lo que es peor, no quiero volver nunca más. Quiero correr y seguir corriendo.

VEINTISIETE

Anna

Me despierto con una sensación de dolor y desorientada, como si hubiera estado enferma y me acabase de bajar la fiebre. Mi mente tarda en ponerse al día, pero reconozco lo que me rodea. Estoy a salvo, en mi cama, en mi apartamento, y eso es todo un lujo.

Me duele la cabeza cuando me incorporo y, al mirar hacia abajo, veo que llevo ropa de calle: un jersey vestido y unos leggings. Cojo el móvil de la mesita para ver la hora y me confunde ver que son más de las cinco de la tarde. ¿Cómo es posible que haya retrocedido el tiempo? Tengo un millón de mensajes sin leer en el móvil, pero cuando les echo un vistazo empiezo a sentir náuseas, así que lo dejo.

Salgo de la cama a tientas y, como no tengo previsto ir a ningún sitio en breve, me cambio la ropa de calle y me pongo el pijama. Me pongo también mi albornoz feo, disfrutando de lo suave que está, y salgo a toda prisa de la habitación. La luz del salón está encendida, así que me dirijo hacia allí para investigar en lugar de ir al baño como había planeado.

Y Quan está sentado en mi sofá, mirando la pantalla de su portátil con el ceño fruncido mientras sus dedos vuelan sobre el teclado, escribiendo con eficacia. La imagen es inesperada, pero totalmente bienvenida. Me encanta lo cómodo que parece estar en mi espacio, descalzo y con una camiseta desteñida y unos pantalones de deporte holgados.

Me mira, y una amplia sonrisa le ilumina el rostro y hace que esté precioso.

—Estás despierta.

—Hola. —Me rasco detrás de la oreja y pregunto—: ¿Qué día es?

Deja escapar una risa.

—Es sábado. Has dormido... —Mira la hora en el móvil—. Diecisiete horas seguidas.

—Eso explica por qué me siento como un animal atropellado —digo, tratando de mantener un tono de voz ligero, aunque tengo la sensación de que he perdido algo. Son mis vacaciones. Y acabo de pasarme la mitad durmiendo.

Quan deja el portátil a un lado, se coloca junto a mí y me acaricia los brazos con las manos.

—¿Quieres algo? ¿Tienes hambre?

—Puede que tenga hambre. Pero tengo que lavarme los dientes. Ahora vuelvo. —Me tapo la boca, cohibida, y me apresuro a ir al baño, donde paso por el largo proceso de cepillarme, siete segundos por cada diente, siete segundos por cada parte correspondiente de la encía para estimular el flujo sanguíneo y no perder todos los dientes antes de los cincuenta, de usar meticulosamente el hilo dental y el enjuague bucal con flúor. Tardo una eternidad, pero así es como vivo con la enfermedad periodontal provocada de tanto golpear los dientes entre sí.

Cuando termino, vuelvo al salón. Quan no está allí, pero lo oigo trastear en la cocina. Al asomarme por la esquina, lo encuentro escalfando huevos en la vitrocerámica. En la encimera, a su lado, hay dos paquetes de fideos ramen y dos cuencos de sopa vacíos.

—¿Me estás haciendo ramen? —le pregunto.

Me mira por encima del hombro.

—Es lo único que tienes. Pensé en pedir comida a domicilio, pero supuse que estarías muerta de hambre y esto es rápido. ¿Quieres algo más?

Trago saliva más allá del dolor de garganta.

—No, es perfecto.

Sonríe y vuelve a su labor, que consiste en echar los huevos en los cuencos, vaciar los paquetes de sopa en polvo en la olla de agua hirviendo y poner los fideos a cocer.

Poco después estamos sentados uno frente al otro en mi pequeña mesa, con las rodillas juntas, mis pies encima de los suyos porque tengo frío y él desprende calor. De los fideos emana vapor y el huevo escalfado tiene un aspecto delicioso. La parte blanca está firme, pero sé que la yema va a estar líquida. Acerco los palillos al bol, pero dudo antes de tocar nada. No quiero estropearlo todavía.

—¿Pasa algo? —pregunta Quan con una cucharada de ramen a medio camino de la boca.

Sacudo la cabeza.

—No, simplemente estoy... feliz.

Ladea la cabeza, dirigiéndome una sonrisa confusa.

Intento devolverle la sonrisa, pero mis labios no quieren obedecer. No sé cómo explicar lo maravilloso que es que te cuiden, aunque sea con detalles así, después de todo este tiempo atendiendo a mi padre, de lo oscuro que ha sido, de lo sola que me he sentido, aunque haya estado rodeada por mi familia, por las personas que más me quieren.

Incluso mientras pienso eso, me encuentro preguntándome: *¿realmente me quieren? ¿Pueden, cuando no saben quién soy de verdad?*

Me doy cuenta de que eso es parte de la razón por la que estoy tan agotada. Llevo meses disimulando sin parar por mi padre, pero también por mi madre y Priscilla. Normalmente no me doy cuenta porque las veo unas horas, un día o dos como máximo, y luego me voy y me recupero.

Es como pincharse con una aguja. Si lo haces una vez, no pasa nada. Puedes ignorar que ha ocurrido. Pínchate repetidas veces sin darte tiempo a sanar y no tardarás en estar herida y sangrando.

Esa soy yo. Estoy herida y sangrando. Pero nadie puede verlo. Porque es dentro donde me duele.

Sea como sea, ¿es justo reconocer mi propio dolor a pesar del sufrimiento de mi padre? El autodesprecio me invade y me río de mí misma en la intimidad de mi mente. No hace que me sienta mejor. No se supone que deba hacerlo.

Nos terminamos los fideos y limpiamos, y luego me acurruco con Quan en el sofá. Busca entre los documentales algo que yo no haya visto, pero resulta que los he visto todos. Si está narrado por David Attenborough, lo he visto al menos cinco veces. Al final, acabamos haciendo una criba de películas de ciencia ficción de serie B (o inferior).

Mientras leo en voz alta las descripciones de *Llamageddon* y *Sand Sharks* y me río con una mezcla de asombro y horror, Quan saca el móvil y nos saca selfis.

—Me he dado cuenta de que no tengo ninguna foto de nosotros juntos —dice.

—No hemos llegado a hacernos ninguna —contesto, sorprendida de que hayamos tardado tanto.

Me sonríe, y en esa sonrisa hay calidez y comprensión.

—Estábamos demasiado ocupados. —Ojea las fotos hasta que llega a una horrible en la que parece que estoy resoplando—. Esta tiene potencial para ser fondo de pantalla.

—Ni en broma. —Le arrebato el móvil y elimino rápido la foto, llegando incluso a borrarla de la carpeta de fotos eliminadas para que desaparezca para siempre de verdad.

—Oh, venga ya —protesta mientras se ríe.

Hago una foto mientras le doy un beso en la mejilla, y ahí está. La mejor de todas. Su sonrisa es amplia, completamente despreocupada, e irradia satisfacción. En cuanto a mí, hay algo suave en mis ojos mientras lo beso, algo a lo que no puedo ponerle nombre. Pero es algo bueno. Lo mejor de todo es que mi albornoz feo no se ve en la foto. Me mando la foto a mí misma y luego ojeo las fotos de su galería con curiosidad.

—Ese es Michael —dice cuando llego a una foto de él y otro chico. Debieron de hacérsela después del entrenamiento de kendo, porque los dos llevan uniformes y equipos negros sudados a juego. Quan tiene el brazo echado sobre el hombro del otro chico, sus cabezas están envueltas en pañuelos blancos y llevan los cascos metidos bajo los brazos.

—¿Michael... en plan Michael Larsen, el ML de MLA? —inquiero.

Quan sonríe.

—El mismo.

La siguiente foto muestra a Quan rodeado de un grupo de niños pequeños que llevan la armadura de kendo. La siguiente es una foto de dos niños pequeños mientras hacen una especie de lucha libre. Otra foto de niños haciendo lo mismo. Otra. Otra. Niños pequeños con uniformes de kendo, sonriendo. Un selfi de Quan y un niño al que le falta uno de los dientes delanteros. Otro selfi con otro niño con gafas. Quan y niños con camisetas de *T. rex* frente al estudio de kendo. Quan siendo acorralado. Quan con niños arrastrándose sobre él. Intenta parecer ofendido, pero sonríe demasiado como para que sea creíble.

—Te gustan los niños —observo.

Su expresión se vuelve seria al instante, pero asiente con la cabeza.

—Sí. —Tras una breve vacilación, pregunta—: ¿Y a ti?

Me encojo de hombros.

—No están mal. No se me dan tan bien como a ti. —Ojeo más fotos y me encuentro una de unos niños y niñas posando con conjuntos modernos de MLA que incluyen camisas de *T. rex*, faldas y pantalones cortos a cuadros y boinas para todos—. ¿Esto era para una sesión de fotos de la empresa?

—Sí, hice que mis chicos de kendo hicieran de modelos para nosotros. Fue bastante divertido —dice Quan, y sonríe ante la foto como un padre orgulloso.

—Esa no es la clase de cosas que, por lo general, consideraría como «divertida» —contesto, riéndome—. ¿Conseguir que los niños te hagan caso no es como arrear gatos?

—Qué va, en plan, no les grito órdenes y espero que obedezcan. Solo estábamos haciendo el tonto juntos y el fotógrafo coló algunas fotos.

—Vas a ser un buen padre algún día —afirmo con absoluta certeza.

Espero que se ría, que sea modesto o que diga algo así como «eso espero». En lugar de eso, se pone rígido y se aleja de mí incluso antes de levantarse del sofá y dirigirse al balcón. No llego a comprender por qué parece tan perdido mientras mira fijamente a la calle.

—¿Qué pasa? —le pregunto mientras me acerco a él despacio, con el corazón dando saltos a causa de la inquietud.

Se mete las manos en los bolsillos y agacha la cabeza. Durante mucho tiempo no dice nada, y apenas soy capaz de respirar mientras espero. Tiene que ser por mí, por lo que he dicho. Siempre soy yo. Y como siempre, no entiendo por qué.

Sin levantar la cabeza, pregunta:

—¿Quieres tener hijos algún día? —Su voz es extrañamente ronca, vulnerable, y me produce escalofríos.

—Sinceramente, no lo sé. No he pensado mucho en ello —respondo.

Quan coge una bocanada de aire larga y exhala.

—No puedo. Tener hijos, quiero decir.

Me detengo a varios pasos de él, mi mente se tambalea cuando me golpea el significado de lo que ha dicho.

—Debería habértelo dicho antes. Lo siento —continúa con la voz aún más áspera—. Lo intenté. Pero no me salían las palabras.

—No hace falta que te disculpes. Me lo estás diciendo ahora.

Respira con dificultad y se pasa una mano por la cara y el cuero cabelludo antes de agarrarse la nuca. Hay tal derrota en su postura que siento como si una parte de mi corazón se estuviera desgarrando, y acorto la distancia entre nosotros y alzo la mano para apoyarla sobre la suya. Al principio se estremece, pero luego me acerca y presiona su mejilla contra la mía.

Abrazándolo con fuerza, tal y como me gusta que me abracen, le pregunto:

—¿Pasó cuando estabas enfermo?

—Sí.

No sé qué decir a continuación, así que le toco la espalda, el cuello, la mejilla. Le beso suavemente los labios con la esperanza de reconfortarlo, pero no me devuelve el beso.

Se aparta y se queda callado un momento antes de hablar.

—Entiendo que esto cambie las cosas. Para ti. Para nosotros. Pero supongo que me gustaría saberlo igualmente para que no... —Sus palabras se interrumpen, y no termina.

—Para que no ¿qué? —inquiero.

Su mirada se encuentra con la mía.

—Anna, estoy enamorado de ti.

El aire se me queda en los pulmones y mi pecho se expande y se expande y se expande.

—No te pido que me lo digas tú también si no lo sientes, pero quiero saber si tengo alguna posibilidad. ¿O lo que te he dicho ha hecho que se vuelva algo imposible? En el caso de que sea así, lo entiendo, y no te lo reprocharía nunca —dice, y la firmeza de sus palabras hace que suenen como una promesa.

Una promesa completamente innecesaria.

Alzo la mano y le acaricio la mandíbula con su barba incipiente, porque siento la necesidad de tocarlo.

—Para mí no cambia nada.

De su pecho brota una respiración contenida, y me acerca y me da un fuerte beso en la sien, abrazándome como si fuera preciada, como si fuera importante.

—Me encanta... estar contigo. Eres la única persona con la que realmente puedo ser yo misma. Pero no sé si estoy enamorada de ti todavía —confieso.

Julian y yo intercambiamos esas palabras. Empezó con un «te quiero, cariño» casual por teléfono, y me pareció que debía responderle, así que lo hice. Pero no significó nada.

Con Quan, quiero que las palabras importen, al igual que sus palabras me importan a mí. He guardado su «te quiero» en mi corazón, donde puedo llevarlo para siempre, seguro y atesorado.

Lentamente, se le dibuja una sonrisa en los labios mientras me mira la cara, y se inclina para besarme la comisura de la boca.

—Has dicho «todavía» —susurra—. Eso significa que crees que va a ocurrir.

—Sí.

—A lo mejor ya ha ocurrido —dice, y me besa el cuello. Me abre el albornoz para dejar al descubierto ese punto tan sensible en el que el cuello se une con el hombro. Y cuando me roza con los dientes la piel, jadeo y me aferro a él.

—Puede ser. Nunca me había sentido así con alguien.

—¿Crees que yo sí? —pregunta en voz baja junto a mi oído, lo que hace que me recorra un escalofrío.

—Has estado con mucha gente. Supongo que pensé...

—No eran tú, Anna —dice simplemente.

Me besa con una lengua hambrienta y yo me dejo llevar, débil por el anhelo. Le meto las manos por debajo de la camiseta para sentir su piel caliente con las palmas. Me encanta cómo sus músculos se tensan y se agrupan cuando lo toco, cómo me besa con más profundidad.

—Quiero que sea esta noche —me dice, subiendo la mano por el interior de mi muslo y acariciando la carne entre mis piernas de forma posesiva—. Yo, dentro de ti.

—¿Estás seguro...? —Mi voz se quiebra cuando las yemas de sus dedos se deslizan por debajo de mi ropa interior y me tocan de forma íntima.

No me he tocado de ninguna forma en los últimos dos meses. No quería. Pero ahora, con Quan, mi cuerpo cobra vida y le empapa los dedos.

—Te deseo tanto —gime antes de chuparme el cuello y acariciarme el clítoris formando círculos y con movimientos suaves y provocadores que están *tan cerca* de ser lo que necesito.

Busco su boca y lo beso mientras me arqueo ante sus caricias, frotándome contra él, tratando de convertir la caricia en algo que funcione para mí. Pero haga lo que haga, me siento insatisfecha y dolorida.

—Cama —dice bruscamente—. Necesito llevarte a la cama.

Sin previo aviso, me levanta y me lleva a mi dormitorio, donde me tumba sobre el colchón. Me toca el lado de la cara casi con reverencia y me besa, pero sus besos son diferentes de repente. No tienen la intensidad de antes. Son tímidos, distraídos.

Va a cerrar la puerta para envolvernos en la oscuridad y, como no vuelve enseguida junto a mí, me siento en la cama. Veo su silueta en medio de la habitación, de pie, inmóvil. Algo va mal.

—¿Estás bien? —pregunto.

—Sí —responde, pero en su voz hay una tensión innegable.

Después de una larga pausa, oigo los ruidos silenciosos que hace al quitarse la ropa, cómo se baja la cremallera de los pantalones, el roce suave de la tela con la piel, los golpes silenciosos que hacen sus prendas contra el suelo, así que yo también me desvisto. No soy de esas personas que disfrutan estando desnuda, y el contacto del aire frío con mi piel me pone nerviosa mientras lo espero.

El colchón se hunde a mi lado y noto su cercanía. Un segundo antes de que se tumbe a mi lado, siento como si el aire estuviera cargado. Me acerca, me calienta con su propio calor, me besa la frente, y mi mente y mi cuerpo se desenredan y se relajan.

Espero sentir contra mi vientre el bulto insistente de su erección. Pero no es así. Se ha puesto flácida en los minutos transcurridos desde que entramos en la habitación. Y ahora que estoy prestando atención, noto los temblores sutiles que le recorren.

—Estás temblando —susurro.

—Todo se ha vuelto muy ruidoso en mi cabeza de repente —dice.

—¿En qué estás pensando?

Suspira con dificultad.

—Tonterías.

Me inclino hacia delante y beso lo primero que encuentro: su nariz. Luego su boca, su preciosa y perfecta boca.

—Yo pienso en tonterías a veces. ¿Qué clase de tonterías son?

—Que tengo mucho que demostrar esta noche, a ti, pero sobre todo a mí mismo. Que tengo que complacer a mi chica como debería hacerlo un hombre —responde.

Se me contrae el corazón de forma dolorosa ante su confesión.

—Sí que me complaces.

—Ya sabes a lo que me refiero —contesta, y me agarra las caderas y las acerca a las suyas, donde su sexo permanece flácido—. ¿Cómo voy a hacerlo con esto? Es una puta vergüenza. —Su voz es brusca a causa de la humillación que siente, y odio eso. No quiero que se sienta así conmigo nunca.

—No eres un robot. Eres una persona. No tienes nada de qué avergonzarte —le digo con firmeza—. De todas formas, no es como si pudieras meterme el pene y hacer que tenga un orgasmo. Yo no funciono así.

Emite un sonido como si se estuviera ahogando antes de romper a reír.

—No me creo que hayas dicho eso.

Sonrío antes de reírme con él, extrañamente orgullosa de mí misma.

—Bueno, es que es verdad. *Tú* eres el que ha hecho que el sexo entre nosotros se trate de *mí*. Por mi parte, a mí siempre me ha interesado más que te guste a *ti*.

—Tenemos exactamente el mismo problema —dice—. ¿Cómo es que me estoy dando cuenta ahora?

—Porque somos muy diferentes.

Me abraza con más fuerza y presiona su mejilla contra la mía, y durante un rato, eso es lo único que hacemos. Respiramos juntos.

—¿Qué quieres hacer ahora? —pregunta.

—No lo sé. ¿Qué quieres que hagamos?

Me besa en los labios, la barbilla, la mandíbula y me muerde la oreja. El mordisco afilado de sus dientes, unido al calor de su aliento, hace que me ponga la piel de gallina.

—Quiero besarte.

—¿Solo besar?

—Solo besar. —Su boca se abre contra el lado de mi cuello y su lengua toca mi piel, haciendo que se me corte la respiración.

—Besar está bien —me oigo decir.

—Muy bien.

Sus labios encuentran los míos y me lame, me chupa el labio inferior, antes de hundir su lengua en lo más profundo, reclamando mi boca con un beso narcotizante. Sus manos me recorren el cuerpo, apretándome las curvas, tocándome los pechos. Me acaricia los pezones hasta que jadeo contra su beso y le clavo las uñas en los hombros mientras mi cuerpo le responde con impotencia. Mis músculos internos se tensan y se aprietan contra nada, y muevo las piernas con inquietud, pasándole las plantas de los pies por los gemelos. Es entonces cuando lo siento, duro, entre mis piernas. Cuando muevo las caderas, mi sexo acaricia su longitud, y él rompe el beso mientras emite un sonido ronco.

—Quan...

—Solo besar —repite antes de volver a darme un beso profundo en la boca.

Eso me vale, así que me pierdo en el momento. Acaricio su lengua con la mía, me deleito con el sabor y la textura de su boca, me glorifico con la sensación de su cuerpo contra el mío, contra mis manos, contra mi sexo. Arqueo la espalda y la punta de su longitud se sumerge en mi interior. Es tan tentador, tan bueno, que empujo hacia la sensación, tomando más de él.

Detiene mis movimientos colocándome una mano firme en la cadera.

—Debería... deberíamos... un condón.

—Dijiste que solo besar —murmuro antes de rozar mis labios con los suyos, dándole besos pequeños y provocadores.

—Esto es más que solo besar. —Como si quisiera demostrarlo, flexiona las caderas y ambos gemimos mientras tomo otro centímetro de él.

—¿Quieres parar? —pregunto con la voz entrecortada.

—Ni de puta broma.

—Entonces no lo hagas. —Lo beso con suavidad y ondulo las caderas, amando la sensación de mi cuerpo estirándose para aceptarlo.

Emite un sonido de dolor cuando se introduce más, se retira un poco y vuelve a introducirse.

—¿No quieres que use condón?

—Me hice la prueba después de que Julian... cambiara nuestra relación. Porque pensé que podría haber empezado a verse con otras personas antes de decírmelo —consigo decir. Es difícil concentrarse cuando está dentro de mí de esta forma. Instintivamente, ansío una unión más completa, aunque sé que eso no satisfará el dolor que siente mi cuerpo—. No tengo nada. ¿Y tú?

—No tengo nada. —Me besa, pero solo un poco, como si no pudiera evitarlo—. ¿Estás segura?

—Sí. —La palabra se convierte en un gemido cuando empuja y se introduce del todo.

Respirando con fuerza, estremeciéndose, agarrándome de la cadera con fuerza, dice:

—No hay nada que me haya hecho sentir tan bien como tú ahora, nunca.

Sus palabras hacen que me vea inundada de felicidad a pesar del hecho de que apenas soy responsable de lo que está disfrutando en este momento. No es que practique obedientemente los ejercicios de Kegel todos los días para optimizar mi tono muscular vaginal para que él alcance su máximo placer. A falta de algo mejor, contesto:

—Gracias.

De su pecho brota una risa áspera.

—Eres la única persona que podría hacerme reír en un momento como este.

Sonriendo en la oscuridad, lo repito, susurrándole al oído.

—Gracias.

Se ríe mientras me besa y siento su sonrisa contra la mía. Le rodeo con los brazos, preguntándome cómo es que no ilumino la habitación cuando resplandezco de esta forma.

Se mueve entre mis piernas con un movimiento lento y sinuoso de caderas, alejándose y volviendo a mí como las olas en la orilla del mar. Es tan sexi que desearía que las luces estuvieran encendidas. Quiero ver cómo se mueve contra mí. No puedo evitar arquearme ante el movimiento, reclamando lo máximo posible de él. Así no voy a llegar nunca al orgasmo, pero mi cuerpo anhela lo que anhela. Lo anhela a él.

Cambiamos ligeramente de posición cuando me empuja para tumbarme sobre mi espalda y me coge una mano. No comprendo lo que quiere hasta que la introduce entre nuestras caderas y susurra:

—Haz que se sienta bien, Anna.

La inquietud me recorre. No puedo evitar sentir que está mal. Escondo la cara en su cuello y digo su nombre en señal de protesta.

—Así no soy el único —añade, y de su voz emana una vulnerabilidad tan descarnada que no puedo decirle que no. Él me importa más que las voces de mi cabeza.

Aquí, en la seguridad de sus brazos, en la oscuridad, me toco. Y gimo mientras me estrecho en torno a él.

—Así —susurra, y me besa la sien, me chupa la oreja, me muerde el cuello, eliminando el malestar.

Vuelvo a hacerlo, me toco justo como necesito, y me es imposible contener el sonido que sale de mi garganta. El placer se concentra bajo y agudo, irresistible.

—Más —me anima, moviéndose dentro de mí, retrocediendo y volviendo con más ímpetu.

No puedo parar. Quizás esto es lo que siempre he necesitado sin saberlo, amarme sin vergüenza ni reservas.

Me elogia con palabras profundas, me dice que está orgulloso de mí, me cuenta cómo le hago sentir. Me pregunta si está bien cuando tiene que saberlo. Gimo sin parar mientras asciendo más y más, alzando las caderas para recibir cada una de sus embestidas, contrayéndome sin control.

—¿Estás conmigo? —pregunta entre respiraciones agitadas—. Estoy cerca. No sé si...

Le atraigo la cabeza hacia abajo para poder besarlo, y él gime y me devuelve el beso. Me agarra el culo con las dos manos y me acerca mientras me penetra más rápido. Es ese toque de desesperación en sus acciones lo que acaba conmigo.

Todos mis músculos se contraen y me arqueo hacia él. Al mismo tiempo, siento que me abro más, que me ablando, que tiemblo. Quiero decirle que estoy con él, quiero decirle lo que está pasando, pero lo único que soy capaz de decir es su nombre.

Grito su nombre cuando llego a la cima. Grito su nombre mientras me convulsiono a su alrededor con sonidos crudos y repletos emanando de mis labios. Grito su nombre mientras me deshago por completo.

VEINTIOCHO

Quan

No existe nada mejor que Anna desmoronándose a mi alrededor, gimiendo mi nombre una y otra vez. Nada en el mundo entero.

Intenta besarme, moverse conmigo, pero sus convulsiones son demasiado fuertes. Ha perdido toda la coordinación y me encanta, joder.

Estoy al límite, pero me contengo y aminoro la velocidad para expulsarlo fuera. Voy a ser lo mejor que ha tenido. Lo necesito. No va a olvidarse de esta noche nunca, en su vida.

Cuando dejo de notar su firme agarre alrededor de mi miembro y suspira y retira la mano de entre nosotros, me obligo a parar. Apretando los dientes, me libero del calor de su cuerpo y la giro para que se ponga sobre las rodillas. En sus labios, mi nombre es una pregunta, y la tranquilizo con besos en el cuello, en el hombro. Le recorro la espalda con la mano antes de alzarle las caderas, posicionarme en su entrada e introducirme despacio en su interior.

Notar cómo Anna va tomando cada centímetro de mí, el sonido de sus gemidos suaves es casi demasiado para mí y, contra todo pronóstico, se me pone más dura. La sensación me recorre el cuero cabelludo y la columna, y todo lo que soy pierde la concentración, clama penetrarla con urgencia. Es pura desesperación, pura necesidad, pero me niego a ceder. Le recorro el brazo hasta llegar a la mano y la presiono entre sus piernas mientras le beso el cuello, pidiéndole en silencio que se toque.

—No sé si puedo —dice—. Ya he...

—¿Y si lo intentas? —susurro, acariciándole el costado con las manos, masajeándole las curvas de su perfecto culo mientras lucho contra la necesidad de moverme—. Si es demasiado, para.

El sonido resbaladizo que hacen sus dedos cuando se mueven sobre el clítoris llega a mis oídos al mismo tiempo que jadea y se cierra en torno a mi pene, lo que hace que apriete los abdominales y sacuda las caderas de forma involuntaria. La sensación es tan increíble que no puedo resistirme a retroceder y repetir el movimiento.

—¿Es demasiado intenso? —inquiero. Intento quedarme quieto, pero mis caderas se mueven sin permiso, penetrándola con un ritmo continuo.

—No —responde con la voz aguda con urgencia.

Se echa hacia atrás con brusquedad, encontrándose con cada una de mis embestidas, y nuestros cuerpos hacen ruido al golpearse mientras gime más y más rápido. Cuando se acerca a mí y me besa por encima del hombro con una lengua salvaje, gimiendo contra mi boca con cada aliento, sé que está cerca, y eso me produce la mayor satisfacción.

Le cubro las tetas con las palmas y le pellizco la parte dura de los pezones, y su cuerpo se tensa como si le hubiera golpeado un rayo. Se le entrecorta la respiración. Se estremece en mis brazos, tan apretada que está a nada de romperse. Sigo besándola, sigo jugueteando con sus pezones, sigo embistiéndola con mi miembro sin parar, porque eso es lo que hace uno cuando algo está funcionando: seguir haciéndolo. Sigo haciéndolo hasta que casi me vuelve loco la necesidad de correrme.

Y, en ese momento, ocurre. Gime. Se corre con fuerza, como si estuviera liberando una tensión que lleva toda la vida acumulando, y eso me llena de euforia. Puede que no esté entero, puede que no sea perfecto, pero puedo ser lo que Anna necesita.

Sujetándola mientras se desmorona, me dejo llevar. Caigo con ella.

VEINTINUEVE

Anna

El lunes por la mañana, Quan y yo estamos en su coche fuera de la casa de mis padres. Son las 7:56 de la mañana. Una buena hija, una buena *persona*, entraría corriendo y reemplazaría a su madre, le concedería esos cuatro minutos extra.

Yo quiero mis cuatro minutos.

Mi fin de semana de vacaciones debería haberme dado la energía necesaria para afrontar la situación. De hecho, me he pasado la mayor parte de las vacaciones durmiendo —la mayor parte del sábado y la mitad del domingo también— y cuando estaba despierta, el tiempo que pasaba con Quan era sencillo y relajado.

Ayer fuimos a almorzar al sitio en el que hacen tortitas que está cerca de mi apartamento y nos hicimos fotos con montañas extravagantes de tortitas en primer plano. Después le enseñé mis lugares favoritos de la ciudad: una cafetería con el mejor expreso, una galería de arte donde no les importa que comas en los bancos y admires las obras, un parque que presenta diferentes esculturas modernas cada mes. Todo estaba a poca distancia del Davies Symphony Hall, mi mundo es pequeño después de todo, pero Quan nunca lo mencionó. En ningún momento me ha preguntado por mi música. Se lo agradezco. Cuando llegamos a casa, me quedé dormida en el sofá casi al momento y no me desperté hasta la noche. Estaba hambrienta, pero seguía agotada, así que Quan fue a por comida para llevar y vimos el documental *Lo que el pulpo me enseñó* mientras comíamos. Luego nos abrazamos, lo que nos llevó a besarnos, lo que nos llevó a tocarnos, lo que nos llevó a mi habitación y a otra noche del sexo más maravilloso del mundo.

Sin embargo, incluso después de todo eso, no siento que haya descansado bien ni que esté restaurada. Tengo un nudo en el estómago y pavor en el corazón.

No quiero entrar en esa casa.

—¿Estarás bien? —pregunta Quan.

Esbozo una sonrisa sin pensarlo.

—Sí. —Podría ser la verdad, así que no es una mentira del todo. Sin embargo, me siento como si estuviera mintiendo, por lo que me corrijo—. Tal vez. No lo sé.

Me observa un momento antes de hablar.

—Me preocupa que esta situación no sea buena para ti. ¿Hay alguna manera de que podáis conseguir ayuda? Está claro que no andáis mal de dinero, así que...

—Tengo que ser yo. Tiene que ser la familia —contesto con firmeza.

—A ver, sí. Lo entiendo. Pero no estás bien. Anna, creo que solo has estado despierta ocho horas en todo el fin de semana.

Hago una mueca.

—Lo siento. No estuvo bien por mi parte cuando se suponía que íbamos a pasar tiempo juntos.

Quan suelta un suspiro frustrado.

—No me estoy quejando. Estoy *preocupado*.

Me desplomo en el asiento y miro la casa por la ventana.

—No podemos hacer nada al respecto. Es difícil para todos, y tengo que aguantar como todo el mundo.

Comienza a responder, pero la hora del reloj cambia a las ocho de la mañana. Recogiendo mis cosas, las cuales están en el suelo junto a mis pies, digo:

—Tengo que irme. ¿Me mandas un mensaje cuando llegues al trabajo?

—Sí, te escribiré —responde con voz resignada.

Me inclino sobre la consola central y le doy un beso en la mejilla. Debería hacerlo rápido y correr hacia la casa, pero me demoro. Aprieto mi frente contra su sien durante unos instantes.

—Te voy a echar de menos.

De alguna manera, encuentro la motivación para alejarme, salir del coche y cruzar el césped humedecido por el rocío. Tras despedirme de él por ultima vez con la mano, entro en la casa.

Al cerrar la puerta principal, el peso del lugar desciende sobre mis hombros. La luz del sol entra a raudales por las numerosas ventanas, pero la sensación es de oscuridad. Me quito los zapatos y camino por el pasillo frío de mármol hacia la cocina, donde dejo mis cosas en uno de los taburetes que hay en la isla antes de dirigirme a la habitación de mi padre.

El olor me llega a la nariz antes de alcanzar la puerta y toso para despejar los senos nasales. No sirve de nada. En cuanto vuelvo a respirar, el olor me cubre las fosas nasales y la garganta. Cuando entro en la habitación, mi madre está de espaldas a mí mientras cambia afanosamente el pañal de mi padre. Él también está de lado, dándome la espalda, así como otras partes de él que nunca imaginé que vería cuando era más joven.

—Hola, ma, ba —saludo, brillante y alegre como si estuviera encantada de estar aquí, tal y como me han enseñado.

—Ven a ayudarme a girarlo —dice mi madre en lugar de saludar.

Me dirijo al otro lado de la cama y sonrío cuando veo que los ojos de mi padre están abiertos. No está gimiendo. Eso tiene que ser una buena señal. Le toco el brazo ligeramente.

—Hola, papá.

Su cuerpo se balancea mientras mi madre lo limpia por el otro lado, y él aprieta los ojos y hace una mueca. No siente dolor físico. Mi madre es eficiente, pero es amable. Pero entiendo lo que está pasando.

Lo odio.

Y, así, se reanuda. Ayudo a cambiarle el pañal, aunque sé que el proceso le produce vergüenza. Cuando terminamos, mi madre se va y le doy de comer, aunque sé que no quiere comer. Me doy cuenta de que ambos somos iguales. Ninguno puede hablar. Nuestras vidas son dictadas por otras personas.

A la semana siguiente, Priscilla anuncia que tiene que irse a Nueva York durante dos semanas. Se va al día siguiente.

En ese momento, solo quedamos mi madre y yo.

Y mi padre, claro.

Todos estamos atrapados en esta enorme casa que hace eco. Estamos juntos, pero cada uno está dolorosamente solo.

Los días se vuelven imposiblemente largos y grises, y me encuentro en una especie de entumecimiento mientras hago las cosas por inercia. Poco a poco, empiezan a tener lugar los errores.

Mis manos de músico, por lo general firmes, empiezan a dejar caer cosas. Una jeringa llena de comida líquida. Un cubo de agua caliente durante el baño. Un bote de crema hidratante. Mi conciencia espacial disminuye de forma abismal, y mi cuerpo empieza a parecer un melocotón magullado de tanto chocar con una cosa tras otra. Mi capacidad de concentración desaparece. Se me olvidan las cosas. Me quedo sin palabras. Me choco con las puertas cerradas.

Cuidar de mi padre se convierte en algo más estresante todavía, ya que me preocupa que me olvide de darle sus medicamentos o que le dé el doble de la dosis adecuada por accidente. Me empeño en anotarlo todo, pero ¿qué pasaría si escribiera algo y luego me olvidara de hacerlo? Al principio del día organizo las jeringas y los vasos medidores de manera que pueda saber si lo he alimentado o si le he dado una dosis de medicamentos. Mi madre lo odia porque parece desordenado, pero lo tolera por mí.

Los mensajes y las llamadas de Quan hacen que mis días sean más llevaderos. Las fotos del gato de Rose también ayudan. Hace poco le hizo un corte de pelo horrible que hace que parezca un estegosaurio, y sus miradas llenas de odio son muy fotogénicas. Ella y Suzie me llaman de vez en cuando y me preguntan cómo estoy. Se preocupan por mí y me ofrecen frases amables como «Es horrible escuchar lo complicada que está la situación» u «Ojalá pudiera hacer algo para ayudar», pero sé que no entienden por lo que estoy pasando. Nadie lo hace, ni siquiera Quan, ni mi madre, ni Priscilla.

Para mí es difícil debido a un fallo que solo tengo yo, y sí, creo que es un fallo. Quiero ser la clase de persona que le encuentra sentido a cuidar a los que lo necesitan. Esas personas son *buenas*. Son héroes que tienen todo mi respeto.

Pero yo no soy esa clase de persona.

Soy incapaz de explicar hasta qué punto me desgasta el sufrimiento de mi padre. Su dolor, cómo está atrapado en su cama, atrapado en su vida, cuando no es lo que quiere. Saber que esto podría durar años. Saber que todo lo que hago no hace más que empeorarlo. Saber que no tiene remedio.

Casi al final de las dos semanas, mi mente trabaja casi sin parar tratando de averiguar cómo puedo escapar de todo esto. No puedo usar mi carrera profesional como excusa para irme. No haría más que tocar en círculos infernales. ¿Y si tuviera un pequeño accidente y me rompiera una pierna? No, todavía podría arreglármelas estando en una silla de ruedas. Solo complicaría más las cosas. Tendría que romperme las dos manos, y no me atrevo a hacerlo. Si no me curara bien, no volvería a tocar y ¿qué pasaría si llegara ese día inconcebible en el que la música volviera a hablarme? ¿Qué haría entonces? ¿Valdría la pena vivir mi vida?

Lo que de verdad me gustaría es una lobotomía. No quiero sentir más. Renunciaría a toda la alegría de mi vida para no tener que sentir como lo hago ahora. Lo haría sin pensarlo si pudiera tener la certeza de que después seguiría cumpliendo con mis obligaciones. Eso es lo único que importa ahora, cumplir con las tareas.

Tal y como están las cosas, vivo para las horas durante las que duermo. Ocho horas preciosas antes de tener que volver a hacerlo todo. Sin embargo, a menudo me despierto en mitad de la noche y lloro mientras aprieto los puños y miro al techo, gritando en silencio: *No quiero esto. No quiero esto. No quiero esto.*

Vienen invitados a visitarnos, incluidos Julian y su madre, y les sonrío como se supone que debo hacerlo. A mi madre le encanta entretener a las visitas en la habitación de mi padre mientras yo trabajo de fondo. Entonces me elogia, les cuenta a sus amigos cómo he pausado mi carrera profesional para cuidar de mi padre, lo sacrificada que soy, lo buena hija que soy.

Por lo general, me empaparía de su aprobación como si fuera maná del cielo, pero en estas circunstancias me es imposible. Si tan solo supieran...

Lo que ven no es lo que soy. Es la máscara que aman, la máscara que me asfixia.

La madre de Julian es la que está más impresionada de todos, y cuando él empieza a mandarme cada vez más mensajes, creo que es cosa de ella. Me quiere como nuera. Me aparta durante una visita y me lo dice ella misma. Sonrío y le digo que sería un sueño hecho realidad. ¿Qué otra cosa iba a decir?

Una voz cínica en mi cabeza sugiere que quizás lo que más desea es que algún día cuide de ella y de su marido de la misma manera. La idea me llena de un terror que me hiela. Creo que no sobreviviría como tenga que volver a hacer esto.

Al final de la última visita de Julian, este se queda en la habitación de mi padre conmigo mientras mi madre lleva a su madre y a un pequeño grupo de amigos de su iglesia fuera.

Estoy girando a mi padre hacia el otro costado, colocándole almohadas a su alrededor para que esté cómodo, cuando Julian dice:

—Se te da muy bien esto. Me sorprendió verlo.

—Gracias —consigo decir, manteniendo la voz suave mientras le dedico una sonrisa rápida. Es un cumplido. Debería sentirme halagada. Pero no me siento así.

Tengo ganas de gritar.

Cuando mi padre parece bien situado, voy a comprobar la hoja de cálculo para ver si lo he registrado todo. Luego cuento las jeringas y los vasos medidores, tratando de confirmar que no me he olvidado de nada ni le he dado dosis dobles.

Mientras fuerzo a mi cerebro disperso a hacer las cuentas, Julian se acerca a mí por detrás. Me pasa las manos por los brazos y se inclina para besarme la nuca. Se me pone la piel de gallina. Pero no en el buen sentido. No quiero esto. No me gusta. No viniendo de él.

No obstante, no me alejo de él. No digo nada.

¿Qué *puedo* decir?

Lo único que he dicho desde que he vuelto a esta casa es *sí* y *sí* y *sí* y *sí* y *sí*.

—¿Puedes escaparte uno de estos fines de semana? —me pregunta—. Hace mucho tiempo que no estamos juntos los dos solos.

Manteniéndome quieta y midiendo mis palabras con mucho cuidado, no vaya a ser que lo moleste, contesto:

—Me sentiría mal dejando el cuidado de mi padre solo a mi madre y a Priscilla.

—Priscilla os lo ha dejado a ti y a tu madre —me recuerda.

—No le ha quedado más remedio. Tenía cosas importantes que hacer. No está de vacaciones. —*Yo* soy la que estuvo de vacaciones con Quan, y le debo a Priscilla quedarme cuando me necesita.

—¿Cuándo podemos estar juntos, entonces? —inquiere. Noto su aliento caliente y húmedo en el cuello, y lucho contra el impulso de alejarme de él.

—Cuando mi padre mejore —respondo, aunque sé que no va a mejorar nunca. No iba a mejorar nunca.

Julian se aleja de mí, y en su voz hay un trasfondo duro cuando pregunta:

—¿Estás enfadada conmigo porque he abierto nuestra relación?

Me doy la vuelta, negando con la cabeza.

—No estoy enfadada contigo. —Es la verdad. No estoy enfadada. Ya no. Y he seguido adelante. Pero no sé cómo decírselo. Se va a enfadar. Su madre se va a enfadar. Eso hará que mi madre se enfade, lo que hará que Priscilla se enfade, y empezarán a presionarme, a empujarme, a hacerme sentir cada vez peor y más pequeña, todo porque creen que saben mejor que yo lo que es mejor para mí. No puedo lidiar con eso. Ahora mismo no.

Por favor, ahora no.

He caído en la oscuridad y no veo ninguna salida. Pero estoy luchando. Lo estoy intentando. Estoy intentando hacer lo correcto con todas mis fuerzas, ser lo que la gente necesita. No tengo nada más que dar. Ojalá lo tuviera.

—Aprendí algo mientras estábamos separados —dice.

—¿Qué aprendiste? —pregunto obedientemente.

—He conocido a muchas mujeres. Admito que he mantenido muchas relaciones sexuales. Algunas fueron increíbles, en plan, *realmente* increíbles —dice, sonriendo de forma evocadora. Lo odio por esa sonrisa—. Otras no fueron tan increíbles. Pero no me arrepiento de nada. Porque me ayudó a ver que no era más que sexo. Ninguna de esas mujeres era como tú, Anna.

Me coloca el pelo detrás de la oreja y la sensación de que otra persona me toque el pelo me produce malestar. Lo ignoro, como se supone que debo hacer.

—Quiero a alguien en mi vida que esté a mi lado pase lo que pase, aunque esté enfermo y postrado en la cama. Siempre ves las cosas como yo. Me pones a mí en primer lugar. No me empujas a hacer cosas que no quiero. Estar contigo es fácil. ¿Sabes lo especial que es eso? Quiero que estemos juntos de nuevo, solo nosotros. Se acabó lo de explorar. Sé lo que quiero.

Me obligo a esbozar una sonrisa. La noto tensa y errónea, pero él no parece notar que no es mi mejor obra. Me pasa las manos por el pelo, como si fuera su mascota favorita, y yo tenso los músculos y aguanto mientras sus palabras me hacen combustionar por dentro con una rabia silenciosa.

Cuando estábamos juntos *no* siempre veía las cosas como él. *Fingía* hacerlo. Lo ponía a él primero, incluso por encima de mí misma, y veo lo equivocada que estaba después de estar con alguien que de verdad se preocupa por mí. Nunca luché por mí misma, y eso le vino bien porque consiguió todo lo que quería de nuestra relación. Por lo que parece, quiere más de eso.

Hubo un tiempo en el que pensé que eso era lo que quería. Pero no es así. No quiero eso en absoluto.

Y no sé cómo decirlo. No puedo ser la que corte la relación. Mi familia se enfadaría mucho conmigo.

Pero si es *él* quien corta la relación...

—Me vi con alguien —digo con la boca repentinamente seca—. Mientras tú y yo estábamos separados.

Se pone rígido de forma brusca y parpadea como si no se lo creyera.

—¿Sí?

Me humedezco los labios, nerviosa. Pero una relación abierta funciona en ambos sentidos. No habría sido justo esperar que me quedara en casa mientras que él se acostaba con cada mujer que veía. Aun así, intento minimizar mi delito diciendo:

—Una persona.

—¿Lo conozco? —pregunta, haciendo una ligera mueca.

—No.

Eso parece apaciguarlo un poco.

—¿Habéis...? ¿Estuvo *bien*? ¿Te *gustó*? —Su voz adquiere un tono burlón cuando hace las preguntas, y tengo la clara impresión de que cree que es imposible que me «guste».

Alzo la barbilla y, aunque mi voz no es fuerte, respondo:

—Sí.

Su expresión se ensombrece durante un instante antes de despejarse.

—Supongo que me lo merecía.

—Sí.

—Bueno, espero que se haya divertido mientras pudo. Para él se ha acabado ya —dice, agarrándome de los brazos y atrayéndome contra su cuerpo—. Soy el único al que amas.

Intenta besarme, pero me aparto para que sus labios se posen en mi mejilla.

—Mi padre está ahí mismo.

—Se alegraría por nosotros —afirma Julian.

Mientras intenta besarme de nuevo, mi madre asoma la cabeza por la puerta.

—Tu madre dice que es hora de iros —anuncia, y tiene el cuidado de mantenerse inexpresiva, aunque debe de haber visto lo que ha interrumpido.

Julian le sonríe como si estuvieran compartiendo un secreto interno y me besa la sien antes de alejarse de mí.

—Te llamaré más tarde, ¿vale?

—Vale —murmuro.

Sale de la habitación y sigue a mi madre por el pasillo, y yo me quedo ahí, congelada en el sitio. Si mi madre no hubiera llegado en el momento justo, probablemente habría dejado que me besara. Incluso podría haberle devuelto el beso. No porque quiera, sino porque siento que tengo que hacerlo para hacer felices a todos.

A todos menos a mí.

Mi padre empieza a gemir, sus habituales gemidos en mi bemol, y se me hunde el corazón. Se me hunde todo. Miro la hora. No es la hora de la medicina. Voy a su lado y le toco la frente. Está fría. No tiene fiebre. Compruebo la posición de su cuerpo para ver si hay algo raro. No hay nada evidente.

—¿Qué pasa, papá? —le pregunto.

No abre los ojos para mirarme, pero frunce el ceño y sus gemidos continúan. No puedo hacer nada más que cogerle la mano, así que eso es lo que hago. Su mano permanece inerte. No me devuelve el apretón. Nunca lo hace.

En cierto modo, se ha ido desde que tuvo el ataque. Todavía está vivo, pero lo perdí hace meses. Quizás he estado de luto todo este tiempo sin darme cuenta.

¿Se puede sufrir sin saberlo?

Cuando se duerme y deja de gemir, la tensión de mi cuerpo se alivia, pero sigo escuchando esos mi bemoles en mi cabeza. Se repiten en un bucle infinito.

Mi madre entra en la habitación sin hacer ruido, comprueba la hoja de cálculo para ver si he seguido el ritmo y se sienta en el sofá que se encuentra junto a la cama.

—Se acaba de ir todo el mundo. —Como no digo nada, añade—: Han hablado bien de ti.

No tengo energía para esto, pero me obligo a sonreír como si lo hiciera de forma sincera.

—Es muy amable por su parte.

—Sobre todo Chen Ayi —dice mi madre, refiriéndose a la madre de Julian—. Por lo que he visto hace un rato, es obvio que habéis vuelto juntos. Qué alivio. Ese otro... —Niega con la cabeza y arruga la nariz.

—Quan se ha portado muy bien conmigo —afirmo, ya que siento que tengo que defenderlo.

—Por supuesto que es bueno contigo. Sabe lo afortunado que sería de tenerte. Mírate. Míralo. Pero Julian también es bueno contigo.

No entiendo por qué Quan sería afortunado de tenerme. Soy un desastre. Mi vida es un desastre. Ni siquiera he sido capaz de decirle que lo quiero.

Pero creo que lo hago.

Creo que me he enamorado irremediable e irrevocablemente de él, como lo hacen los caballitos de mar y los rapes.

—Tienes que hablar con ese tal Quan —continúa mi madre—. No es una mala persona. Se merece que lo trates con respeto. Sé amable cuando rompas con él.

Las lágrimas me nublan la vista, pero las contengo.

—Él me hace feliz, mamá.

Mi madre suspira y se levanta para venir a mi lado.

—Es una fase. No te casas con chicos así.

—No me parece una fase.

—Confía en mí, ¿vale? —Su voz es suave, su expresión cariñosa, y me acuerdo de que me quiere. No tiene un programa para hacer que Anna se sienta mal. Quiere lo mejor para mí, a menos que entre en conflicto con lo mejor para mi padre o Priscilla. Entonces soy una prioridad menor. Porque soy la más joven y una mujer y no tengo nada de especial. Así son las cosas—. Eres joven. No sabes el valor de lo que tienes. Pero *yo* lo sé. Julian cuidará de ti, Anna. Lo necesitas. Sabías lo que pensábamos de tu carrera musical, pero la elegiste de todas formas. Ahora tienes que ser realista.

—No sirvo para nada más —le recuerdo.

Cuando mis padres me apuntaron por primera vez a clases de violín, creo que albergaban la esperanza de que fuera un prodigio y llegara a alguna parte. Como nunca surgieron talentos especiales, me mantuvieron en las clases porque ser «polifacética» quedaría bien en las solicitudes que hiciera a la universidad.

Así fue como funcionó para Priscilla. Actuó como solista de violín en el Carnegie Hall cuando estaba en el instituto, y esa experiencia, unida a su expediente académico ejemplar, hizo que entrara en Stanford, donde se especializó en economía, y luego hizo un Máster en Administración de Empresas. Todo el mundo se horrorizó cuando anuncié que, en lugar de seguir los pasos de Priscilla, quería utilizar mi formación musical para ser un músico de verdad.

—No has intentado otra cosa —dice mi madre con la boca torcida en un gesto desagradable—. Podrías haberte hecho cargo de mi negocio de contabilidad. Habría estado encantada de cedértelo.

—Se me dan *fatal* las matemáticas. Además, ahora me va bien —contesto con la esperanza de haberle demostrado por fin que mi única rebeldía de verdad fue la mejor opción para mí.

Mi madre me mira con dureza.

—Sabes que tu éxito es temporal. Pronto volverá a costarte pagar el alquiler.

Se me hincha la garganta y me muerdo el interior del labio para que el pequeño dolor físico me distraiga de mis turbulentas emociones. Agarro la mano de mi padre con más fuerza, le acaricio los nudillos con cicatrices con el pulgar. Él no me detiene.

—Sabes que te cuento estas cosas para que te duela menos cuando las escuches de otros —continúa mi madre en voz baja.

Intentando tragarme la opresión que siento en la garganta, asiento con la cabeza.

—Mamá está cansada, así que me voy a dormir ya. —Me acaricia el pelo como lo ha hecho Julian antes, y yo me quedo quieta y dejo que lo haga, aunque siento como si hubiera hormigas arrastrándose por mi cuero cabelludo. Así es como me demuestra su afecto. Cuando era joven, me enfadaba cuando la gente (mis abuelos, tíos, etc.) intentaba tocarme así, y me regañaban y castigaban por ello. Hería los sentimientos de la gente y hacía que se sintieran rechazados, un pecado terrible, especialmente entre un niño y un mayor, así que aprendí, por necesidad, a apretar los dientes y aguantarme. Aprieto los dientes ahora—. Eres una buena chica, Anna. Lo que estamos haciendo es duro, pero no te quejas. Siempre escuchas. Haces que me sienta orgullosa.

Con una última palmada en la cabeza, se va. Se me llenan los ojos de lágrimas antes de caer en el dorso de la mano de mi padre. Me las limpio con la manga, pero siguen cayendo.

No hago ningún ruido mientras lloro.

TREINTA

—Me alegro de conocerle por fin en persona —le digo a Paul Richard, director de Adquisiciones LVMH, mientras le doy la mano.

—Lo mismo digo. —Me sonríe con amabilidad y, tras desabrocharse la chaqueta del traje, se sienta en la silla frente a mí en la mesa del restaurante.

Llevo toda la semana esperando esta reunión. Es la última antes de ultimar los términos de los contratos. Después de eso, firmamos.

Michael Larsen Apparel va a ser una empresa de LVMH Moët Hennessy Louis Vuitton.

Aunque este hombre me transmite unas vibraciones extrañas. No sé qué es exactamente, pero algo no está bien.

Un camarero se ofrece a llenarle el vaso de agua y él lo rechaza con la mano.

—No hace falta, no voy a tardar mucho. —Centrándose en mí, añade—: Seguro que tiene muchas preguntas, así que déjeme asegurarle que sí, queremos que Michael Larsen y la marca MLA trabajen bajo nuestro escudo. Estamos decididos a hacerlo realidad. Y debo decir que su liderazgo de la empresa hasta ahora ha sido impresionante.

—Gracias —contesto, pensando que tal vez me haya equivocado con él—. Ha sido muy emocionante poner en marcha la empresa. Estoy deseando trabajar con su equipo mientras seguimos creciendo.

—Será una experiencia de aprendizaje para usted, estoy seguro —dice Paul, y ahí está de nuevo. Esa sensación extraña—. Sobre todo, teniendo en cuenta su escasa experiencia.

Me siento más erguido en la silla mientras la alarma se dispara por mi columna vertebral.

—Eso no ha supuesto un problema para nosotros de momento.

Paul se ajusta el gemelo de diamante de su manga blanca antes de hablar.

—Vayamos al grano. No es la persona adecuada para dirigir la empresa tras la adquisición. Vamos a nombrar a un director ejecutivo con las credenciales adecuadas, pero, si le interesa, nos gustaría que dirigiera el equipo de ventas.

Mi cuerpo se calienta hasta sentir que el cuello me arde debajo de la camiseta y de la americana.

—Desde el principio nos aseguraron que Michael y yo permaneceríamos en nuestros puestos actuales.

—Michael tiene que quedarse, sin duda —afirma Paul.

Y entiendo lo que no está diciendo: Michael es esencial. Yo no.

—Michael Larsen y usted son familia, ¿no es así? —pregunta.

—Sí.

Observándome fijamente, continúa.

—Sé que sería fácil tomarse esto como algo personal y rechazar el trato, pero tiene que preguntarse si eso sería lo mejor para Michael. Se lo digo, si hace eso, no volverá a saber de nosotros. Esta es una oferta única en la vida. —Antes de que pueda decir nada, se levanta, se abrocha la chaqueta del traje y consulta su reloj, frunciendo el ceño como si nuestra reunión de dos segundos se hubiera alargado—. Voy a decirles a los abogados que pausen los contratos. Una semana debería ser suficiente para que se lo piense. Tiene los datos para contactar conmigo. Espero tener buenas noticias dentro de una semana.

Se va y me quedo solo. Por primera vez en mi vida, entiendo de verdad lo que significa «quedar en evidencia». El camarero se acerca y me pregunta si quiero algo, y soy incapaz de mirarlo a la cara. No puedo soportar que me vean en este momento. No puedo mirar a nadie a los ojos.

No he comido y me gusta este sitio, pero tiro un billete de veinte sobre la mesa y me voy manteniendo la cabeza gacha. En el exterior, recorro la acera hasta llegar junto a mi moto, me subo y salgo a la carretera. No sé a dónde voy, pero voy a llegar rápido.

Mientras el mundo pasa cada vez más rápido, pienso: *Que le jodan.* Michael y yo hicimos esta empresa, los *dos*. Sé lo que he hecho, lo que he conseguido. No soy reemplazable. Michael no va a permitir que nos separen. Somos socios. Seguimos juntos. MLA estaba bien antes de que ellos llegaran. Estaremos bien sin ellos.

Prefiero quemarlo todo antes que entregárselo a ese imbécil.

Michael lo quemaría conmigo si se lo pidiera.

Así de unidos estamos. Más unidos que hermanos.

Sin embargo, nunca le pediría que lo hiciera.

Y nunca le pediría que renunciara a sus sueños. No por mí.

Giro para entrar en la autopista y llevo mi moto al límite mientras sorteo el tráfico. Me pueden multar por exceso de velocidad, si es que algún policía logra pillarme. En este momento, me gustaría que me persiguieran.

Quiero romper las reglas, destruir cosas, ver cómo el humo ennegrece el cielo. No me importa una mierda si salgo herido en el proceso. Tal vez incluso anhelo el sabor del dolor. No podría competir con esta sensación de traición.

Pero hay alguien a quien *sí* le importaría si saliera herido, alguien a quien le gusta que conduzca con las manos apuntando a las diez y a las dos con precisión y que señalice cada curva.

Los latidos de mi corazón me retumban en los oídos, me corre la sangre, la rabia aúlla en mi pecho, pero, aun así, cuando pienso en Anna, reduzco la velocidad.

Cuando me doy cuenta de que me dirijo al sur por la 101, no me sorprende que vaya directamente hacia ella. Mi brújula siempre apunta hacia ella.

TREINTA Y UNO

Anna

Hoy es el cumpleaños de mi padre. Eso significa que se supone que tengo que tocar, y no estoy ni remotamente preparada. No he practicado en absoluto. Esta noche debería ser interesante. Pronostico que no va a tener nada que ver conmigo tocando el violín, pero aún no he descubierto cómo voy a conseguirlo. Una apendicitis sería conveniente.

Priscilla volvió la semana pasada, pero eso no significa que las cosas se hayan vuelto más fáciles. Su viaje a Nueva York no debió de haber ido bien porque ha estado de mal humor y mordaz con todo el mundo menos con papá, al que ha estado tratando cada vez más como a un recién nacido, hablándole como se le habla a un bebé, besándole la cara por todas partes y pellizcándole las mejillas mientras le dice lo adorable que es. No creo que mi padre lo aprecie. De hecho, estoy bastante segura de que lo odia. Es un anciano orgulloso, no un niño. Pero no digo nada.

La fiesta está programada para esta noche, pero mi tío Tony lleva aquí desde por la mañana. Intentó contarle a mi padre el costoso divorcio por el que está pasando su amigo médico porque tuvo una aventura con una treintañera y la dejó embarazada, pero mi padre gimió y se quedó dormido en medio de la historia. Después de eso, el tío Tony sacó unas gafas de lectura estilo aviador y un libro: *Mundo Anillo*, de Larry Niven. Se ha pasado la mayor parte del día leyendo tranquilamente junto a la cama de mi padre.

Con sus sesenta y cinco años, el tío Tony es el más joven de los hermanos de mi padre y el que menos éxito tiene. Es incapaz de mantener un trabajo más allá de unos pocos meses y vive de los cheques de desempleo intermitentes y de las limosnas de la familia. Durante toda mi vida, mis padres han utilizado al tío Tony como modelo de fracaso, diciendo cosas como «no sigas una carrera musical o serás como el tío Tony». No obstante, él viene a ver a mi padre todas las semanas, es discreto y no espera ser agasajado, y siempre trae bombones Ferrero Rocher. De vez en cuando, da un sobre rojo con unos preciados billetes de veinte dólares arrugados dentro para ayudar a cuidar a su hermano.

Vuelvo a la habitación de mi padre con una nueva bolsa de pañales del garaje cuando veo a Priscilla en la puerta mirando al interior.

—No sé por qué se molesta en venir —dice, hablando en voz baja para que no se escuche en la habitación.

—Viene a pasar tiempo con papá. —A mí me resulta obvio.

Hace una mofa.

—Es tan vago. Podría esforzarse más en hacer que papá hablara, o enseñarle vídeos, o hacer FaceTime con sus amigos, o darle un masaje, o lavar los platos. *Algo*. Pero lo único que hace es quedarse ahí sentado.

—A veces es muy difícil estar aquí —contesto en voz baja. Creo que hace todo lo que puede, y no espero más de él. No consigo entender por qué Priscilla desprecia a las personas cuando se están esforzando al máximo.

Sus labios se curvan y sus fosas nasales se agitan con disgusto mientras me mira de reojo.

—No me extraña que digas eso. Tú tampoco te relacionas con papá, y últimamente has estado tan torpe que bien podrías no estar aquí.

La agudeza de sus palabras me deja sin aliento, pero es su mirada la que me apuñala, dañándome de una forma que no soy capaz de describir. Es a *mí* a quien mira de esa manera, es a *mí* a quien encuentra repugnante, y yo he estado dando todo lo que tengo. Estoy luchando por no romperme en pedazos.

Simplemente no lo sabe.

—Es difícil hacer esas cosas cuando no quiere hablar, ni ver vídeos, ni hacer FaceTime con la gente. Quiere que todo esto se acabe —le digo en un intento por hacer que lo entienda

Las arrugas de disgusto en su rostro se profundizan.

—¿Él quiere eso? ¿O lo quieres *tú*?

—Lo quiero si él lo quiere —confieso en un susurro apenas audible. Estoy tan cansada de que le duela, tan cansada de hacer que la situación sea peor para él. *Tan cansada.*

Abre los ojos de par en par y sé que la he sorprendido, que la he horrorizado.

Sin decir nada, me quita la bolsa de pañales y entra en la habitación, dedicándole una amplia sonrisa al tío Tony mientras le da las gracias por los bombones. Él asiente con la cabeza, complacido, y vuelve a su libro.

Me quedo un rato en la puerta, esperando a que dé órdenes como siempre. Todo debería seguir bien si me da órdenes. Pero no lo hace.

Actúa como si yo no estuviera aquí.

Me doy la vuelta y me alejo de la habitación. Necesito estar sola y pensar qué hacer, cómo arreglar esto. Es mi hermana. Necesito que me quiera. Lo *necesito*.

No debería haber dicho nada, lo sé. Pero llevo callándome tanto tiempo que parece que las palabras se están amontonando, empujando para salir, exigiendo que las escuchen. *Por favor, por favor, por favor entiéndeme,* quiero gritar.

Deja de juzgarme.

Acéptame.

Al final del pasillo, mi madre abre la puerta principal y deja entrar a toda una tropa de parientes de fuera de la ciudad y sus familias y a un puñado de sus amigos de la Iglesia. Sonríen, intercambian saludos y le entregan sobres rojos que ella se guarda en el bolsillo para su custodia. Todos quieren ayudar a cuidar de mi padre de alguna manera, y el dinero es la forma más fácil de hacerlo.

Intento meterme en un baño y esconderme, pero es demasiado tarde. Me han visto.

—Anna, ven a saludar —dice mi madre, haciéndome señas con las manos para que me acerque.

Tengo la cara caliente y estoy a punto de llorar, pero pongo una sonrisa. Me acuerdo de arrugar las comisuras de los ojos. Saludo a todos a tientas. Soy muy mala para recordar las caras, y hay diferentes formas de decir tía y tío en cantonés dependiendo de si son de parte de mi madre o de mi padre, de su edad en relación con mis padres y de si están emparentados o no por matrimonio. Al final, mi madre tiene que volver a presentarme a todo el mundo, y yo repito como un loro los títulos que me da, solo que con una pronunciación abominable que hace que la gente se ría. Mi madre se ríe con ellos, pero en su rostro se ve plasmada una expresión dura que me dice que mi fracaso le parece humillante.

Para cuando esto termina, el corazón me late con fuerza y me duele la cabeza. Necesito un lugar tranquilo. Necesito tiempo. Estoy cerrando la puerta principal cuando Julian y su madre suben la escalera de la entrada. Yo no los he invitado, así que debe de haber sido cosa de Priscilla y de mi madre. Ojalá no lo hubieran hecho. Necesito energía para estar con él y siento que me estoy quedando sin recursos.

Aturdida, observo que hoy tiene buen aspecto. Bueno, siempre tiene buen aspecto, pero hoy está excepcionalmente bien. Lleva puestos unos pantalones caquis bien ajustados, una camisa blanca abotonada sin corbata y una americana azul marino, y tiene el pelo genial. Parece que un profesional le ha peinado los mechones que le llegan hasta la barbilla con un cepillo redondo y un secador de pelo y luego se los ha planchado, pero sé que se levanta de la cama así. Julian tiene suerte en muchos sentidos.

Mis músculos faciales no quieren responder, pero uso la fuerza de voluntad para hacer que cooperen. Digo las cosas correctas con la cantidad adecuada de entusiasmo. Abrazo a Julian y a su madre y les muestro el patio trasero, donde los encargados del *catering* han instalado una carpa blanca grande y una docena de mesas redondas en el césped. El sol acaba de empezar a descender, así que el cielo sigue siendo brillante y la iluminación de las luces navideñas que hay colgadas es sutil. Los arreglos florales son preciosos —hortensias frescas en tonos azul magnético y magenta— y hay una mesa larga de bufet llena de comida del restaurante favorito de mi padre. En la esquina del fondo, un camarero está montando una barra para las bebidas.

Esto es lo que ocurre cuando Priscilla organiza un evento. Todo es perfecto.

Para otras personas.

Para mí es una prueba a mi resistencia. Cada minuto que pasa llegan más invitados. Las mesas se llenan. El ruido aumenta. Los niveles de actividad aumentan. Le doy la mano a las personas que desconozco y abrazo a las que conozco. Mantengo conversaciones triviales, llevando mi cerebro al límite mientras sigo las conversaciones con mucha atención, razono lo que creo que la gente quiere oír lo más rápido posible y luego lo digo con la entrega correcta, que implica expresiones faciales, modulación de la voz y movimientos de las manos. Soy una marioneta, muy consciente de todos los hilos que tengo que mover para ofrecer una actuación convincente.

Mientras tanto, mis primos están lanzando un balón de fútbol de un lado a otro en el otro extremo del patio. Un bebé llora y su madre intenta distraerlo señalando el balón. Las abejas zumban en las camelias. El aire huele a hierba, flores, comida china, alcohol y el humo de la barbacoa del vecino.

No me he hidratado bien la piel y, al sudar, me pica la cara. La mano se me pone húmeda y Julian me suelta para limpiarse la palma en el pantalón.

—No sé si eres tú o yo —dice riéndose—. Esta noche estoy un poco nervioso.

—¿Por qué? —pregunto, porque eso es inusual en él.

Su pecho se expande cuando respira hondo y, en lugar de responderme, pregunta:

—¿Quieres una copa? Me vendría bien.

—Claro. —Ahora que lo menciona, embotar mis sentidos sobrecargados con grandes cantidades de alcohol me parece una idea fantástica. Quizá me tome una botella entera yo sola.

Lo sigo hasta la barra y, mientras pide dos copas de vino tinto, no puedo evitar observar lo atractivo que es. Pero podría decir lo mismo de un cuadro de Monet, y no tengo el deseo ardiente de poseer uno. Para mí Julian no es Vivaldi. No me cautiva. No es mi lugar seguro.

Solo hay un hombre así para mí, y no está aquí. Ojalá estuviera. Al mismo tiempo, me alegro de que no esté. Estoy segura de que mi madre no quiere que esté en su casa. Priscilla no lo respeta en absoluto. El resto de mi familia probablemente lo odiaría nada más verlo.

Cuando Julian me da una copa de vino y le da una propina al camarero, la multitud se calma. Priscilla hace salir a nuestro padre en su silla de ruedas. Lleva un gorro de punto en la cabeza y una rebeca negra sobre la bata del hospital. Una manta de vellón le cubre las piernas y está bien remetida por debajo de los pies. Tiene la cabeza apuntalada con almohadas, pero sigue inclinándose ligeramente hacia un lado mientras parpadea con dificultad al ver lo que le rodea.

—Gracias a todos por venir. Papá está muy contento de que hayáis podido venir a celebrar su ochenta cumpleaños con él —dice Priscilla con orgullo.

La gente aplaude y se agolpa a su alrededor, y hay un murmullo constante de conversaciones mientras todos intentan hacerse una foto de familia con él. Veo a mi madre en medio de la multitud, vestida de punta en blanco, maquillada, hablando animadamente con los invitados, totalmente en su elemento. Me doy cuenta de que esta fiesta no es para mi padre. Parece que se ha quedado dormido.

—¿Dónde ha ido Priscilla? —pregunta Julian.

Miro a mi alrededor y, al no verla, respondo:

—Probablemente esté «tomando el aire».

Su boca se arruga como si estuviera probando algo que no le gusta.

—Supongo que entonces esperaré hasta que vuelva.

—¿Esperar a qué?

Se limita a sonreírme y sacudir la cabeza antes de darle un sorbo a su copa.

—Mi madre dijo que había hablado contigo.

No estoy segura de saber a lo que se refiere, pero asiento con la cabeza.

—Ha sido muy amable al visitarnos tan a menudo. —Me parece que es lo correcto.

Me lanza una mirada escéptica antes de darle un sorbo a su vino.

—Le has dicho que te encantaría tenerla como suegra.

Una mala sensación se instala en mí. Siento que todas las pequeñas mentiras que he dicho para complacer a la gente me están pasando factura y que se acerca la hora del ajuste de cuentas. En algún momento tendré que enfrentarme a todo y tomar decisiones difíciles. Pero hoy no puedo. No aquí y ahora, no mientras todo el mundo está mirando.

—Sí. Es una mujer estupenda —digo. Tengo las mejillas cansadas de tanto sonreír hoy, pero vuelvo a sonreír para él.

—Sabes lo que significa eso, ¿verdad? —inquiere, estirando la mano hacia mi pelo para colocármelo detrás de la oreja.

Me esfuerzo por no estremecerme cuando las terminaciones nerviosas de mi cuero cabelludo protestan ante su contacto. Mi sonrisa se mantiene en su sitio, pero mi corazón late tan rápido que me mareo. No recuerdo su pregunta, pero sé lo que debo responder.

—Sí.

En su rostro se dibuja una amplia sonrisa y sé que he dicho lo correcto. Me siento aliviada y aterrorizada al mismo tiempo.

TREINTA Y DOS

Quan

La calle en la que viven los padres de Anna está tan llena que tengo que aparcar a una manzana de distancia y caminar. Alguien está dando una fiesta. Por lo general no me importaría. Disfrutaría estirando las piernas e imaginando que la gente se lo pasa bien. Pero esta noche lo único en lo que puedo pensar es en lo mucho que necesito ver a Anna. Me siento como una mierda, y solo hay una cosa en este momento que pueda mejorarlo. Ella.

La necesito entre mis brazos. Necesito inhalar su olor.

Sin embargo, al acercarme a su casa, veo que la entrada está llena de coches. La fiesta es *aquí*.

Se me ocurren dos cosas a la vez. Primero, debe de ser la fiesta de cumpleaños de su padre. Segundo, no me ha invitado.

Me siento como si me hubieran clavado una puñalada en el estómago, pero me digo a mí mismo que no pasa nada. Lo entiendo. Tengo que esforzarme más para ganarme a su familia. Pero ¿cómo cojones voy a hacerlo si no me invita a esta clase de cosas? Debería estar ahí adulando a los ancianos, quedando para jugar al golf con cualquiera que lo practique y haciéndome el mejor amigo de sus primos. Lo más importante, debería estar al lado de Anna.

Pero no lo estoy. Estoy aquí fuera mientras que ella está dentro.

Despacio, me detengo frente a la casa de su vecina y me planteo dar la vuelta y volver a casa como un desecho, pero es entonces cuando oigo a su hermana.

—Gracias por ayudarme a poner a mi padre en su silla, Faith. —Hay árboles y arbustos en medio, por lo que no la veo bien, solo vislumbro un poco de su perfil mientras se lleva un cigarro a la boca. El humo sopla directamente hacia mí y reprimo una tos.

—Ni las des —responde Faith, que está completamente oculta a la vista—. Ha sido fácil con ese aparato de Hoyer Lift. Nunca había visto uno de esos hasta hoy.

—Es fácil, sí, pero hacen falta dos personas. No he querido pedírselo a Anna. Últimamente ha estado tan cabeza hueca que se le podría haber caído —se queja Priscilla, y su tono destila una mordacidad que hace que me ponga rígido. Tengo que apretar los dientes para no saltar en defensa de Anna.

—Eres muy dura con ella —dice Faith, y quiero abrazarla en señal de agradecimiento.

—Puede, pero espero mucho de la gente. ¿No crees que también soy dura conmigo misma? —pregunta Priscilla.

—Sé que contigo misma eres la *más dura*.

Priscilla alza la mano y el extremo de su cigarro se ilumina de color rojo como una brasa cuando le da una calada. Una nube nueva de humo se extiende hacia mí.

—Dejé mi trabajo mientras estaba en Nueva York.

—*¿Qué? ¿Por qué?* Creía que te gustaba tu trabajo.

—Llevaban tres años debiéndome un ascenso y acaban de dárselo al nuevo que se ha hecho cargo de mis proyectos mientras yo estaba aquí. Tuve que ir a Nueva York para arreglar *sus* problemas, y lo han ascendido por encima de mí. Que se jodan. Puede que los demande.

—Eso es horrible —contesta Faith—. No puedo ni imaginármelo, encima de todo lo que estás pasando. ¿Has pensado alguna vez en probar a ir a terapia?

Priscilla se ríe con amargura.

—Sí, claro. Anna ha ido a terapia y ahora cree que es autista. Menuda mierda. Por ahí no paso, gracias.

Hay una pausa antes de que Faith pregunte:

—¿Puede que Anna sea autista?

Priscilla hace un sonido de burla.

—No.

—No sé yo. Era una niña tan rara, tan callada. No creo que tuviera ni un solo amigo cuando...

—No pienso seguir escuchando esto —sentencia Priscilla.

—Oh, vamos, ¿no crees...? —Algo se cae y se rompe en pedazos en la acera, justo en mi línea de visión—. Mierda.

En lugar de huir para evitar que me vean (a la mierda con eso) doy un paso adelante.

—¿Necesitáis ayuda con eso?

Priscilla y esta tal Faith, a la que no conozco, dan un salto de sorpresa.

—Lo siento. No pretendía asustaros —digo.

—Tú debes de ser Quan —adivina Faith mientras una enorme sonrisa se apodera de su rostro—. Tenía ganas de conocerte. Soy Faith. —Se acerca a mí como si quisiera estrecharme la mano, pero el cristal cruje bajo su zapato.

—Encantado de conocerte —contesto mientras me acerco y me agacho para recoger los trozos de cristal rotos. La copa de champán sigue casi intacta, así que meto todos los fragmentos en ella. Cuando termino, no queda más que una mancha húmeda de champán.

Priscilla me la quita con una sonrisa que no le llega a los ojos.

—Gracias, Quan. Supongo que has venido a ver a Anna.

Antes de que pueda decir que sí y disculparme por aparecer sin haber sido invitado, Faith me agarra del brazo con entusiasmo.

—Está detrás. Se alegrará mucho de verte. Vamos, déjame llevarte allí.

Priscilla parece querer decir algo, pero al final lo único que hace es dirigirme una sonrisa de aspecto nauseabundo mientras Faith me lleva por el lateral de la casa, pasando por los cubos de basura, donde Priscilla tira los cristales rotos, hasta el patio trasero.

Antes de verla oigo a la gente riendo, hablando, tosiendo, gritando (hay un niño pequeño muy cabreado). Cuando doblamos la esquina, tardo un segundo en asimilarlo todo. Parece que están celebrando una boda, no un cumpleaños.

—A ver por aquí. ¿Dónde está? —se pregunta Faith mientras escudriña a la multitud.

Alguien dice: *Ahí está Priscilla*, y pronto su madre la saluda con la mano, llamándola para que se acerque a una mesa situada en el otro extremo de la carpa, donde su padre está sentado en una silla de ruedas.

—Tengo que irme. Sentíos libres de comer y beber. La barra está justo ahí —dice Priscilla al tiempo que señala una esquina cercana donde hay una pequeña cola de gente esperando para tomar algo antes de alejarse.

Estoy a punto de darle las gracias cuando un fuerte estruendo atrae la atención de todos hacia un tipo apuesto que está golpeando su copa de vino con un tenedor.

—Atención todos, por favor. Atención —grita.

Anna está a su lado. Lleva un vestido negro sencillo y el pelo largo suelto. Es lo más precioso que he visto nunca.

Empiezo a acercarme a ella justo cuando el tipo deja el tenedor y la coge de la mano.

¿Un amigo suyo?

No, su lenguaje corporal no dice «amigo». No me gusta *nada* su lenguaje corporal, no mientras le está cogiendo la mano a *mi* novia.

—Primero, quería desearle a Xin Bobo un feliz cumpleaños —dice mientras alza su copa de vino en dirección al padre de Anna.

En la mesa junto con Priscilla y el padre de Anna, la madre de esta le da palmadas a su marido en el hombro antes de sonreír amablemente y alzar su copa de champán.

—Zhu Xin Bobo *shengri kuaile* —dice el tipo antes de beber de su copa junto con todos los demás que están bajo la carpa—. A continuación, aprovechando que todo el mundo está aquí reunido, quería compartir una noticia con todos vosotros.

Me quedo completamente inmóvil. Siento que de repente mis pies pesan quinientos kilos. Esto no puede ser lo que parece.

—¿Quién es ese? —le pregunto a Faith en un susurro bajo.

Ella me mira con los ojos muy abiertos y se aparta la mano de la boca para responderme.

—Julian.

Mi corazón deja de latir mientras miro fijamente en la cara de Anna e intento interpretar la situación. Está sonriendo a ese pedazo de mierda, pendiente de cada una de sus palabras. Sus mejillas están sonrojadas, sus ojos brillan. Está tan hermosa, joder.

—Anna y yo vamos a casarnos —anuncia Julian.

TREINTA Y TRES

Anna

—Aún no hemos fijado una fecha ni nada, pero creo que es mejor pronto que tarde para que las personas importantes en nuestras vidas puedan asistir. ¿No es así, Anna? —dice Julian.

Durante un tiempo inapropiado, lo único que puedo hacer es mirarlo y sonreír. Es la única reacción exterior que me parece aceptable cuando todo el mundo me está observando.

Por dentro me estoy derritiendo.

Ha dicho que *vamos a casarnos*. ¿Cómo es posible? Ni siquiera me lo ha propuesto. Si lo hubiera hecho, habría dicho que no. No lo amo. Ahora mismo puede que lo odie.

Las palabras se acumulan en mi boca, exigiendo ser pronunciadas. Cosas como «No, lo has entendido mal» o «No vamos a casarnos nunca, y no lo siento».

Sin embargo, veo que mi madre se lleva las manos al pecho mientras unas lágrimas de felicidad le recorren el rostro. Priscilla se seca las lágrimas mientras se inclina emocionada hacia el oído de nuestro padre, sin duda hablándole de mis próximas nupcias. La madre de Julian me sonríe como si fuera el momento más feliz de su vida.

Y no puedo hacerlo. No delante de un público.

Más tarde, me digo. *Lo haré más tarde.* Cuando haya silencio, cuando no haya gente alrededor, cuando haya tenido tiempo, cuando haya recuperado el aliento, cuando mi cabeza no parezca que va a explotar.

Encuentro mi voz y digo:

—Sí.

Los aplausos estallan, los silbidos suenan fuerte. Los cubiertos tintinean contra los vasos y Julian me sonríe como si le hubiera regalado la luna. Cuando se inclina para besarme, mi visión periférica capta un rostro familiar.

Quan.

Está aquí. Lo ha visto. Parece que alguien le ha arrancado el corazón.

Los labios de Julian tocan los míos, y me quedo congelada. No le devuelvo el beso. No puedo.

¿Qué he hecho?

No parece darse cuenta de que no le he devuelto el beso cuando se aparta y alza su copa hacia mí.

—Por nosotros.

Choco mi copa con la suya e inclino la cabeza hacia atrás para beber. ¿Qué otra cosa puedo hacer ahora? Trago, aunque el vino me sabe a vinagre en la boca.

Cuando termino, mis ojos buscan inmediatamente a Quan. Pero ya no está.

Me invade un pánico puro. No puedo dejar que se vaya así. Tengo que explicárselo. Tengo que hacer que lo entienda.

—Ahora vuelvo —le digo a Julian, y me apresuro a ir a la parte delantera de la casa.

No lo veo en el jardín delantero ni en el camino de entrada, así que corro hacia la acera. Empieza a oscurecer, pero lo veo. Está ahí, caminando rápido, alejándose de mí.

—Quan —grito mientras lo persigo.

En lugar de darse la vuelta para mirarme, camina más rápido.

—No puedo hacer esto ahora, Anna.

—No es lo que piensas.

Sigue caminando, así que corro para alcanzarlo. Cuando le agarro la mano, me aparta el brazo como si le hubiera quemado, y es como si me hubieran dado una bofetada en la cara.

—Quan...

Se da la vuelta bruscamente.

—De verdad, no puedo hacer esto ahora. No estoy... —Respira hondo. A los costados, sus manos se cierran en puños—. No estoy pensando con claridad. No quiero decir cosas que... No quiero hacerte dano.

—Lo siento —digo—. No voy a casarme con él. Es solo que no podía decirlo mientras todo el mundo estaba mirando. Además, mi madre y su madre están deseando que ocurra y yo... yo... yo...

—*Yo* también estaba delante y he visto cómo mi novia le decía a toda su familia que se iba a casar con otro. ¿Tienes idea de cómo me he sentido? —pregunta.

—Sé que ha estado mal por mi parte. Lo siento mucho. Voy a arreglarlo —le aseguro, suplicándole. No tengo el control de mi vida. Tiene que saberlo.

—Pues arréglalo ahora —contesta—. Iré allí contigo y podrás hacer un anuncio nuevo. Diles que soy yo con quien estás. *Yo.*

No sé qué decir. No puedo hacer lo que me pide. Todos quieren que Julian y yo estemos juntos. Si voy a ir en contra de sus deseos, tengo que encontrar otra manera de hacerlo, algo silencioso e inteligente. Todavía estoy pensando cómo hacerlo, pero estoy bastante segura de que implica hacer que Julian lo suspenda. Entonces, no podrán presionarme. No podrán obligarme a decir que sí.

—¿O solo puedes estar conmigo en la oscuridad? ¿Te avergüenzas de mí, Anna? —pregunta con voz áspera.

—*No.*

—Entonces, ¿por qué actúas como si te diera vergüenza? ¿Por qué no puedes defenderme?

Se me hace un nudo en la garganta y niego con la cabeza. ¿Cómo puede esperar que lo defienda cuando ni siquiera puedo defenderme a mí misma? No tengo permitido hacerlo. ¿Por qué no se da cuenta?

Cuando no le respondo, sus rasgos se marchitan a causa de la decepción.

—Esto no funciona. No puedo seguir así.

Una sacudida de adrenalina hace que mi corazón se apriete, y mis sentidos se ponen en alerta roja.

—¿A qué te refieres?

—A *nosotros*. Me estás rompiendo el corazón, Anna.

No puedo soportar la tristeza que reflejan sus ojos, así que me miro los pies y hago lo posible por no emitir ningún sonido mientras mis lágrimas caen. Odio estar haciéndole daño a la persona a la que amo. Odio que no pueda hacer *nada* al respecto. Odio lo atrapada que estoy en mi vida. Para mí no hay victoria. Nunca podré complacer a todos.

—Me voy —dice.

Todo en mi interior se rebela ante su afirmación, y agarro la tela de mi vestido con las manos mientras lucho contra el impulso de alcanzarlo y detenerlo. Ahora hay una barrera invisible a su alrededor, y no se me permite entrar en ella.

—No quiero que te vayas —confieso, y parece que las palabras me salen del alma, son tan ciertas.

En lugar de responder, se da la vuelta y sigue por la acera hasta su moto. Sin mirar atrás ni una sola vez, se pone el casco, se sube, arranca el motor y se marcha.

Lo observo hasta que se ha ido, e incluso entonces me quedo mirando el cruce en el que ha girado y ha desaparecido de mi vista. Ya está. Hemos terminado. Ha roto conmigo. No estoy preparada para un futuro en el que no vuelva a verlo. Sí, sigo teniendo a mi familia. Pero ¿qué voy a anhelar ahora? ¿Dónde está mi lugar seguro ahora?

No es más que un hombre. No debería sentirme tan vacía sin él. Pero sé que he perdido algo importante, algo esencial. Porque no solo lo he perdido a él. También he perdido a la persona que soy cuando estoy con él, la persona que hay detrás de la máscara.

Me he perdido a *mí*.

—Anna, ¿estás aquí? —oigo a Faith gritar detrás de mí.

No me atrevo a moverme ni a decirle dónde estoy. No quiero que me encuentren. Hay silencio aquí fuera y quiero estar sola.

Sin embargo, unos pasos se acercan a mí y no tardo en volver a oírla.

—Aquí estás. ¿Estás bien?

Sintiéndome cansada hasta la médula, la miro por encima del hombro y asiento con la cabeza.

—Priscilla dice que es hora de que toques —dice, vacilante.

Mi garganta está casi demasiado hinchada como para hablar, pero consigo decir un «vale».

—Pareces muy triste, Anna. ¿Ha pasado algo?

No tengo energía para responder a su pregunta, así que niego con la cabeza y camino en silencio hacia la casa.

—Voy a por mi violín —le comunico mientras abro la puerta principal.

Me dedica una sonrisa incierta y se dirige a la fiesta. Siento los pies imposiblemente pesados mientras subo las escaleras hasta mi habitación, donde el estuche del violín descansa en el suelo debajo de una pila de ropa sucia. Me arrodillo en el suelo, aparto todo lo que hay sobre el estuche del instrumento y, tras una pequeña pausa, lo abro. Ahí está mi violín.

No es un Stradivarius ni vale millones de dólares, pero es mío. Es bueno. Conozco su sonido, su tacto, su peso, incluso su olor. Es una parte de mí. Al pasar los dedos por las cuerdas, recuerdo todas las pruebas y los triunfos que hemos pasado juntos. Audiciones, noches de estreno, mi introducción a la recomposición de Max Richter de *Las cuatro estaciones* de Vivaldi, mi *obsesión* por su recomposición, la actuación que hizo que acabara en YouTube, el infierno circular de la pieza que soy incapaz de terminar...

Es una pena que esta noche tenga que romper este violín.

Pero no veo que tenga otra opción. No puedo tocar. Si lo intento, no haré más que quedar en evidencia delante de mis críticos más duros: mi familia. Los problemas mentales a los que me enfrento no son dignos de su respeto ni de un intento superficial de comprensión. Para ellos tengo que identificar el problema, encontrar una solución y seguir adelante. Debería ser así de fácil.

Así que eso estoy haciendo ahora, solo que no de la manera que prefieren.

Saco mi violín del estuche, saboreando la forma familiar que tienen sus curvas de adaptarse a mis manos, y lo abrazo. *Lo siento, amigo mío,* susurro en la seguridad de mi mente. *Te arreglaré después.*

Después de tensar el arco, aplico colofonia. No hace falta. No voy a tocar esta noche. Pero es parte del ritual. Hay que hacerlo.

Acto seguido, salgo de la habitación de mi infancia y recorro el pasillo hasta lo alto de la escalera. Agarrando mi violín con fuerza por el cuello, endureciendo mi corazón, me preparo para lanzarlo escaleras abajo con toda la fuerza que soy capaz de reunir. Es un instrumento resistente y no puedo simplemente abollarlo. Tiene que estar dañado hasta el punto de no poder tocarlo. Ese es el objetivo de todo esto.

Cuento hasta tres en mi cabeza, lo lanzo y veo cómo vuela por el aire. Hay un momento en el que pienso que va a rebotar por las escaleras y aterrizar en el suelo sin una abolladura y que tendré que lanzarlo una y otra vez, tal vez pisarlo un par de veces como si fuera un trampolín antes de que sufra un daño adecuado. No obstante, mi violín hace lo inesperado cuando entra en contacto con el suelo de mármol.

Se rompe en pedazos.

Jadeando, suelto el arco, bajo corriendo las escaleras y barro frenéticamente los fragmentos con los dedos. El mástil se ha partido por la mitad y el cuerpo del violín no es más que trozos de madera astillados. Ya no parece un instrumento. Una de las cuerdas se ha roto. Las otras yacen inertes y sin vida sobre el mármol de la base de la escalera junto con las clavijas, el puente y restos inidentificables.

Es imposible arreglar esto.

Este violín no volverá a cantar nunca.

De mi boca brotan sollozos incontrolables. No puedo detenerlos. No puedo silenciarlos. El dolor que hay en mi interior va a escucharse. No va a quedarse callado.

—Anna, Priscilla dice que deberías...

Alzo la vista y veo a Faith, que se queda con la boca abierta. No intento decirle la mentira que he preparado de antemano, que se me ha caído «sin querer».

Mi violín está muerto. Lo he matado con mis propias manos.

Cogí algo hermoso e inocente y lo asesiné. Porque no me atrevía a decir que no.

He destruido todo lo bueno que tenía en mi vida.

Porque soy incapaz de decir que no.

Porque sigo intentando ser algo que no soy.

—Vuelvo enseguida —dice Faith antes de salir a toda prisa.

Estoy casi histérica por las lágrimas y tratando de armar mi violín como un rompecabezas en 3D cuando Faith regresa con Priscilla a cuestas.

—Dios mío —exclama Priscilla al ver la masacre. Me observa durante un momento tenso antes de perder algún tipo de batalla interna y continuar con voz resignada—. Deja de hacer eso. No vas a arreglarlo y solo vas a conseguir clavarte las astillas. Y relájate, ¿vale? No es el fin del mundo. Mamá quería comprarte uno nuevo de todas formas. He estado hablando con un montón de vendedores.

—¿Ibais a comprarme un violín nuevo? —pregunto, dejando que los fragmentos del violín caigan de mis dedos al suelo.

—Sí, creo que he encontrado el adecuado. Ahora mismo estamos negociando el precio.

Sé que se supone que debo agradecer que ya no me ignore. Se supone que debo dar las gracias por el violín.

Pero me siento como si alguien hubiera encendido una mecha dentro de mí. Estoy ardiendo, a punto de explotar.

No puedo evitar preguntar:

—¿Ibais a comprarlo sin preguntarme qué pensaba al respecto?

—Mamá quería que fuera una sorpresa. Además, no quería que te involucraras. Sabía que te ibas a enamorar del más caro, y así no se consigue una buena oferta. No te preocupes, he probado el que me gusta y me queda bien. Te resultará cómodo, y ya sabes que tengo buen gusto —dice Priscilla como si me hubiera molestado por nada y tuviera que entrar en razón.

Pero hacer que un violín y un violinista encajen es una tarea complicada. No solo ha de tener el ajuste y el peso adecuados, sino que la voz única del instrumento tiene que resonar en el oído del músico. Nadie más que *yo* puede escuchar eso.

Lo más importante es que no *quería* un violín nuevo. Me gustaba el mío, el que ahora no es más que pedazos. Si todo hubiera salido según lo previsto, me habrían sustituido el viejo y esperarían que lo tocara sin tener en cuenta mis deseos al respecto.

Y lo habría hecho. Con una sonrisa en la cara, nada menos.

Porque soy incapaz de decir que no.

Priscilla se frota la frente con cansancio.

—¿Qué vamos a hacer ahora? No puedes actuar esta noche con eso.

—¿Todavía tienes tu viejo violín del instituto? —le pregunta Faith con ánimo de ayudarla.

Los ojos de Priscilla se abren de par en par y sonríe como si acabara de salir el sol.

—*Sí.* Está en la estantería de mi armario. Eres un *ángel.* Gracias. —Le da un beso a Faith directamente en los labios y sube las escaleras.

Riendo y pasándose un brazo por la boca, Faith corre a buscar un recipiente de plástico de la cocina y luego se agacha a mi lado para ayudarme con el estropicio.

—Justo en el momento adecuado, ¿no? Priscilla me ha hablado del violín que te van a regalar. Es italiano y muy antiguo. Eso es lo único que voy a decir.

Miro las piezas del violín que hay en el suelo, demasiado abrumada como para ordenar mis pensamientos. Todo está mal. *Todo.* Golpeo los dientes entre sí una y otra vez, intentando volver a la normalidad, pero no sirve de nada. El dolor salvaje que hay en mi interior no desaparece.

Este día, este interminable día. ¿Por qué no ha terminado todavía? Necesito que se acabe ahora mismo.

Ahora mismo.

Ahora. Mismo.

AHORA. MISMO.

Priscilla baja las escaleras corriendo con un estuche de violín a cuestas y me lo tiende como si fuera un premio.

—Toma. Afínalo y sal. Todos te están esperando.

Aprieto los restos de mi violín en las manos hasta que las puntas dentadas me atraviesan la piel y digo de manera pausada:

—No puedo tocar.

Priscilla lanza un suspiro molesto y mira hacia el cielo.

—Sí que puedes.

—*No puedo* tocar —repito.

—Qué *frustrante* eres —dice Priscilla entre dientes—. Tienes que hacerlo por papá. Es su *cumpleaños*.

—¿Qué está pasando aquí? —pregunta mi madre antes de aparecer en el extremo opuesto del pasillo y caminar hacia nosotras, seguida por Julian y un puñado de familiares curiosos.

—Se niega a tocar. Se le ha caído el violín y le he dado el mío. Y sigue sin querer hacerlo —explica Priscilla.

—*No puedo tocar* —vuelvo a repetir—. Te he dicho por qué, pero no quieres...

—¿Quieres saber cómo lidiar con tu ansiedad? Afinas el violín, lo sacas al escenario y tocas tu canción nota a nota hasta que termines. Eso es todo. Hazlo y punto —dice. Incluso sonríe, como si le hiciera gracia que no entendiera algo tan obvio. Después de sacar su viejo violín del polvoriento estuche, me lo tiende para que lo coja—. Sal y hazlo, Anna.

Es mi final. No libro ninguna batalla interna contra mí misma. *No* es tan sencillo como dice. No para mí. Y ni siquiera intenta entenderlo. Solo quiere que haga lo que dice, tal y como hago siempre.

—No. —Lo digo con firmeza y de forma deliberada a pesar de lo extraño que lo noto en la lengua.

Durante el lapso de un latido, dos, me mira como si lo que acaba de ocurrir fuera incomprensible. Luego sisea:

—Estás siendo una pequeña malcriada...

—*No voy a hacerlo* —digo en voz alta para que *tenga* que escucharme.

Priscilla retrocede visiblemente ante mi muestra pública de falta de respeto, y mi madre pronuncia un agudo y desaprobador «Anna».

—¿Ves a lo que me enfrento? —grita Priscilla.

—¿No vas a tocar para ba? —pregunta mi madre, que parece desconcertada ante la idea—. Tienes que tocar su canción para él. Puede que sea tu última oportunidad. —Su expresión se derrumba de dolor, y las lágrimas brillan en sus ojos.

No debería poder dolerme más de lo que ya me duele, pero siento que absorbo su dolor y lo añado al mío. Es insoportable. No puedo contenerlo todo. Siento que me rompo mientras digo:

—Mi última oportunidad fue hace meses. Ya no me escucha. No quiere nada de esto. Lo estamos torturando porque somos incapaces de dejarlo ir.

—No hables en plural. *Tú* no tienes ese problema. *Tú* estás harta de cuidar de él. *Me dijiste que quieres que se muera* —me acusa Priscilla, señalándome con un dedo mientras esa mueca de antes le tuerce el rostro.

Mi madre jadea y se tapa la boca mientras me mira con horror. Todos los presentes en la sala me miran de la misma manera. La vergüenza y la humillación me inundan.

—Me he esforzado todo lo que he podido, pero no es suficiente —digo con la voz entrecortada—. No puedo seguir así. Estoy cansada y mi mente está enferma. *Necesito ayuda.* ¿Podemos, por favor, pedir ayuda para no tener que seguir haciendo esto solas? ¿Por qué tenemos que ser solo nosotras?

—¿Sabes qué? —empieza Priscilla—. Ya que estás tan «enferma y cansada», ¿por qué no haces las maletas y te vas? De todas formas, no has hecho nada, y no he parado de limpiar tu desorden. Me facilitarás todo si vuelves a tu apartamento y te rascas el culo allí.

Siento sus palabras como si fueran la peor traición de todas, y me atraviesa un dolor salvaje. Le he dicho que estoy enferma y que necesito ayuda y me ha echado en cara mis palabras. No reconoce lo que he hecho ni lo mucho que he luchado por estar aquí para todos, incluida ella. Para ella no significa nada.

Entonces, ¿para qué me he estado atormentando así?

Meto los restos de mi violín en el contenedor de plástico y subo corriendo las escaleras hasta mi habitación para recoger mis cosas. Tengo que salir de aquí.

—Oye, ¿estás... eh... bien? — pregunta Julian desde la puerta.

—*Estoy bien.* —No es mi intención, pero mis palabras salen en forma de grito.

Me mira como si no me reconociera. Nunca había visto esta faceta mía. Nadie lo ha hecho, no desde que aprendí a enmascararme. Pero ahora mi máscara está tan destrozada como mi violín. La he liado. He contestado mal. He dicho que no. La gente sabe la atrocidad que le dije a Priscilla.

Quieres que se muera.

Ya no soy buena.

Ya no puedo ser amada.

Moviéndome tan rápido como puedo y limpiándome las lágrimas que me caen continuamente por el rostro, meto mi ropa, limpia y sucia, en mi bolsa. Luego me dirijo al baño y cojo mis artículos de aseo. Mientras cierro a la fuerza la cremallera de la bolsa, se oye un tintineo cuando Julian se saca las llaves del bolsillo.

—Te llevo a tu casa —dice.

La idea de estar atrapada en un coche con él durante una hora es intolerable. Es imposible que pueda lidiar con eso.

—Necesito estar sola. Gracias, pero no —contesto con lo que me queda de control.

Y ahí está de nuevo esa palabra. Siento que no me queda nada bueno en mi vida, pero al menos ahora puedo decir que *no*.

Me mira como si estuviera haciendo el ridículo.

—Anna, vivimos a cinco minutos el uno del otro y *vamos a casarnos.* No puedo dejar que te vayas de aquí sin mí.

—No quiero que me lleves. —Las palabras salen con fuerza, pero ligeramente arrastradas. Estoy perdiendo la capacidad de hablar mientras me rompo por toda esta sobreestimulación, puedo sentirlo—. Y no quiero casarme contigo. Ni siquiera me lo has pedido y se lo has anunciado a toda mi familia.

—Te lo pedí. Sabías a lo que me refería —dice como si fuera más que obvio.

—No, no estaba del todo claro. Y ya no quiero seguir contigo. Rompo contigo, Julian.

Se echa hacia atrás, sorprendido.

—¿Qué cojones? Estás reaccionando de forma exagerada. Sé razonable, Anna.

Hay muchas cosas que quiero decirle, como, por ejemplo, cómo proponerle matrimonio a alguien para que sepa lo que está sucediendo o no hacer que tu madre lo pregunte por ti o comprobarlo dos veces con tu pareja antes de hacer un anuncio de compromiso. Pero me estoy quedando sin energía y mi lengua no quiere moverse.

Al final, lo único que puedo hacer es mirarlo directamente a los ojos y decir:

—No.

Echándome la correa de la bolsa al hombro, me voy. Todo el mundo ha vuelto a la fiesta, así que salgo por la puerta principal sin incidentes. Desde allí, camino hasta el parque más cercano y pido un taxi que me lleve a casa, a San Francisco.

TREINTA Y CUATRO

Quan

Excedo todos los límites de velocidad a medida que me alejo de Anna. No me importa si tengo un accidente. Tal vez una parte de mí incluso quiera que suceda.

Lo he perdido todo. Mi trabajo, mi novia, mi puta virilidad, todo se ha ido, y no sé cómo lidiar con los restos que quedan. Los restos que soy.

Hace cinco años no había nada que hubiera podido sacudir mi confianza de esta forma. Seguía mi rumbo con arrogancia, cubriéndome de tatuajes, mandando al mundo a la mierda. Pero el éxito me sedujo. La *gente* me sedujo. Y desde entonces he estado luchando por ser el hombre que ellos creen que soy sin ni siquiera darme cuenta.

Esa lucha ha terminado ya. Ya no tengo nada que ofrecer. Ni fama ni fortuna ni futuro. Cuando corrí a ver a Anna, lo que necesitaba era que me asegurara que esas cosas no importan, que *yo*, la persona que soy, soy suficiente.

No fue así.

Cuando llego a la ciudad, me dirijo directamente a la licorería. Mi plan es comprar diez botellas de alcohol, esconderme en mi apartamento durante días y beber hasta que mi cerebro se me revuelva en el cráneo. No obstante, cuando estoy en un semáforo en rojo, veo mi gimnasio. A través de las ventanas veo a un grupo de personas en las cintas de correr: un viejo, una chica sexi, algunas señoras ricas con trajes de yoga de colores neón y un tipo musculoso que parece Rambo. Están corriendo, sudando, completamente perdidos en su sufrimiento físico. El semáforo se pone en verde justo cuando veo la cinta de correr vacía junto a la pared, y tomo una decisión en una fracción de segundo y aparco.

Dentro, me pongo la ropa de entrenamiento de repuesto que guardo en la taquilla que tengo alquilada en el gimnasio y reclamo esa cinta de correr que queda. Los entrenadores —hombres sexis, los conozco a todos porque llevo mucho tiempo viniendo aquí— intentan charlar y darle a la lengua, pero cuando subo la velocidad de la máquina y empiezo a correr, se hacen a la idea y me dejan en paz. No quiero hablar. No quiero escuchar música. No quiero ver la televisión. Solo quiero correr.

Así que eso es lo que hago. Durante horas.

Cuando me sorprendo pensando en Anna y en mi trabajo, corro más fuerte, como si pudiera escapar de todo si soy lo suficientemente rápido. Funciona durante un tiempo, pero no puedo correr a tope para siempre. Con el tiempo, mis fuerzas se desvanecen y disminuyo la velocidad lo suficiente como para que mis pensamientos vuelvan a aparecer. Los acontecimientos del día se repiten en mi cabeza. La noticia de que el acuerdo con LVMH no se llevará a cabo a menos que yo renuncie. Ver a Anna sonreír cuando ese tipo anunció su compromiso, ver cómo la besaba.

Las lágrimas amenazan con derramarse por mi cara, así que me seco los ojos como si me picara el sudor y vuelvo a poner al máximo la velocidad de la máquina. Corro y corro y corro. Hasta que no puedo más. Y entonces me arrastro a casa, duermo, como y repito el mismo ciclo el sábado.

El domingo por la mañana tengo el cuerpo dolorido. Pero no lo suficiente. Necesito una carrera más larga y extenuante, algo que me lleve a mis límites y me despeje la mente.

Mientras me lleno de granola y de cosas sanas con muchas calorías y me pongo hielo en la rodilla, miro vídeos de YouTube de gente que corre el Gran Cañón en un día. Al parecer esto se llama «rim to rim to rim» o R2R2R porque vas de un borde a otro y luego de vuelta para hacer un total de más de sesenta kilómetros. Todo lo que veo advierte a los corredores que esto no es para los débiles de corazón, que se necesita mucha planificación, que puedes morir, bla, bla, bla. No estoy precisamente estable mentalmente en este momento, así que me parece la mejor idea que he tenido en mi vida. De forma impulsiva, reservo un billete para el próximo vuelo a Phoenix, Arizona, alquilo un coche, reservo una habitación en el hotel cercano al South Rim debido a una cancelación de última hora y me dirijo al aeropuerto, planificando mi ruta y la logística del agua por el camino.

Después de todo, ¿qué tengo que perder?

Absolutamente nada.

Cuando llego a Arizona un par de horas más tarde, voy a comprar todas las cosas que me van a hacer falta, como una mochila de hidratación, capas de ropa ligera, comida para el camino y barras energéticas, protector solar y bálsamo labial, un sombrero, una linterna de cabeza, etc., y luego hago el largo viaje hasta Grand Canyon Village, me registro en mi habitación de hotel y me acuesto temprano.

El despertador me levanta a las dos de la mañana y a las tres ya estoy en el inicio del sendero. Todavía está oscuro, sé que estoy siendo idiota, sé que debería haberme preparado más, pero no dudo antes de aventurarme.

Solo quiero correr.

Y estoy decidido a establecer un récord.

La imagen que emerge cuando el cielo se ilumina es deslumbrante. Los majestuosos acantilados caen en picado hacia la tierra en las tonalidades del amanecer, más grandes que el tiempo, más grandes que el hombre. Me siento minúsculo en el mejor de los sentidos. Mis problemas parecen insignificantes; mi dolor, trivial.

La elevación cae constantemente mientras yo desciendo a través de miles de millones de años de roca hacia las profundidades del cañón, y llego a la mitad del camino en poco menos de tres horas sintiéndome bien, fuerte y vigorizado. Nunca he respirado un aire tan fresco ni me he sentido tan conectado con la naturaleza. Apenas me duele la rodilla. Esto es justo lo que necesitaba.

No obstante, cuando empiezo el camino de vuelta, las cosas cambian. El aire se vuelve más caliente, más pesado. Mi rodilla protesta. No hay más estaciones de recarga de agua, así que recorto el consumo y lo conservo. Al principio está bien, pero a medida que el sol me golpea kilómetro tras kilómetro, la sed me afecta. Mi energía disminuye. Empiezo a sentirme mareado. Si voy a continuar, *tengo* que beber de mi agua.

Está caliente después de llevarla a la espalda todo el día y la boquilla de mi mochila de agua sabe a sudor, pero es justo lo que mi cuerpo necesita. Intento beber despacio, pero por mucho que beba, no es suficiente. Vacío la mochila de agua justo cuando el camino se empina.

Sin embargo, hasta ahora he hecho un buen tiempo. Si puedo mantener el ritmo en este último tramo, el más duro, todavía tengo la posibilidad de establecer un récord. *Necesito* establecer ese récord. Necesito demostrarles a todos de qué estoy hecho. A ese chico con los gemelos de diamante, a Anna, a ese imbécil de Julian que cree que se va a casar con ella, a su familia, a mi familia. Sobre todo, a *mí*. Necesito demostrarme a mí mismo que puedo hacerlo. Necesito ganar.

Lo único que tengo en este momento soy yo. Tengo que ser suficiente.

Así pues, me obligo a ir más rápido.

El camino se empina aún más. Según la investigación que hice antes de venir aquí, ahora estoy luchando contra una elevación de mil quinientos metros. Suena intimidante, pero he hecho entrenamiento intermitente. Sé que puedo hacerlo.

Cuando no hace mil grados y estoy completamente hidratado y no he corrido ya casi cincuenta kilómetros.

El cielo se oscurece a medida que se avecina una tormenta, pero el calor no disminuye. En vez de eso, el aire se vuelve más denso, como en una sauna, y me siento como si llevara el peso del mundo sobre mis hombros mientras corro por una escalera interminable, una escalera que se dirige directamente a las nubes. A pesar de ello, sigo adelante, paso a paso, ignorando el mareo, el cansancio y el creciente dolor de rodilla. Si tengo que llegar hasta el mismísimo cielo, eso es lo que haré.

Me rodea un paisaje espectacular, pero me encuentro demasiado mal como para apreciarlo. Estoy solo, así que no puedo compartirlo. Soy vagamente consciente, en el fondo de mi mente, de que estoy desperdiciando esta experiencia. Pero me ciega la necesidad de ganar, de establecer el récord, de ganarme el conocimiento puro y reconfortante de que no solo soy suficiente, sino mejor, el mejor.

Soy esencial, joder. Vale la pena defenderme. Mi cuerpo no es lo que era, pero mira lo que va a hacer.

Me da un calambre en el cuádriceps y casi tropiezo y me salgo del borde del sendero hacia el cañón. Me las arreglo para mantenerme en pie y, clavándome el puño en el muslo acalambrado, intento seguir adelante, a pesar de que me duele una puta barbaridad. El músculo se acalambra con más fuerza y me desplomo contra la ladera del acantilado. Gimiendo entre dientes, dolorosamente consciente de cada segundo que pasa, estiro el muslo hasta que se relaja. Cuando intento caminar sobre él, amenaza con volver a bloquearse al instante, así que me permito descansar. No me queda más remedio.

No tengo agua, pero quizá la comida me ayude. Saco una barrita energética de mi mochila, la mastico con la boca seca hasta convertirla en pegotes de mantequilla de cacahuete y me la trago. No me sienta bien en el estómago y, al cabo de un par de minutos, vuelve a subir entera. Mientras estoy vomitando detrás de un arbusto, el cielo se abre y la lluvia cae sobre mí en un fuerte diluvio. Al cabo de unos instantes, hace un frío glacial y no paro de temblar mientras me pongo el abrigo.

Este es el verdadero reto de correr el Gran Cañón. No solo se lucha contra la mente, el cuerpo y el sendero. Luchas contra la mismísima naturaleza, el calor, el frío y la lluvia.

La determinación aumenta en mi interior. Se está acercando, pero todavía puedo batir el récord. ¿Y qué si es peligroso y estúpido correr bajo la lluvia? Sin riesgo, no hay recompensa.

Me alejo del acantilado y avanzo cojeando. Me duele todo: el cuádriceps contraído, la rodilla, los pulmones. Apenas puedo ver a través de la lluvia, pero sigo adelante.

Hasta que resbalo. Esta vez me caigo. Justo sobre el borde. Pero tengo una suerte ridícula. No llego muy lejos. Caigo en un lecho suave de hierba húmeda. Me he hecho un rasguño, pero no sangro mucho. No hay nada roto, solo mi orgullo. Y mi corazón.

Anna se enfadaría mucho si me viera así. Se enfadaría aún más si supiera por qué me estoy haciendo esto.

Pensar en ella hace que me ardan los ojos, y estoy demasiado cansado como para luchar contra las lágrimas. Dejo que se mezclen con las gotas de lluvia que caen sobre mi rostro. Aunque me duela, no me arrepiento de haberla amado como lo he hecho, como lo *hago*. Con respecto a nuestra relación, lo di todo hasta que quedó claro que para ella no significaba lo mismo. Con respecto a MLA, también lo aposté todo. La empresa podría fracasar o tener éxito sin mí, y yo seguiría estando orgulloso. He hecho mi parte lo mejor que he podido. Nada puede quitarme eso.

Lo importante no es ganar la carrera.

Es este momento en el que estoy tumbado en el barro mirando al cielo oscuro mientras la lluvia me cae sobre los ojos.

Es afrontar el dolor, afrontar el fracaso, afrontarme a mí mismo y encontrar la manera de llegar al final.

Apoyo la rodilla y el muslo, dándoles tiempo a mis músculos sobrecargados para que se recuperen, y cuando me doy cuenta del charco de agua que se está formando en una parte de mi abrigo, levanto la tela impermeable y me la bebo entera.

La lluvia se convierte en una llovizna, luego en una fina niebla, antes de dejar de llover, y me levanto y vuelvo al sendero. No necesito comprobar el tiempo para saber que ya no hay ninguna posibilidad de establecer un récord. De todas maneras, hoy no puedo correr más, no de forma responsable. Si me desmayo y me come la fauna o me llevan en avión a un hospital, eso no cuenta como si hubiera terminado.

Encuentro un palo largo y lo utilizo para aliviar el peso de mi pierna mala mientras subo cojeando esta interminable escalera hacia las nubes. Cuando el sol se pone, el cañón brilla rojo como si estuviera en llamas, y me olvido de respirar mientras contemplo el paisaje. Me gustaría que alguien estuviera aquí para verlo conmigo. La próxima vez lo haré bien. Me entrenaré mejor para los cambios de altitud, llevaré más agua, le pediré a alguien que me acompañe.

Veo el inicio del sendero, y aunque no he establecido ningún récord, me invade una sensación abrumadora de éxito. No ha sido bonito. He vomitado, me he caído, he llorado como un niño pequeño, pero lo he conseguido. He terminado.

He hecho mi parte. Seguiré haciendo mi parte.

Finalmente vuelvo a sentirme yo.

Vuelvo a San Francisco al día siguiente de hacer el R2R2R. No tiene sentido que me quede. No es que vaya a hacer esa carrera otra vez por gusto. Mi cuerpo no puede soportarlo. Me siento como si me hubiera atropellado un camión y luego me hubiera machacado una pandilla de gorilas enfadados.

Estoy mirando mapas del Gran Cañón en el móvil mientras me pongo hielo en la rodilla y me tomo un ibuprofeno como si fuera un caramelo cuando suena el interfono. Tengo una visita.

Al instante, aunque parezca que la conocí en otra vida, me pregunto si es Anna. Es imposible que volvamos a estar juntos. No pienso apuntarme a ser su amante secreto o alguna mierda del estilo mientras siga viendo a ese gilipollas. Pero a mi estúpido corazón eso le da igual. Salta como un cachorro emocionado porque existe la posibilidad de volver a verla.

Hago que mis chirriantes articulaciones me lleven hasta el interfono, y no me permito dudar antes de pulsar el botón.

—¿Hola?

—Ábreme. Tenemos que hablar —dice una voz masculina conocida: Michael. Definitivamente no es Anna. Sí, estoy decepcionado, pero sabía que esta conversación con Michael iba a llegar. He tenido tiempo para tomar una decisión y hacer las paces con ella.

Sin decir nada, pulso el botón para que entre en el edificio, abro la puerta de mi apartamento y vuelvo al sofá cojeando para seguir poniéndome hielo en la rodilla.

Al cabo de unos minutos suena el timbre y, tal y como sabía que haría, Michael intenta abrir la puerta. Al encontrarla sin la llave echada, entra y viene a sentarse en el sofá junto a mí.

—Hola —digo, alzando la vista de los mapas—. ¿Qué tal?

—¿En serio? «¿Qué tal?» —pregunta Michael—. ¿Dónde cojones te has metido? Estamos en pleno apogeo con la adquisición, ¿y me envías un correo electrónico de la nada diciendo: *Me tomo unos días libres para ir a correr, vuelvo el miércoles?* He intentado llamarte cien veces.

—Lo siento, en el Gran Cañón no hay cobertura.

Los ojos de Michael se salen de sus órbitas como si quisiera asesinarme.

—Supongo que quieres hablar de la nueva condición del acuerdo con LVMH —añado.

—¿Por qué no me lo dijiste? Tuve que enterarme por uno de nuestros abogados. Le entró el pánico —dice Michael.

—No hay nada que temer —lo tranquilizo. No puedo decir que me sienta *bien* en cuanto a la decisión de LVMH, pero ya no me hace pedazos.

Michael se pasa los dedos por el pelo revuelto y suelta un suspiro de alivio.

—Sabía que lo habías resuelto.

Sonrío al ver la confianza que tiene en mí. Es un buen amigo.

—Entonces, ¿qué has hecho? ¿Cómo vamos a solucionarlo? —pregunta.

—No vamos a solucionarlo. Voy a renunciar —respondo. Abre la boca como si estuviera a punto de estallar, así que añado—: Al principio sí que estaba enfadado. No es lo que había imaginado, ¿sabes? Quería que fuéramos tú y yo hasta el final. Pero no tiene sentido. Es una gran oportunidad, y quiero que llegues lo más lejos posible.

—Estás hablando como si ya te hubieras ido —dice Michael con incredulidad.

—A ver, no. Me quedaré hasta que todo pase al nuevo, sea quien sea. Probablemente un viejo agradable con el pelo blanco y una casa en los Hamptons. Pero después de eso voy a dejar la empresa, sí. —Sería una mierda ser degradado mientras recibo órdenes del tipo que se hizo cargo de mi antiguo trabajo. Ni de broma. Prefiero limpiar retretes. Tal vez me meta en el negocio de los restaurantes. Me veo haciendo algo así.

—Si ese es el caso, entonces los rechazamos —sentencia.

Suelto un largo suspiro.

—Sabía que dirías eso, pero tienes que ser racional. No solo nos van a dar a los dos un montón de dinero, sino que van a...

—No. —Se levanta del sofá y camina agitadamente por el salón mientras se tira del pelo, lanzándome miradas cada vez más furiosas con cada paso que da—. Si crees por un segundo que voy a dejar que te echen, entonces no tienes ni puta idea.

Me quito la bolsa de hielo de la rodilla y me levanto para que podamos arreglarlo.

—Escucha...

—Vuelve a sentarte y ponte el hielo en la rodilla. Has estado corriendo hasta matarte, ¿no?

—Estoy bien. —Pero me siento y me pongo la bolsa de hielo en la rodilla—. ¿Puedes dejar de ser tan dramático? Es lo correcto. *Quiero* que sigas adelante con la adquisición.

Me mira como si estuviera diciendo cosas sin sentido.

—Hay dos cosas que me gustan de trabajar en MLA. Una. —Alza un dedo—. Puedo diseñar ropa para niños y niñas. Y dos. —Alza un segundo dedo—. Puedo trabajar con un director ejecutivo increíble que resulta que es mi mejor amigo. Si te pierdo, mi trabajo pierde automáticamente la mitad de su atractivo. No voy a dejar que eso ocurra. Es nuestra empresa. Nosotros tomamos las decisiones. Eso significa que te quedas.

Niego con la cabeza, frustrado porque no me escucha, pero también orgulloso en secreto. Por eso es mi mejor amigo. También es por lo que no podría vivir conmigo mismo si le dejara pasar esta oportunidad.

—Eso no es lo mejor para la empresa. Hay que dar un paso atrás y ver las cosas con lógica. Con los canales de distribución internacional...

—No pienso seguir escuchándote —dice Michael, levantándose y dirigiéndose a la puerta—. Voy a hablar con nuestros abogados y a decirles que lo suspendemos.

Antes de que pueda protestar más, se va, cerrando la puerta tras de sí.

Suelto un suspiro de resignación y, sintiéndome un poco sucio, cojo el móvil y llamo a su mujer.

Contesta al quinto timbre.

—¿Hola?

—Hola, soy yo, Quan. Michael acaba de salir de aquí hace un minuto —le digo.

—Ah, vale. Gracias por avisarme.

—¿Te ha contado que LVMH no seguirá adelante con la adquisición a menos que yo renuncie? —pregunto.

—Lo hizo, sí.

—Bueno, está intentando impedir que la adquisición se lleve a cabo, a pesar de que estoy dispuesto a dimitir. No puedes dejar que lo haga, Stella.

—¿Quieres tu parte de la compra? —inquiere.

—*No*. Para nada. —Si otra persona que no fuera ella hiciera esa pregunta, me sentiría insultado, pero sé que no se refiere a nada en especial. Solo quiere la información—. Quiero que la empresa se convierta en una marca global. Quiero que Michael lo haga a lo grande. Es la elección correcta.

—No estoy de acuerdo —dice en un tono razonable—. La mitad de lo que ha hecho que la empresa tenga el éxito que ha tenido es gracias a tu liderazgo. Eres descarado y eficaz, y tienes relaciones significativas con tus empleados. Otro director ejecutivo no podría conseguir que lo apoyaran como lo hacen contigo. Tus socios comerciales también te adoran. Dudo que quisieran trabajar con MLA si otra persona estuviera al frente. Además, ¿has visto los artículos de las revistas que presentan a MLA? A la prensa le encanta presentaros a Michael y a ti juntos.

Dejo caer la cabeza contra los cojines del sofá y gimo de exasperación.

—No sé por qué insisten en meterme en esas cosas.

—Eres parte de la marca de la compañía, Quan —dice simplemente—. Me decepcionó mucho cuando supe que LVMH quería que dejaras el cargo. En ese momento me quedó claro que no saben lo que hacen en el caso de MLA y que lo más probable es que destruyan algo especial si se les presenta la oportunidad. Por favor, no me pidas que convenza a Michael de seguir adelante con la adquisición. Se sentiría fatal y no es lo mejor para la empresa. No puedo respaldar tu elección.

Me aprieto la palma de la mano contra la frente, dividido entre la tentación y el deber. Como econometrista, Stella no mira los problemas a través de una lente emocional. Estaba seguro de que me encontraría prescindible.

Pero no es así.

En cambio, ha dicho exactamente lo que yo quería oír.

Estaba preparado para renunciar y hacer lo correcto. Ahora no sé qué debo hacer.

—Haces que suene muy racional declinarlo —digo.

—Eso es porque lo es. —Se oye un pitido en la línea y añade—: Es él. Me tengo que ir. Adiós, Quan.

—Adiós, Stella.

Cuelgo y tiro el móvil al sofá. Estaba preparado para pasar página y concentrar mi energía en otra cosa. No voy a malgastar mi vida intentando demostrar mi valía a imbéciles engreídos con gemelos de diamantes. No necesito demostrarle nada a *nadie*. Se acabó.

Sin embargo, parece que todavía tengo trabajo que hacer donde estoy. Todavía no he terminado mi parte.

TREINTA Y CINCO

Anna

Los días siguientes transcurren como un borrón extraño. Tengo la sensación de que me paso durmiendo la mayor parte del tiempo, pero no es un sueño bueno que hace que me sienta rejuvenecida y descansada. Es fragmentado, una hora aquí, dos horas allá, y me paso casi toda la noche dando vueltas en la cama, empapando el pijama de sudor.

Debería estar cuidando a mi padre, pero ahora soy una paria. No puedo volver a la casa. Irónicamente, es un alivio estar lejos de Priscilla, de mi madre, de mi padre, de esa habitación y de los gemidos en mi bemol. Pero no paran de acosarme la culpa y un sentimiento profundo de rechazo. No estoy mejor que antes. Puede que hasta esté peor. La comida no me sabe bien. No puedo concentrarme lo suficiente como para leer. No puedo evadirme con la música.

Echo de menos a Quan.

Cuando estoy despierta, veo documentales para que la voz de David Attenborough me haga compañía o miro fotos mías y de Quan en el móvil. Quiero hacerlo, pero no me permito escribirle ni llamarle. Le hago daño. Dejo que mi miedo a las opiniones de la gente me controle.

¿Y de qué me ha servido?

Ahora mi vida está en ruinas. Pero eso es porque desde el primer momento se construyó con mentiras, *mis* mentiras. Tal vez era algo que estaba destinado a suceder. Tal vez era *necesario* que sucediera. Soy incapaz de disculparme con mi familia por defenderme a mí misma cuando me pidieron más de lo que podía dar.

Si hay una persona a la que debo pedir perdón es a Quan. Dije las palabras *lo siento* la noche de la fiesta. Pero no pude hacerlo bien. No pude presentarlo delante de todos como se merecía, y me arrepentiré para siempre. Si pudiera hacerlo otra vez, estaría orgullosa de decirle a todo el mundo que es mío.

Excepto que ya no es mío.

Sin embargo, sí que puedo ofrecerle una disculpa mejor. Cuanto más lo pienso, más segura estoy de que tengo que hacerlo. Me obsesiono con ello hasta que un día —ni siquiera estoy segura de qué día es; un vistazo al móvil me dice que es domingo— la necesidad de actuar me impulsa a meterme en la ducha, donde me froto la suciedad de dos semanas que tengo en el cuerpo.

Cuando estoy aseada y vestida con ropa limpia, hago el recorrido de quince minutos hasta el apartamento de Quan. Es un edificio de ocho plantas en el que solo he estado una vez, y fue en el aparcamiento subterráneo la primera noche que mi padre estuvo en el hospital. Nunca he visto el interior de su casa. Lo más probable es que haya una lista de Atributos de una Mala Novia en la que salga eso.

Me estoy armando de valor para llamarlo y pedirle que me abra para entrar en el edificio cuando un tipo con ropa de deporte sudada abre la puerta principal y me mira dos veces desde el umbral.

—Eres Anna —dice.

—¿Te conozco? —No soy buena recordando caras, pero la suya es lo suficientemente bonita como para sentir que debería saber si lo he conocido antes.

—No. No nos conocemos, pero he visto fotos tuyas. Soy Michael. —No intenta estrecharme la mano, pero me ofrece una sonrisa cautelosa—. ¿Vienes a ver a Quan?

Agacho la cabeza de forma cohibida.

—Sí.

—¿Por qué? —inquiere.

Me retuerzo en mis zapatos durante un momento incómodo antes de decir:

—Tengo que disculparme con él.

Tras una breve vacilación, me sonríe y se aparta para abrirme la puerta.

—Está en el 8C, ya que no parece que conozcas este lugar. Llama a la puerta. Nunca oye el timbre.

—Gracias —contesto, agradecida, mientras corro al interior.

El trayecto en ascensor es corto, pero parece largo porque el corazón me late muy fuerte. Sé lo que tengo que hacer para demostrarle lo que siento, y es aterrador. Pero si funciona, si esto marca la diferencia, merece la pena.

Cuando llego a una puerta en la que pone 8C, me aliso el vestido, me meto el pelo detrás de la oreja y alzo la barbilla antes de llamar. Tres veces como si fuera en serio.

Porque voy en serio.

No me estoy limitando a hacer los movimientos por inercia. Nadie me ha presionado. Nadie me ha obligado. He llamado a la puerta porque *yo* quería hacerlo. Estoy aquí porque es exactamente donde *yo* quiero estar.

Soy yo, Anna. Hay algo que tengo que decir.

Quan

Estoy en la ducha, disfrutando del cansancio de mis músculos y del chorro de agua caliente que me cae sobre la piel después de correr con Michael —le vendí la carrera R2R2R y estamos planeando hacerla juntos en cuanto ambos estemos preparados— cuando oigo los golpes en la puerta. Gruño y cierro el grifo antes de ponerme una toalla alrededor de la cintura. Michael debe de haberse olvidado las llaves aquí o algo así.

Cuando abro la puerta, no estoy preparado para ver a Anna. Está pálida, casi sin color. Se nota que está nerviosa. No obstante, sus ojos emanan un brillo feroz y tiene la barbilla inclinada de forma obstinada. Tiene el mismo aspecto que en su vídeo de YouTube justo antes de tocar las primeras notas del violín. Es absolutamente hermosa. Durante dos segundos, me quedo sin aliento.

—Quería hablar contigo, si te parece bien —dice—. Para disculparme.

Esa palabra, «disculparme», hace que todo vuelva a mí, y aprieto el pomo de la puerta mientras mi necesidad de seguir mirándola lucha contra mi necesidad de cerrar la puerta como método de autoprotección.

—Ya te disculpaste. No hace falta que vuelvas a hacerlo.

—¿Eso significa que me has perdonado y que vas a volver conmigo? —pregunta en tono esperanzador. Está esbozando una leve sonrisa, pero sus ojos siguen siendo oscuros, inciertos.

—Anna...

Mira por encima de mi hombro hacia mi apartamento.

—¿Puedo entrar?

Le señalo la toalla que me rodea la cintura y trato de apartarla con suavidad.

—No es un buen momento. Estaba en medio de... —Su cara cambia y le brillan los ojos mientras retrocede, y no puedo evitarlo, abro la puerta de par en par—. Entra.

Se le ilumina el rostro al instante y pasa junto a mí para entrar en mi espacio. Me doy cuenta de que es la primera vez que está aquí. No sé cómo sentirme mientras lo examina todo. Está decentemente ordenado porque por fin he contratado a una mujer para que limpie, y el apartamento venía decorado con todos estos sofás y adornos de estilo contemporáneo. Nada de esto me representa, pero es luminoso y espacioso, sobre todo de día.

—Se está bien aquí. Gracias por dejarme entrar —dice, siendo tan condenadamente educada que la situación es diez veces más incómoda de lo que debería ser. Hemos roto, pero seguimos siendo *nosotros*.

En ese momento, se calla y mi mirada se dirige a sus manos, allí donde está toqueteando las correas de su bolso. Siento que tengo que reconfortarla de alguna manera para calmarla y me llevo las manos a la espalda para no hacer algo estúpido como abrazarla. Mis brazos se agitan al pensar en ello. Anhelan abrazarla.

Me recuerdo a mí mismo que hemos terminado. Ningún hombre que se respete a sí mismo volvería con ella después de lo que hizo.

—Lo siento —dice de repente—. Siento *mucho* lo que hice. Es porque me cuesta decir lo que pienso, sobre todo en público, y sobre todo cuando mi familia está involucrada. Sé que es una excusa horrible, pero es cierto. Estoy decidida a cambiar. Te prometo que no volveré a hacer algo así en lo que a ti respecta, si tengo la oportunidad. Trazaré una línea a tu alrededor y te protegeré y te defenderé cuando sea necesario. Te mantendré a salvo. Y haré lo mismo conmigo. Porque yo también importo.

Sus palabras, la expresión de su cara, su lenguaje corporal, todo me pide que ceda. Una parte de mí quiere hacerlo. Pero una parte más grande de mí recuerda demasiado bien lo que sintió cuando dejó que otro tipo anunciara que se iban a casar y la besara delante de toda su familia, un tipo con el que me dijo que iba a romper.

—Sé que lo dices en serio. Al menos ahora mismo. Pero, Anna, cuando llegue el momento, no confío en que seas capaz de hacerlo de verdad. No puedo. Te *avergüenzas* de mí. Porque no soy como el Julian de los cojones.

Coge una profunda bocanada de aire.

—*No* me avergüenzo de ti —afirma con fuerza mientras las lágrimas se le derraman por el rostro—. No quiero que seas como Julian. Quiero que seas tal y como eres. Te *quiero*. No sé cómo habría superado estos últimos meses sin ti. Cada día en esa casa es un infierno, viendo cómo mi padre sufre, viendo cómo odia su vida y manteniéndolo vivo a pesar de ello. Me ha destruido poco a poco hasta que ya casi no hay nada por lo que quiera vivir. Me han tragado la tristeza y el dolor y la desesperanza y todas las distintas formas de odiarse a uno mismo que existen. Pero tú has sido mi rayo de luz. Me has sacado adelante. Lo único bueno que puede sentir este corazón roto que tengo es el amor por ti.

Sus palabras me golpean tan fuerte que me siento conmocionado. Sé que está diciendo la verdad. Lo oigo en su voz y coincide con lo que he visto con mis propios ojos. Doy varios pasos hacia ella antes de darme cuenta de lo que estoy haciendo y detenerme.

—No sabía que era tan malo —susurro, dirigiéndome a la primera parte de lo que ha dicho y no a la segunda. No sé qué decir sobre su confesión de amor. Es lo que quería, pero me temo que no hay un futuro para nosotros.

Aparta la mirada de mí y se limpia la cara con el dorso de la mano.

—No sabía cómo hablar de ello. La gente buena no se siente así por cuidar a la gente que quiere. Debería hacerme sentir... feliz, útil, cosas así.

—El caso de tu padre es diferente —señalo—. No te juzgo por sentirte así.

—Mi familia sí —contesta, y su rostro se arruga con un dolor tan intenso que doy otro paso hacia ella—. Pero voy a aprender a que no me importe lo que piensen, lo que piense *cualquiera*. Tengo que hacerlo. Porque no puedo seguir así.

En ese momento, deja caer el bolso al suelo y cuadra los hombros mientras me mira con una determinación intensa.

—No puedo hacer que confíes en mí, pero puedo demostrarte cuánto confío en ti —dice antes de bajarse la cremallera lateral del vestido.

—¿Qué estás...?

Se pasa el vestido por encima de la cabeza y lo deja caer al suelo sin cuidado, y mi lengua se me atasca en la garganta. Soy incapaz de adivinar lo que está haciendo. Eso requeriría pensar. Lo único que soy capaz de hacer es ver cómo se lleva la mano a la espalda, se desabrocha el sujetador y lo deja caer, dejando sus pechos al descubierto. Mordiéndose el labio inferior, se lleva la mano a la cintura de las bragas, se las baja hasta los tobillos y las echa a un lado.

Absorbo la imagen de su cuerpo desnudo con avidez, sus tetas y sus pezones oscuros, la curva de su vientre, el ensanchamiento de sus caderas, la nube de rizos salvajes entre sus voluptuosos muslos. Nunca había visto tanto de ella. Porque solo hemos tenido sexo en la oscuridad.

Respirando rápido y temblando de manera visible, examina mi apartamento hasta que encuentra lo que está buscando y se dirige hacia allí. Hacia mi dormitorio. Mis piernas la siguen sin que yo se lo diga, y veo, completamente aturdido, cómo abre las persianas de todas las ventanas, se sienta en mi cama deshecha y se echa hacia atrás hasta que puede apoyar la cabeza en la almohada.

Cierra los ojos y gira la mejilla hacia la almohada, respirando hondo como si estuviera aspirando mi aroma y llevándoselo a los pulmones.

—Querías que te dijera... o que te mostrara... lo que me gusta —dice—. Para mí es difícil, así que, por favor... ten paciencia conmigo.

—No tienes por qué hacer esto. Yo nunca...

—Quiero hacerlo —afirma, y aunque está nerviosa, sus palabras son firmes y seguras.

Se mueve inquieta sobre mis sábanas blancas, aprieta las mantas con las manos y, finalmente, como si le hiciera falta toda la valentía que posee, abre las piernas para mí. Un poco al principio, pero luego más y más. Para que pueda ver. Cada pliegue, cada línea, cada color, cada secreto queda expuesto ante mí, y me embriaga la imagen.

Mirándome por debajo de las pestañas, desliza las manos sobre su vientre hacia su coño, pero antes de tocarse, pierde el valor y cierra los ojos, tragando saliva tan fuerte que puedo oírlo.

—Necesito que me toquen de una forma determinada —explica—. Tiene que ser así, o no puedo relajarme y no puedo dejarme llevar.

Después de un tiempo que parece eterno, las yemas de sus dedos se posan en su clítoris y observo, paralizado, cómo se toca a sí misma. Se le acelera la respiración y sus caderas se elevan, y nunca he visto nada más sexi.

—Hay un patrón —me oigo decir mientras me siento a los pies de la cama, incapaz de mantenerme lejos. Pues claro que hay un patrón. Es Anna. Pero no es complicado. Es extremadamente simple. Hay simetría, con caricias en el sentido de las agujas del reloj y un número igual de caricias en sentido contrario. Tengo tantas ganas de tocarla de esa forma que es como si fuera una necesidad física.

Su cara se sonroja de un color rojo intenso, pero asiente.

—Sé que es extraño, pero...

—Lo que necesitas no podría ser extraño nunca. Es lo que es, ya está —contesto—. ¿Qué más necesitas?

No debería preguntar. Todavía no sé a dónde vamos con esto. Pero no puedo evitarlo. Tengo que saberlo.

—¿No lo sabes? —pregunta en voz baja.

—No, no lo sé.

—Necesito que me toques y me beses, para no estar sola —dice, y parece que contiene la respiración mientras espera mi respuesta.

En mi interior se libra una batalla en toda regla. Quiero hacer lo que me pide. No hay nada que desee más.

Está *desnuda*.

En. Mi. Cama.

Pero eso significaría que estoy dispuesto a perdonarla y a arriesgarme a que vuelva a hacerme daño.

Dudo demasiado tiempo, y Anna se tapa la boca para reprimir un sollozo y se mueve para bajarse de la cama. Gira la cara hacia otro lado, pero no es lo suficientemente rápida. Veo su devastación y es como un cuchillo en mi plexo solar. La atraigo hacia mí antes de que toque el suelo con los pies.

—No pasa nada —dice con la voz rasgada—. Lo entiendo. Metí la pata. No me merezco...

La beso. Solo una vez. Sé que puedo considerarlo un error, decir que lo hice en el calor del momento. Todavía puedo ponerle fin a lo nuestro. Pero entonces la beso otra vez, y su boca es tan increíblemente perfecta que no puedo evitar besarla de nuevo, más profundamente. En cuanto la pruebo, sé que ha llegado mi fin. No puedo perder esto. Ahora entiendo por lo que estaba pasando. Por fin se está abriendo conmigo, justo como he estado pidiéndole desde el principio. Para ella es difícil, pero aun así lo está intentando, y para mí eso significa todo. La perdono. Lo arriesgaría todo por ella. La beso con todo lo que hay en mí. Puede que esté siendo demasiado brusco, pero ella me recibe. Me devuelve el beso como si hubiera pasado hambre sin mí.

Cuando suelto su boca y me dirijo a su cuello, se estremece y pregunta:

—¿Me estás besando porque te doy pena?

Le muerdo el cuello y deslizo mi mano entre sus muslos. La toco como me ha enseñado.

—¿Crees que hago esto cuando me da pena alguien?

Sus hombros se encogen hacia delante y sus caderas se presionan con fuerza contra mi mano. Su boca se abre en un jadeo sin sonido.

—¿Es correcto? —pregunto, aunque creo que lo sé. Me empapa los dedos mientras intenta acercarse más—. ¿Está bien?

En lugar de responder, me atrae hacia abajo para un beso largo. Sus caderas se agitan contra mi mano mientras me lame los labios, me chupa la lengua, emitiendo pequeños sonidos de necesidad que me hacen perder la cabeza. Me toca con avidez, la cara, el cuero cabelludo, los hombros. Sus uñas me rozan la espalda con fuerza, pero no lo suficiente como para atravesar la piel, y se me tensan todos los músculos del cuerpo. El instinto de tumbarla a la cama y penetrarla es casi abrumador.

Lo único que me detiene es la luminosidad de la habitación. Cuando hemos estado juntos antes, la oscuridad no era solo para ella. También me protegía a mí.

Cuando me agarra el culo por encima de la toalla, la tela se afloja peligrosamente y apenas consigo cogerla con la mano libre antes de que se caiga.

Ella no parece darse cuenta del conflicto que se produce en mi interior. Sus movimientos se han vuelto urgentes, urgentes pero frustrados. Lo noto en la forma en la que me toca, como si buscara algo, como si intentara decir algo.

—Dime —digo.

Me besa con más fuerza mientras se estremece entre mis brazos. Siento la presión de sus uñas en mis hombros, siento la humedad que inunda mi mano, la tensión de su cuerpo. Está cerca. Pero es incapaz de dejarse llevar.

—¿Qué necesitas? —le pregunto. Estoy dispuesto a probar cualquier tipo de fetiche siempre que nos implique a ella y a mí juntos. Solo necesito saber qué es para poder dárselo.

—Necesito... —Oculta la cara en mi cuello sin terminar la frase.

—¿Estimulación anal? —le susurro al oído.

—No —contesta sorprendida—. Necesito... —Pero presiona la cara más cerca de mi cuello—. ¿Por qué es tan difícil?

—¿Cerramos las persianas para que sea como antes? —Está un poco mal, pero quiero que diga que sí.

Me mira, y las lágrimas se le acumulan en los ojos mientras niega con la cabeza.

—*Quiero* hacerlo cuando no esté oscuro. Quiero poder decírtelo cuando... Pero todavía tengo tanto miedo... —Le tiembla la barbilla, pero res-

pira con dificultad mientras una luz feroz brilla en sus ojos—. Necesito...
—Coge otra bocanada de aire—. Necesito... —Me rodea el cuello con los brazos y me abraza con fuerza durante un largo momento en el que le recorren varios escalofríos.

—Te prometo que me parece bien —le digo.

Me besa la mandíbula y me susurra al oído:

—Necesito que me folles.

Sus palabras envían una onda expansiva que me atraviesa, *esa* palabra en particular, porque sé lo mucho que le cuesta decirlo. Mi piel se calienta antes de que me reclame una extraña hiperconciencia. Es como si todo hubiera llevado a este momento.

Me separo de ella y me llevo las manos a la toalla que me rodea la cintura. Me ha dejado entrar del todo. Tengo que hacer lo mismo. Mi cuerpo roto no es lo que era, pero es lo que tengo. Me llevó al infierno y me trajo de vuelta. No puedo seguir avergonzándome.

Manteniendo la mirada en su rostro, me desnudo ante ella.

TREINTA Y SIETE

Anna

El cuerpo de Quan es tinta, músculos delgados de corredor y líneas masculinas. Es precioso.

Su excitación sobresale con orgullo, y me complace a un nivel elemental. Es una respuesta a *mí*. *Yo* soy la persona a la que desea. La otra parte de él, la que le causa tanta vergüenza, tiene más o menos el mismo aspecto que otras que he visto en la vida real y en fotos. Puede que tenga un aspecto más desigual. Pero lo acepto, igual que lo acepto a él. Igual que acepté mi violín imperfecto.

No me esperaba esto. No pretendía que lo hiciera, aunque debería haberme dado cuenta de que era la consecuencia natural de lo que le estaba pidiendo.

Su confianza me humilla y me honra. Me hace amarlo más.

—¿Puedo tocarte? —pregunto, acercándome a él, pero deteniéndome antes de estar demasiado cerca.

—Siempre —responde.

Cuando coge mi mano entre las suyas, espero que se rodee el sexo con mis dedos. Pero en lugar de eso, me guía hacia una pequeña línea en relieve situada en la zona interior de su pelvis, uno de los lugares de su cuerpo que no está cubierto de tinta.

—Es la única cicatriz visible que dejó la operación —dice.

Paso las yemas de los dedos por la marca de cinco centímetros. Es difícil creer que algo tan pequeño haya tenido un impacto tan grande. Por este corte, por esa operación, está aquí y ahora conmigo.

Me inclino y presiono los labios sobre su cicatriz. Quiero que sepa que no me disgusta, que estoy agradecida por esta cicatriz, que la amo, que lo amo a él. Rozo la mejilla contra la longitud firme de su sexo para que sea testigo de mi afecto y luego la otra mejilla. Es suave como el terciopelo, pero ardiente. Le doy un beso casto en la punta.

—Anna, no tienes por qué hacer eso —dice con voz ronca—. Sé que no te gusta...

—Esto no es una mamada. Solo te estoy besando —contesto, pero entonces mis labios se separan y le paso la lengua por encima. Una vez que he llegado tan lejos, es lo más natural del mundo llevármelo a la boca.

Se estremece como si lo hubiera electrocutado. Se le hincha el pelo. Los músculos de su estómago se ondulan y se tensan, haciendo que las olas grabadas en su piel se muevan como olas reales que hay en el mar. Pero cuando me toca la cara, sus dedos son insoportablemente suaves.

Mientras lo chupo, acariciando la punta con la lengua antes de introducirlo más hondo, no aparta su mirada de mí. Le estoy dando placer, pero lo estamos haciendo juntos. Ninguno de los dos está solo. No soy un simple accesorio para su masturbación.

Y a diferencia de las otras veces que he hecho esto, me doy cuenta de que lo estoy disfrutando. Los sonidos roncos que emite me excitan. La violencia apenas contenida de su cuerpo me excita. Cada una de sus respuestas me excita.

No me ha empujado la cabeza hacia abajo y se ha aprovechado de mí sabiendo que no podía negarme. Me ha dejado elegir. Y por eso he podido elegir dar. Eso cambia las cosas por completo.

No cuento los segundos mientras lo acaricio con la boca. No espero que termine rápido para poder hacer otra cosa.

En lugar de eso, me deleito con él, embriagándome con cómo lo siento, su sabor, su aroma a limpio, su vista, el sonido que hace su respiración. Algo se despierta en mí. Me mojo más entre las piernas y se expande una sensación de vacío hasta que me duele. Cuando se libera de mi boca y me besa con fuerza, empujando mi espalda hacia la cama mientras cubre mi cuerpo con el suyo, me quedo casi sin sentido por el deseo.

Acaricia mi sexo con las yemas de los dedos. Justo como lo necesito. Igual. Porque yo le he enseñado a hacerlo. Y gimo mientras me arqueo ante su contacto. Estoy al borde, pero hay algo que necesito, algo que él me enseñó a desear. Lo acerco, intento forzar las palabras para que pasen por mis labios, *esa* palabra.

Pero él lo entiende. Se coloca entre mis piernas y ambos vemos cómo la punta de su sexo me penetra, empujando despacio mientras sus dedos siguen tocándome. La sensación de que mi cuerpo se estira para aceptarlo, esta plenitud extraordinaria, me deja sin aliento. Quiero saborear este momento, memorizar cada detalle. Cuando se retira y vuelve a introducirse en mí, encontrando el ritmo perfecto, acariciándome en todos los lugares adecuados y de todas las formas posibles, me aferro a él sin poder evitarlo. Me cautiva la intensidad de su rostro y cómo su cuerpo se flexiona y juega con fluidez mientras me toma, mientras me *folla*.

La oscuridad me quitó esto. El miedo me lo quitó. Al superar mis inseguridades, me enriquezco.

El placer se intensifica y cada parte de mí se tensa. Lo beso frenéticamente, necesitada de esa conexión extra con él mientras asciendo más y más, mientras me cuelgo del precipicio durante unos segundos que transcurren fuera del tiempo. Cuando las convulsiones me desgarran, lo sigo besando, gimiendo cada vez que respiro.

La mirada que me dirige mientras me estremezco bajo él está oscurecida por la satisfacción y la lujuria, pero llena de ternura, de amor, y sé que estoy completamente segura con él, aquí, a la luz del día.

Sus movimientos se aceleran, su expresión roza el dolor y, con un sonido de rendición, me penetra profundamente, uniéndonos con fuerza mientras nuestros corazones laten al unísono. Lo abrazo, lo beso suavemente y sonrío susurrándole al oído: *te quiero*.

Nos pasamos horas tumbados en su cama, teniendo conversaciones íntimas y sonriéndonos el uno al otro mientras el sol nos cubre la piel desnuda. Me cuenta las historias que hay detrás de sus tatuajes marinos mientras sigo su trazo con las yemas de los dedos. Le hablo de mis piezas favoritas de música clásica inspiradas en el mar, la obertura de *El holandés errante* de Wagner y *La Mer* de Debussy, de cómo encapsulan momentos de calma feliz y de violencia explosiva. Como siempre, hablar de música me lleva a *Las cuatro estaciones* de Vivaldi y tengo que mencionar la incomparable intensidad de sus piezas *El verano* y *El invierno*, cómo evocan las tormentas más magníficas y hermosas. Se ríe cuando describo las tormentas de esa forma, pero lo hace con cariño. Dice que las tormentas son geniales a menos que te encuentres atrapado en una. También dice que mi pasión por la música es una de las cosas que más le gustan de mí y que está seguro de que volveré a tocar cuando esté preparada. Ojalá tenga razón.

Cuando el hambre nos saca de la cama y nos lleva a la ciudad en busca de la cena, nos cogemos de la mano y nos apretamos el uno contra el otro, maximizando los puntos de contacto entre nuestros cuerpos, como si necesitáramos esa seguridad adicional después de todo lo que ha pasado. Tengo antojo de fideos —son mi comida favorita en el mundo entero—, así que me lleva al otro lado de la ciudad, a Chinatown, donde tienen los mejores fideos del mundo. Los dos nos tomamos unos tazones humeantes de sopa de fideos con carne picante de Taiwán y, cuando terminamos, tenemos la barriga llena, los senos nasales despejados, la lengua entumecida y las endorfinas del dolor liberadas en respuesta a los chiles.

Tengo sueño, así que me lleva a mi casa. Puede que viéramos documentales, no lo recuerdo. Pero nos acurrucamos mucho porque no soporto separarme de él, y creo que él siente lo mismo. Nos besamos, pero no de forma sexual. Nos besamos para expresar nuestro afecto. Me quedo dormida contra su pecho, arrullada por la constancia de los latidos de su corazón.

Es, según todas las medidas que importan, una noche perfecta.

Por eso tengo una sensación de inevitabilidad cuando a la mañana siguiente me despierto con una llamada de mi madre. Antes de contestar, sé que son malas noticias.

Me lo confirma cuando dice:

—Tu padre acaba de fallecer.

Tercera parte

Después

TREINTA Y OCHO

Anna

Después de colgar el móvil, siento... nada. Al menos, eso es lo que parece al principio. Estoy tranquila. No lloro. Reconozco que tengo sed, y soy capaz de ir a por un vaso de agua y bebérmelo sin que el líquido acabe en los pulmones. Pero todo lo que me rodea tiene una cualidad irreal. El agua que bebo tiene un sabor extraño, tal vez metálico. El vaso parece pesarme de forma extraña entre los dedos. ¿Siempre ha sido tan sólida? Al mirar el vaso, veo que la superficie del agua tiembla muy sutilmente.

Quan me abraza, y yo me hundo contra él mientras intento darle sentido a todo.

Se acabó. Mi padre ya ha dejado de sufrir.

Creo que es lo que él quería.

Pero ahora se ha ido de verdad.

Se acabaron los caramelos secretos en el coche. Se acabó escuchar juntos música antiguada atascada en el reproductor de casetes. Se acabó lo de asistir a mis conciertos. Se acabó todo.

La pérdida me aprieta, pero está silenciada, quizá porque ya lo he llorado muchas veces. ¿Cuántas veces en el hospital? ¿Cuántas veces desde que lo trajimos a casa? Mi corazón ha recorrido este camino hasta deteriorarse, y es difícil ver huellas nuevas, sobre todo cuando una sensación inmensa de fracaso lo ensombrece todo.

No logré hacerlo hasta el final. Si hubiera sabido que solo quedaban dos semanas, tal vez no habría tenido esa sensación de inutilidad tan opresiva. Tal vez podría haber aguantado mejor, haber estado menos distraída y haber sido más funcional. Tal vez podría haber encontrado la forma de tocar para él en la fiesta, ya que sí que era mi última oportunidad. Tal vez mi familia seguiría pensando que soy la persona que he estado fingiendo ser durante tanto tiempo, no perfecta a sus ojos, pero sí lo suficientemente buena.

No estoy segura de ser bienvenida, pero vuelvo a casa para ayudar en lo que pueda. Quan se ofrece a llevarme y volver más tarde a buscarme, pero le pido que entre conmigo.

Caminamos de la mano hasta la puerta principal de la casa de mis padres y, tras entrar, no le suelto la mano mientras recorremos el pasillo de mármol. Hoy la casa está más fría que nunca, y la luz que entra por las ventanas es gris, monótona.

Encontramos a Priscilla en la habitación de mi padre, donde la cama de hospital está totalmente vacía. Esta habitación es el dormitorio principal de la casa y, sin la presencia de mi padre, parece diez veces más grande. Priscilla está organizando los medicamentos de nuestro padre en unas bolsas con cierre hermético y cajas, y no hace ninguna señal de que se haya dado cuenta de nuestra presencia. Tiene un aspecto horrible. Tiene los ojos hinchados, la piel cetrina, y creo que ha perdido peso desde hace dos semanas. Está esquelética. Incluso puedo verle arrugas en la cara. Es la primera vez que parece quince años mayor que yo, y lo odio.

Así pues, me trago mi orgullo y mi dolor y me acerco a ella.

—Hola, jiejie.

—En tu habitación hay una caja con cosas que te olvidaste aquí —me dice con esa dureza suya.

—La cogeré, gracias.

En lugar de responder, sigue organizando los medicamentos, satisfecha con ignorarme.

—¿Necesitas ayuda con eso? —pregunto.

Me mira fijamente y responde que no antes de volver a su labor. Solo que ahora sus manos son inestables y se le cae un frasco de pastillas al suelo.

Lo recojo y lo pongo sobre la mesa.

—¿Puedes mirarme para que podamos hablar? Por favor.

Alza la barbilla y me presta atención, pero no habla. Espera.

—Lo siento. —Es difícil para mí conceptualizar de forma lógica lo que hice que está tan mal. Dije la verdad. Me defendí. *¿Por qué es algo malo?* No obstante, si le hice daño, lo lamento y de verdad que quiero hacerlo mejor en el futuro—. No era mi intención herirte. Solo...

—Me acusaste de torturarlo porque era incapaz de dejarlo ir —dice, señalándome con un dedo enfadado mientras sus ojos lloran—. Se supone que tienes que apoyarme. Eso es lo que hacen las hermanas. En cambio, me traicionaste y me faltaste al respeto. Delante de todos.

No me toca, pero todo mi cuerpo se estremece cada vez que mueve el dedo hacia delante.

—No pretendía traicionarte. Dije que *todos nosotros* lo estábamos torturando.

—No fue elección mía. Solo intentaba hacer lo correcto. —Priscilla se cubre la cara con las manos mientras su delgado cuerpo se estremece, y eso me rompe—. Se suponía que ibas a entenderlo. Se suponía que íbamos a estar juntas en esto.

Se me desgarra el corazón y la abrazo, diciéndole todo lo que se me ocurre para arreglarlo.

—Siento haberte hecho daño. Lo siento. Lo siento mucho.

Finalmente, se relaja y me devuelve el abrazo, y siento que vuelvo a tener una hermana. Siento que tal vez todo va a salir bien.

No obstante, cuando nos separamos, se limpia las lágrimas y actúa como si hubiéramos terminado. A sus ojos, lo hice mal, por eso me he disculpado. La quiero. No quiero causarle dolor. Pero falta algo importante.

Espero y, aun así, no ocurre. Los sentimientos turbulentos se me agolpan en el pecho, rabiando por salir, y no puedo tragármelos.

Prometí trazar una línea. Alrededor de Quan. Y alrededor de mí. Porque yo también importo.

Si no me defiendo yo, nadie más va a hacerlo.

Tengo que hacerlo.

—¿No vas a disculparte *conmigo*? —le pregunto.

Me mira con los ojos entrecerrados.

—¿Por qué?

—Por hacerme daño. Por tratarme como lo hiciste. Te dije que estaba teniendo problemas. Que estar aquí me estaba enfermando. Pero, a pesar de todo, me quedé. ¿Por quién crees que me quedé? Y, aun así, me despreciaste porque no cumplía con tus estándares. No te importó que estuviera haciéndolo lo mejor que podía. Tú...

—Si tu mejor trabajo es una mierda, *sigue siendo una mierda* —grita.

—¿Por qué pedimos ayuda, entonces? —pregunto, llorando abiertamente—. Necesitaba demasiados cuidados, cuidados que ni siquiera *quería*. Era demasiado para nosotras.

—Quieres decir que era demasiado para *ti* —me corrige Priscilla entre dientes, señalándome de nuevo—. Para *mí* no era demasiado.

Eso duele, pero la verdad me produce una calma extraña. Siento que Quan se acerca a mí. Sin duda está agitado por las cosas que está diciendo Priscilla y quiere defenderme, pero le hago un gesto para que se aleje. Tengo que encargarme de esto yo sola.

—Yo soy distinta a ti —le digo.

—¿Te refieres a tu «diagnóstico»? —inquiere con sarcasmo, poniendo comillas en la palabra *diagnóstico*.

—No sé si eso tiene algo que ver con esto. Puede que sí. Pero tienes que dejar de esperar que sea igual que tú.

Priscilla pone los ojos en blanco.

—Créeme. *No* espero eso.

—Entonces, ¿por qué siempre me juzgas y me presionas para que cambie? ¿Por qué no puedes aceptarme tal y como soy?

—La familia no funciona así —dice entre dientes—. Yo *puedo* juzgarte y presionarte porque quiero lo mejor para ti.

—Lo mejor para mí en este momento sería una disculpa tuya. —Necesito que me quiera lo suficiente como para reconocer cuándo me ha hecho daño y tratar de no volver a hacerlo. Necesito que *intente* comprenderme. Necesito que acepte mis diferencias. Esconderme y enmascararme, tratar de complacer a otras personas, tratar de complacerla a *ella* me ha estado destruyendo, y no puedo seguir viviendo así.

Sus labios se convierten en una línea fina y se curvan.

—No puedo disculparme cuando no. He. Hecho. Nada. Malo. *Tú* fuiste la que lo hizo.

—¿No te importa el porqué? —pregunto, sintiendo que me desmorono y me hundo en el suelo.

—No quiero tus excusas, Anna —responde, exasperada.

Quiero corregirla y decirle que son razones, no excusas, pero no lo hago. No tiene sentido seguir con esto. Ahora lo veo.

Tengo que elegir. Puedo dedicar mi tiempo a intentar que me acepte, ya sea moldeándome a sus deseos o moldeándola a los míos, o puedo aceptarme y centrarme en otras cosas. ¿Cómo quiero pasar mi vida?

Le doy la espalda y veo a Quan observando a mi hermana con la mandíbula apretada y las manos cerradas en puños a los costados. Está indignado, pero cuando me mira a mí, la tristeza delinea su rostro. Ella no lo entiende. Pero él, sí.

Cogiéndole de la mano, me alejo de la habitación. En el pasillo, me mira y susurra:

—Estoy orgulloso de ti.

Antes de que pueda responder, mi madre aparece con el estuche del violín de Priscilla en los brazos.

—Dale tiempo a jiejie —dice.

No quiero discutir con ella, pero tampoco quiero hacer promesas que no voy a cumplir, así que no digo nada.

Su mirada se posa en Quan, en nuestras manos unidas, y creo que va a comentar algo sobre el hecho de que estemos juntos. Creo que va a expresar su descontento y preguntar dónde está Julian. Pero no lo hace. En cambio, le da el estuche del violín a Quan.

—El suyo se rompió. Es demasiado cabezota para llevarse esto, pero quédatelo por si quiere tocar, ¿vale? —le pide.

—Lo haré. —Quan le sonríe, esa sonrisa preciosa que le ilumina los ojos y le transforma el rostro, y creo que, en ese momento, mi madre ve por qué lo quiero. Desprende un cuidado y una bondad tan genuinos.

—¿Estás bien, ma? —le pregunto.

Parece agotada, pero asiente con la cabeza.

—Sabíamos que iba a pasar. Menos Priscilla tal vez. Se está culpando por no haber hecho lo suficiente.

Las palabras de mi madre me hacen reflexionar. No me gusta la idea de que Priscilla se culpe a sí misma cuando hizo todo lo que pudo, todo lo podía hacer cualquier persona, en realidad. Pero supongo que eso es lo que pasa cuando los estándares de alguien son tan imposiblemente altos y su capacidad de empatía es tan limitada. Son crueles con los demás y más crueles consigo mismos.

De forma inesperada, me doy cuenta de algo: Me alegro de no ser Priscilla.

—¿Necesita ayuda con algo? —pregunta Quan, buscando en la inmaculada casa de mi madre algo que pueda necesitar su atención.

—No, no —contesta mi madre, pero le dedica una pequeña sonrisa de cansancio—. Está lo del funeral, pero tengo que planearlo. Es mejor que os vayáis a casa. Priscilla está... —Parece que no encuentra las palabras adecuadas, así que sacude la cabeza. Para mí, añade—: Sería apropiado que tocaras en la ceremonia.

Se me llenan los ojos de lágrimas. Otra vez no.

—Ma, no creo que...

—Tú piénsatelo. Solo eso —dice rápidamente mientras nos conduce hasta la puerta principal—. Vete a casa. Descansa. Come. Has adelgazado. Ya te contaré lo que hemos planeado.

Cuando me voy, me aparta y me sorprende dándome un abrazo. No me amonesta. No me pide nada. No dice nada en absoluto. Solo me hace saber que se preocupa por mí.

Es todo lo que siempre he querido.

TREINTA Y NUEVE

Anna

Me gustaría decir que, después del funeral, lloro su muerte durante un par de semanas y luego retomo mi antigua vida por donde la dejé. Me gustaría decir que, ahora que he aprendido a defenderme y a dejar de complacer a la gente, es fácil superar el bloqueo creativo asociado a mi música. También me gustaría decir que Priscilla y yo nos hemos reconciliado.

Pero si dijera eso, estaría mintiendo.

Una vez terminado el funeral, un hilo intangible se rompe en mi mente y me derrumbo mentalmente. Desde entonces he aprendido que a esto se lo llama agotamiento autista. No recuerdo en absoluto las semanas que transcurrieron inmediatamente después del funeral. Es como si nunca las hubiera vivido. Los primeros días posteriores al funeral que recuerdo son de meses después, y en ellos tengo la mirada perdida en el espacio o veo los mismos documentales una y otra vez mientras básicamente fundo mi cuerpo con el sofá. No hago nada productivo. No puedo llevar a cabo ninguna tarea semicomplicada, como recoger el correo o pagar las facturas o incluso consultar el saldo de mi cuenta bancaria por internet. Consigo que no me echen de mi apartamento gracias al milagro del pago automático. Emocionalmente estoy muy inestable. Paso de la melancolía intensa a la rabia (con Priscilla)

y luego al agotamiento por la melancolía y la rabia antes menciona-
das. Lloro mucho.

Rose y Suzie me mandan mensajes, pero rara vez respondo. No tengo
energía. Me importa que se preocupen por mí. Las aprecio. Pero tengo que
pasar por esto sola y encontrar el camino de vuelta a ellas más tarde.

Del mismo modo, Jennifer me pregunta cómo me encuentro, pero
tampoco tengo energía para responderle. La terapia no puede ayudarme
cuando estoy así.

CUARENTA

Quan

Después de unos meses, me mudo con Anna. De todas formas, he estado básicamente viviendo allí, así que no tiene sentido mantener un apartamento para mí solo. Como puedo y quiero, me hago cargo del alquiler. Ella cubre los servicios como el agua, la electricidad, etc. Nos funciona a ambos.

No está bien, lo noto, pero, despacio, vamos superándolo. Creo que la veo recuperarse poco a poco. Cuando llego a casa después del trabajo, siempre se alegra de verme. Me pregunta cómo ha ido el día y me escucha mientras le cuento tonterías que a nadie más le importan, como la gaviota que vi durante mi carrera a la hora del almuerzo y que le robó a un tipo la comida de las manos o la huilota que intenta sentarse sobre sus crías en el nido que hay justo delante de la ventana de mi despacho, a pesar de que son casi tan grandes como ella.

Todos los días, mientras estoy fuera, le escribo a Anna para comprobar cómo está y le envío mensajes llenos de corazones o de memes divertidos con pulpos y otras criaturas. Cuando estamos juntos, la abrazo y la acaricio mucho, porque siento que necesita sentirse querida. Sin embargo, no tenemos mucho sexo. Es difícil tener pensamientos eróticos cuando tu novia apenas puede mantener los ojos abiertos más allá de las ocho de la tarde y suele despertarse en medio de la noche llorando. Me encargo de esas cosas en la ducha. No me malinterpretes, no *prefiero* masturbarme en la ducha a tener sexo con la mujer que amo, pero estoy encantado de esperar hasta que esté lista.

CUARENTA Y UNO

Anna

Tardo mucho en llegar al punto en el que me siento mentalmente fuerte como para practicar música. Meses y meses. Pero entonces me obsesiono con comprarme un violín nuevo. No quiero tocar el instrumento antiguo de Priscilla. Preferiría someterme a cualquier cantidad de cosas horribles.

Naturalmente, es entonces cuando mi madre decide pasarse por mi apartamento. Me quedo atónita cuando, una tarde, escucho su voz a través del interfono.

—Anna, soy yo.

Me quedo aún más sorprendida cuando le digo que entre y, momentos después, abro la puerta y la veo de pie con unos pantalones blancos, una blusa de seda color crema y una bufanda de Hermès enrollada hábilmente alrededor del cuello. Su aspecto es informal pero elegante, aunque ha envejecido desde la muerte de mi padre. Las nuevas líneas de sus ojos me entristecen. Priscilla ya debe de haber vuelto a Nueva York. Eso significa que ha estado viviendo sola en esa casa gigante. Debe de sentirse sola.

—Hola, ma. Esto... Entra. Siento que esté tan desordenado. —Si hubiera sabido que venía, lo habría ordenado y limpiado todo más. Tal como están las cosas, solo he tenido tiempo de quitar los platos sucios de la mesa de centro y meterlos en el fregadero y de arreglar de forma desordenada los cojines y las mantas del sofá. No tengo la cama hecha.

La colada está a rebosar. El baño es un desastre. Rezo para que no entre en la cocina.

Se posa con cautela en el sillón y mira a su alrededor, dedicando un tiempo extra al par de zapatillas de correr de hombre que hay en un rincón junto a una bolsa de lona abierta llena de ropa de deporte limpia. Hay una pequeña pila de libros de gestión empresarial en la mesa auxiliar que está a su lado, y ojea los títulos con interés.

—¿Tu Quan se ha mudado contigo?

Me siento en el sofá y me miro las rodillas.

—Sí.

—¿Eres feliz con él? —pregunta, y por la forma en la que lo dice, me da la sensación de que quiere saberlo de verdad.

No puedo evitar que mis labios se curven en una sonrisa dulce.

—Sí. —Sin él, dudo que estuviera en pie ahora mismo. Le echo de menos todo el tiempo que está fuera por trabajo. Cuando me envía mensajes durante el día, me hace asquerosamente feliz.

—¿Tu música? ¿Cómo vas? —inquiere—. ¿Qué tal te va el violín de jiejie?

Desvío la mirada y sacudo la cabeza.

—Tan cabezona, Anna —dice con voz cansada—. Mira, quiero comprarte este.

Se saca el móvil del bolso y me enseña un correo electrónico que Priscilla le ha reenviado de un vendedor de instrumentos. En el cuerpo del correo hay una foto de un elegante violín Guarneri. Guarneri fue un lutier italiano del siglo XVIII que rivalizó con Stradivari, el creador de los famosos violines Stradivarius. El violín más caro del mundo es un Guarneri. Este no es *ese* Guarneri, claro está. Según el vendedor, este Guarneri ha sufrido graves daños en múltiples ocasiones y ha sido objeto de reparaciones considerables, por lo que su precio lo pone de manifiesto. Pero sigue costando lo mismo que una casa.

—Ma, es demasiado bonito. No puedo...

Hace un sonido de burla.

—No es demasiado bonito para mi hija. Priscilla me dijo que suena muy bien. Te gustará.

Una sensación incómoda me recorre la piel y le devuelvo el móvil a mi madre. Hablando en un tono suave y comedido y manteniendo mi comportamiento como he aprendido a hacerlo con ella, le digo:

—Me encanta que quieras regalármelo. Significa mucho para mí. Gracias. Pero...

—No vas a tocarlo si ha sido ella la que lo ha elegido para ti —constata mi madre, *mirándome* de una manera que no creía que pudiera—. Estuve ahí, escuché lo que dijo, no fue amable. Pero perdónala. Déjalo estar. Deja que las cosas vuelvan a ser como antes. Me dijo que está triste por perderte a ti y a ba al mismo tiempo.

Retrocedo mientras me envuelve una sensación de injusticia.

—¿Cómo perdonas a alguien cuando no te pide perdón? Han pasado meses. Podría haberme llamado en cualquier momento, haberme escrito o haberse pasado por aquí. Pero no lo ha hecho. No va a hacerlo.

Mi madre hace un movimiento despectivo con la mano.

—Ya conoces a jiejie.

—Sí. Se piensa que está bien tratarme así. A juzgar por su comportamiento, seguirá haciéndolo. *Eso no es justo para mí* —sentencio, y ni siquiera intento ocultar la rabia que me produce. Dejo que mi máscara caiga por completo.

Espero que mi madre me regañe por ponerme en «ese plan» con ella, por no escuchar, pero en lugar de eso, dice:

—Tienes que verlo desde su perspectiva.

—¿Y la *mía*? No estoy siendo irracional. No es que le esté pidiendo que se corte un brazo. —Le estoy pidiendo que me trate como una igual.

—Estáis separando a nuestra familia, y ahora solo somos tres —contesta mi madre con los ojos suplicándome que ceda porque Priscilla no lo hará—. Quiero que estemos *juntas*. Esta Navidad quiero que nos vayamos de vacaciones. Podrías traerte a tu Quan. Es lo que ba hubiera querido.

—Dudo que quisiera eso si supiera lo difícil que es para mí ser lo que Priscilla quiere, lo que todos queréis —digo en voz baja—. He intentado ser diferente, cambiar por vosotros, pero no funciona. Solo me hace daño. Yo... yo... —Considero la posibilidad de contarle mi diagnóstico y el infierno por el que he pasado, pero recuerdo cómo reaccionó Priscilla y sé que no tiene remedio.

—Eres autista.

La sorpresa hace que me congele en el sitio. No puedo hablar. Ni siquiera puedo parpadear.

—Me lo dijo Faith. Probablemente sea por parte de tu padre. Como el tío Tony —refunfuña, y por alguna razón eso hace que suelte una carcajada—. He estado leyendo sobre el tema. Creo que ahora lo veo.

Apoya las manos sobre las mías, pero luego vacila, como si no estuviera segura de si ahora puede tocarme. Giro las manos y le agarro las suyas con fuerza para decirle sin palabras que está bien.

—No sé qué debo hacer —confiesa—. Siento que ya no te conozco.

—Yo tampoco sé qué se supone que debemos hacer —digo—. Pero quizá podamos volver a empezar.

Me aprieta las manos y asiente.

—De pequeña eras difícil, muy difícil, y siento no haber sabido cómo... qué... Creía que estaba haciendo lo correcto para ti.

—No pasa nada, ma —me oigo decir. Una parte de mí duda de que esta conversación esté ocurriendo de verdad, pero siento sus manos muy reales entre las mías.

Me mira de forma escrutadora antes de decir:

—Mucho antes de venir aquí para casarme con tu padre, durante la Revolución Cultural en China, me enviaron a campos de reeducación, donde trabajé y pasé hambre en el campo. ¿Lo sabías? —Cuando niego con la cabeza, continúa—. Nuestra familia no estaba a salvo porque *gung gung* era un terrateniente rico. *Yo* no estaba a salvo. Eso es lo que aprendí de ellos: no es *seguro* ser diferente. —Hablando entre lágrimas, aferrándose a mí como si fuera un salvavidas, añade—: Te presioné para que cambiaras porque quería que estuvieras a salvo. ¿Lo entiendes?

Se me hincha la garganta, pero consigo responder.

—Creo que lo entiendo. —Un viejo nudo de resentimiento se afloja en mi corazón. Necesitaba escuchar esto—. ¿Cómo es que nunca me lo has contado?

Suelta un suspiro largo y cansado.

—Se lo conté a Priscilla. No quería cargarte con cosas desagradables del pasado. Me preocupo mucho por ti, Anna.

—*Quiero* saber cosas así.

—Algún día te contaré más sobre eso. Por ahora... —Vuelve a suspirar—. Tengo que hablar con tu hermana. Ha tenido que hacerme un hueco en su agenda para eso, ¿te lo puedes creer? Está muy ocupada con su trabajo nuevo. Cien horas a la semana hasta que se lleve a cabo la fusión o algo así. Voy a decirle que pruebe ir a terapia. Yo he estado yendo una vez a la semana.

Me quedo boquiabierta.

Se ríe antes de darme una palmadita en la mano y levantarse.

—Tengo que irme. Puede que me tome un capuchino y un pastelito en el parque mientras hablo con ella. Son las pequeñas cosas de la vida.

La acompaño a la puerta y, antes de salir, me abraza con firmeza. Lleva su perfume habitual, pero el aroma es muy ligero. No me toca el pelo. Son cambios pequeños, pero sospecho que los ha hecho por mí. Creo que ha leído sobre estas cosas. Me es imposible explicar lo mucho que significa para mí.

—Te quiero, Anna —me susurra con fiereza—. No importa lo que pase, espero que lo sepas. Peléate con tu hermana si hace falta, pero *yo* me quedo en tu vida. Háblame, cuéntame cuando las cosas vayan mal, y haré lo que pueda. No puedo perderte.

Estoy demasiado abrumada como para decir algo, así que asiento y la abrazo con más fuerza, empapándole la bufanda de lágrimas.

Cuando por fin se va, la observo hasta que desaparece por la escalera, y luego voy al balcón y veo cómo se sube al viejo Mercedes descapotable de mi padre y se marcha. Imagino que está escuchando la cinta que está atascada en el reproductor de casetes.

La ironía agridulce de la situación me golpea. He perdido a mi padre y a mi hermana, pero, de alguna manera, eso me ha dado a mi madre.

CUARENTA Y DOS

Anna

Como rechazo la idea de que ya se fabricaron los mejores violines, que nada del presente o del futuro puede competir con el pasado, opto por comprar un violín hecho a mano por un lutier moderno con sede en Chicago. No vale tanto como una casa, por suerte, pero tampoco es barato. Me gasto la mayor parte de mis ahorros en él. Sin embargo, vale cada centavo. Su voz es dulce y clara y duele de lo hermosa que es, y me enamoro de él en el instante en el que lo pruebo, tocando mis primeras escalas torpes en casi un año.

Una vez que me lo traigo a casa, estoy decidida a conquistar la pieza de Richter. He estado mucho tiempo sin tocar. Debería volver a la música bien descansada y llena de perspectivas nuevas. Me comprometo a dominar la pieza en un mes. Antes de mi fama en internet, tardaba menos que eso en ganar fluidez con una pieza musical. Debería ser capaz de hacerlo, sobre todo con el violín nuevo.

No funciona así. Caigo en la misma trampa mental que antes al instante, solo que ahora es peor. Me paso el día tocando en bucles horribles e interminables y, cuando paro para descansar, mi mente está maltrecha y agotada como nunca lo ha estado antes. Aun así, estoy decidida a seguir adelante. Me digo a mí misma que *voy* a terminarlo, aunque sea lo último que haga.

Acabo esforzándome tanto que me agoto aún más que antes. Pierdo días y semanas. Pierdo funcionalidad. Esta vez, además de la pena y la rabia, hay ansiedad, desesperación. La pieza de Richter me está atrapando, me está arruinando la vida. Quiero liberarme. ¿Por qué no puedo liberarme?

Si no puedo tocar para liberarme, hay otra manera...

A partir de ahí, caigo en picado en una oscuridad pura.

No obstante, hay una luz que me impide caer demasiado. Esa luz es Quan. Cuando me levanto en medio de la noche, con náuseas y sollozando en silencio y tentada, tan tentada, de liberarme de la única manera que creo que puedo, él nota que pasa algo. Me despierta. Me abraza. Me pregunta qué pasa.

Sé que me creerá. Sé que no me mirará con desprecio y me dirá que actúe como una persona adulta y que me aguante. Así que le cuento la horrible verdad de mis pensamientos y fantasías, y él llora mientras me mece de un lado a otro.

CUARENTA Y TRES

Anna

A instancias de Quan, empiezo a ver a Jennifer de nuevo. Me deriva al psiquiatra. Me tomo una medicación que me salva la vida.

Empiezo a sentirme... optimista. Hay días en los que incluso me siento *bien*. No obstante, los medicamentos no eliminan mi bloqueo creativo. Cuando cojo el violín, sigo tocando en círculos, así que lo dejo. Ahora entiendo que no estoy lo suficientemente curada como para tocar. Tengo que darle tiempo a mi mente.

Me cuesta concentrarme lo suficiente como para leer algo con una longitud significativa, así que acabo encontrándome con la poesía. Un poema puede ser tan breve como dos líneas, a veces incluso una, pero en él se encierra toda una idea, toda una historia. Es perfecto para alguien como yo. No tardo en enamorarme de la obra de Rupi Kaur, leyendo una página aquí, una página allá, mientras sigo con mi vida, y a veces me duermo mientras veo documentales, concretamente el episodio «Cape» del documental *África* de David Attenborough. Lo veo por la escena de dos minutos en la que las mariposas se aparean sobre la cima sin árboles del monte Mabu, en Mozambique. Me fascinan los colores vivos y los patrones que tienen sus alas iridiscentes y la cantidad abrumadora de mariposas que revolotean por el cielo azul. Parece un mundo aparte del que vivo, uno al que solo puedo acceder en mis sueños.

Cuando Quan descubre mi nuevo interés particular, me sorprende creando un jardín de mariposas en el diminuto balcón. Pone macetas de asclepias y hace que la pasiflora se enrosque alrededor de la barandilla. Cuando la primavera se convierte en verano, las plantas florecen con colores vivos y vienen las mariposas. Es como en Mozambique.

Me siento en el balcón durante horas, disfrutando de los suaves rayos de sol y observando cómo las mariposas bailan a mi alrededor. No son tímidas ni me tienen miedo. Los colibríes intentan competir con ellas por el néctar, y me río cuando las pequeñas mariposas luchan contra sus oponentes más grandes y ganan. Las orugas nacen de huevos diminutos y comen con voracidad, masticando cada hoja de la asclepia en filas ordenadas, como cuando la gente come mazorcas de maíz de izquierda a derecha. Les pongo un nombre a todas. Mordisquitos, Sra. Bocados y Lady Glotona, por decir algunos, y saco a Roca fuera para que pueda pasar el rato con nosotras. Pero procuro no ponerla debajo de las plantas, y lo agradece. No quiere que sus nuevas amigas se le caguen encima.

Juntas, observamos cómo las orugas monarca forman crisálidas verdes, se oscurecen y luego se liberan para revelar alas de un naranja y un negro deslumbrantes. Cuando avanza la estación, un tipo de mariposa distinto visita mi pasiflora. La *agraulis vanillae* es conocida a veces como la mariposa de la pasión. Por fuera, sus alas son de color marrón y blanco nacarado, pero cuando las abren son naranjas como una mandarina dulce. Las orugas de la mariposa de la pasión no son bonitas como mis monarcas. Son oscuras y puntiagudas, casi venenosas, y sus crisálidas están camufladas para parecerse a las hojas secas. Sin embargo, cuando toco una, se mueve y se retuerce, muy viva.

Parece muerta, pero solo está en proceso de transición.

Me pregunto si es una metáfora de mí. ¿Yo también estoy en medio de la metamorfosis, cambiando para convertirme en algo mejor?

CUARENTA Y CUATRO

Anna

Es un proceso lento, pero siento que me estoy curando. Me pongo al día con las facturas, pago las cuotas atrasadas, me apunto al pago automático en la medida de lo posible. Limpio mi apartamento. Resulta que ese anillo negro decorativo que había alrededor del lavabo no debería estar ahí. (Es moho). Hago la colada. Empiezo a usar la ropa de deporte para su propósito, pero nada drástico. Corro diez minutos al día y voy aumentando la duración poco a poco. De vez en cuando, Quan y yo visitamos a mi madre, pero no podemos aparecer por allí por sorpresa. En cualquier momento dado, las posibilidades de que esté en casa son escasas. Ya no trabaja tanto como antes, pero pasa la mayor parte del tiempo viajando con sus amigas. Actualmente están organizando un viaje a Budapest.

Siento una extraña inquietud cuando llega el cambio de estación. Tardo en darme cuenta de que quiero escuchar música. Pero no música clásica. Quiero algo completamente diferente. Quiero... *jazz*. Durante semanas, escucho todo el *jazz* que encuentro, desde Louis Armstrong hasta John Coltrane, pasando por artistas modernos como Joey Alexander, y finalmente, en algún momento, después de un tiempo, me inspira su musicalidad. Después de un tiempo, *quiero* tocar.

Es entonces cuando me permito volver a coger el violín, pero lo hago con cuidado. Lo hago con calma, permitiéndome tocar solo escalas al principio. Redescubro el placer de los patrones. Reconstruyo los callos de las yemas de los dedos. Toco canciones sencillas de mi infancia para ver si soy capaz.

CUARENTA Y CINCO

Quan

Hoy, más de un año después de rechazar la oferta de LVMH, Michael y yo nos reunimos con su nueva jefa de adquisiciones. Al parecer, varias mujeres acusaron a Paul Richard de acoso sexual y la empresa lo sustituyó.

—Me alegro mucho de conoceros en persona —dice Angèlique Ikande, sonriendo ampliamente mientras me estrecha la mano y luego a Michael. Con su traje blanco y su complexión imponente, parece una Wonder Woman corporativa.

—Lo mismo digo —contesto mientras le hago un gesto para que se una a nosotros en la mesa del restaurante.

Ella dobla su alto cuerpo para sentarse en la silla y le pide a la camarera una copa de sauvignon blanc antes de mirarnos durante unos segundos.

—Me gustaría que supierais que mi predecesor me parece un auténtico imbécil.

Michael estalla en carcajadas, y yo no puedo evitar sonreír mientras alzo la copa y brindo por lo que ha dicho. He estado dándole vueltas al propósito de esta reunión, pero Michael y yo no nos hemos permitido reflexionar sobre ello en voz alta. Paul Richard nos dejó con un sabor de boca horrible, y ninguno de los dos lo ha superado. Angèlique, sin embargo, es totalmente diferente. No es engreída. Todo en ella grita competencia y honestidad. Es difícil que no te guste.

—Puede que no lo sepáis —continúa—, pero el trato con MLA era mi proyecto, y Paul metió las narices en el último momento. En nombre de LVMH, me gustaría pediros nuestras más sinceras disculpas por sus acciones. Aunque ese no es el único motivo por el que estoy aquí. Lo primero que quiero hacer como nueva jefa de adquisiciones es terminar lo que empecé. Nada me gustaría más que hacer que MLA forme parte de LVMH, y eso os incluye a *ambos*. Para que sepáis que lo estoy diciendo en serio, voy a aumentar nuestra oferta original en un veinte por ciento.

Teniendo en cuenta la oferta original, el veinte por ciento es mucho dinero. Miro a Michael para evaluar su respuesta y sonrío cuando veo que hace lo mismo conmigo.

—Tendremos que discutirlo —digo.

—Por supuesto —contesta.

Casi espero que se levante y se vaya como hizo Paul Richard, pero se acomoda y come con nosotros. Pregunta por nuestra línea de productos de verano. Ha estado al tanto de nuestras cuentas en las redes sociales y está entusiasmada con la publicidad que hemos recibido últimamente. Para demostrar lo mucho que le gustan los diseños de Michael, nos enseña fotos de sus hijas en el móvil. No sé si lo ha hecho aposta o no, pero parece que sus hijas solo llevan MLA y se nota que eso le gusta a Michael. Así es como se llega más rápido a mi corazón.

Cuando terminamos de comer, nos damos la mano y nos separamos tras prometer que nos pondremos en contacto pronto.

—¿Y bien? —pregunta Michael mientras conduce de vuelta a nuestro edificio—. ¿Qué piensas?

—Creo que está dispuesta a subir la oferta un veinticinco por ciento, tal vez un treinta —respondo en un tono neutro, aunque el corazón me late tan fuerte que siento que podría atravesarme las costillas.

Michael lleva las gafas de sol puestas, así que no puedo verle los ojos, pero aun así sé lo que está pensando cuando me mira y luego vuelve a prestar atención a la carretera.

—No es eso lo que te estaba preguntando.

Me encojo de hombros y trato de disimularlo, pero una sonrisa se cuela en mi boca. Debe de verla porque me da un fuerte empujón en el hombro.

—Imbécil, me has engañado. Quieres hacerlo, ¿verdad? Esta vez sí que va a pasar. Si queremos.

—Vale, sí. Quiero hacerlo. Ella nos entiende. Además, puede que sea nuestra clienta número uno. —Saco el móvil para revisar el correo electrónico de manera compulsiva y añado—: Aun así, necesito verlo por escrito antes de...

En la parte superior de mi bandeja de entrada hay un nuevo correo electrónico de Ikande, A. Hay un archivo adjunto. Cuando lo abro, veo que es el contrato en el que trabajamos con Paul Richard, excepto que ahora especifica claramente que «Según el presente contrato, Quan Diep seguirá siendo el director ejecutivo de Michael Larsen Apparel & Co, filial de LVMH Moët Hennessy Louis Vuitton».

—¿Qué? —inquiere Michael.

—Nos acaba de mandar el contrato —respondo—. Es justo como nos ha dicho.

—Joder. Va a ocurrir de verdad. —Michael traga saliva y su cara se vuelve verdosa mientras agarra el volante como si fuera a desmayarse.

—Respira hondo. Aparca y déjame conducir. Anna me matará como tenga un accidente de coche.

—Estoy bien, estoy bien —afirma, sacudiéndose como para quitárselo de encima y controlándose—. ¿Seguro que quieres hacerlo? No *tenemos* que hacerlo. Pero deberíamos considerarlo como algo serio...

—Sí, quiero hacerlo. No voy a dejar que nos retenga el rencor. Estamos preparados. Vamos a arrasar. —Siento en los huesos que es lo correcto y sé que vamos a conseguirlo. Vamos a vestir a un montón de niños y niñas con ropa superadorable y nos lo vamos a pasar como nunca.

Michael sonríe tanto que da un poco de miedo, pero intuyo que yo tengo el mismo aspecto.

Cuando llego al apartamento unas horas más tarde, me muero de ganas de contarle la noticia a Anna. Sin embargo, no me ataca con un abrazo como hace siempre. Por lo que veo, ni siquiera está en casa, lo que hace que me preocupe al instante.

Me quito los zapatos y me aventuro a entrar en el apartamento, y allí, sobre la mesa de la cocina, hay una tarta casera cubierta de velas encendidas.

—*Feliz cumpleaños.* —Anna sale de la cocina, se lleva el violín a la barbilla y, con una sonrisa enorme en el rostro, toca delante de mí por primera vez.

Tardo unos segundos, pero incluso con mi oído cero musical reconozco que es la canción del cumpleaños feliz, probablemente la versión más elaborada que jamás se haya tocado. Hoy han pasado tantas cosas que se me había olvidado que era mi cumpleaños. Pero a Anna no.

El significado de lo que está haciendo, el hecho de que *esta* sea la primera vez que toca para mí, me impacta. Si no estuviera ya enamorado de ella, me enamoraría ahora.

Cuando termina la canción, guarda el violín y me sonríe cohibida, y yo la aprisiono contra mí con un fuerte abrazo y la beso una y otra vez.

—El mejor puto cumpleaños de la historia. Has tocado la canción entera. Estoy muy orgulloso de ti. Te quiero, te quiero, te quiero.

Me limpia la humedad de la cara con los pulgares y me besa de forma más lenta y profunda.

—Te quiero.

Me desliza las manos por el pecho hasta la cintura de los pantalones y me desabrocha la bragueta.

—¿Estás segura? —pregunto, aunque rezo para que diga que sí. La deseo tanto que podría subirme por las paredes—. No...

—Sexo de cumpleaños —dice, sacándose el vestido por encima de la cabeza y conduciéndome hacia el dormitorio.

Ha pasado tanto tiempo para los dos que el sexo de cumpleaños solo dura cinco minutos, pero juro por mi vida que esos cinco minutos son absolutamente épicos. Después le hablo de LVMH y ella chilla de emoción. Luego cenamos tarta. Nos sienta mal, así que nos comemos las sobras de comida para calmar el estómago, riéndonos con cada bocado.

En serio, el mejor cumpleaños de la historia.

CUARENTA Y SEIS

Anna

Decido que es hora de volver a la pieza de Richter. Pero esta vez tengo una charla seria conmigo misma primero. Ahora veo que nunca podré volver a como eran las cosas antes. Fue una tontería por mi parte pensar que podría encontrar una llave mágica para retroceder en el tiempo. La verdad es que el arte nunca va a ser tan fácil como antes, no ahora que la gente tiene expectativas puestas en mí. Lo único que puedo hacer es avanzar, y para ello debo dejar de perseguir la perfección. No existe. Nunca podré complacer a todo el mundo. Ya es bastante difícil complacerme a mí misma. En su lugar, debo centrarme en dar lo que tengo, no lo que la gente quiere, porque eso es todo lo que *puedo* dar. Ya no me enmascaro si puedo evitarlo.

Comienzo la pieza de Richter por última vez. La práctica es lenta y ardua. Cometo muchos errores y la repito para corregir lo que puedo, pero no lo repito *todo*, salvo por una vez, de la cual me arrepiento. Oigo las voces en mi cabeza criticándome, juzgándome. A menudo se apoderan de mí y termino la práctica sintiéndome desanimada. No obstante, sigo adelante de todas formas. Es agotador luchar contra la compulsión de empezar desde el principio, de buscar la perfección, de ser más lista que las voces, y la mayoría de los días solo puedo hacerlo durante unas horas antes de saber que mi cerebro está harto. Sin embargo, es necesario que aprenda esta lección. Si soy consciente de los niveles de recursos que tengo, puedo evitar volver a enfermar. Un yo lento es mucho mejor que un yo enfermo.

De esta manera, llego al final de la pieza de Richter. Cuando se lo cuento a Quan, descorcha una botella de champán y lo celebra conmigo, aunque todavía tengo que preparar muchas otras piezas para el disco y la próxima gira. Pero una a una las supero también. Voy al estudio y las grabo, y guardo para siempre mis interpretaciones en formato digital, aunque no estén cien por cien impecables.

Nunca se vuelve más fácil. Lucho cada vez que coloco el arco sobre las cuerdas, pero me mantengo fiel a mí misma.

Toco desde el corazón.

EPÍLOGO

Hoy es el día.

Hoy actúo para un público.

Han pasado más de dos años desde el funeral de mi padre. He tardado todo ese tiempo en sanar y luchar. A menudo perdí la esperanza porque pensaba que no iba a lograrlo nunca.

Pero aquí estoy, detrás del escenario.

El público es pequeño, solo cincuenta personas, pero estoy tan nerviosa que bien podrían ser miles. Sin embargo, esta es mi gente, los pocos elegidos que han venido de todos los rincones del país (algunos, de más lejos) para escucharme. Me honran con el precioso regalo de su tiempo. Por mucho que me haya enfrentado a estas piezas por mí, también lo he hecho por ellos. Atesoro este pequeño grupo de personas que me entienden.

Espero que mi arte los haga sentir algo. Espero que los haga pensar. Espero que tenga un impacto.

Recibo la señal de que ha llegado la hora, me trago los nervios y llevo mi violín al escenario.

Las luces brillan y no me permito mirarlas. Allí, en la primera fila, está mi amor, Quan. Me mira radiante, con un ramo de rosas rojas en el regazo, y mi amor por él me abruma tanto que siento que se me va a abrir el pecho. A su lado está mi madre. Lleva un vestido de noche y sus mejores joyas, y está sentada con orgullo con un grupo de sus amigas esnobs. Al otro lado de Quan hay dos caras que nunca he visto en la vida real, pero que reconozco enseguida. Rose y Suzie, mis buenas amigas que intentaron estar a mi lado y no me culparon por desaparecer cuando la vida se me complicó demasiado. Estoy emocionada por salir a cenar con ellas después de la actuación.

Es un grupo pequeño, pero es bueno. Es todo lo que necesito.

Sintiéndome emocionada y muy viva, alzo el violín para llevármelo a la barbilla y pongo el arco sobre las cuerdas.

Toco.

NOTA DE LA AUTORA

Este libro es una obra de ficción, pero también es mitad autobiografía. Hasta la fecha, es el libro más «yo» que he escrito. Por eso está en primera persona y no en tercera, como mis otros libros. Las palabras salían más fácilmente cuando decía «yo» en vez de «ella». No obstante, la naturaleza personal de la novela hizo que escribirla fuera angustioso. Las batallas de Anna eran las mías. Su dolor era el mío. Su vergüenza era la mía. Y lo revivía cada vez que me sentaba a escribir. En total, por razones que van desde el bloqueo del escritor hasta el agotamiento autista, tardé más de tres años en terminarlo, pero independientemente de cómo se reciba el libro, estoy orgullosa de haberlo logrado y de la historia que he contado. Para mí, escribir esta nota de la autora es una ocasión trascendental.

No obstante, al mismo tiempo, escribir esta nota también es una experiencia agridulce. Escribí la nota de la autora de *El test del amor* estando en la habitación de mi madre del hospital, haciéndole compañía mientras luchaba contra las complicaciones relacionadas con el tratamiento para el cáncer de pulmón. A pesar de lo enferma que estaba, intentaba hablar conmigo, conectar conmigo. Hizo que el tiempo contara. Pero aquella noche fue la última vez que fue «ella misma» de verdad. Después de eso, su enfermedad la consumió. Por amor, mi familia la sacó del hospital y la llevó a casa, donde mis hermanos y yo la cuidamos las veinticuatro horas del día. A medida que la enfermedad de mi madre empeoraba, yo tenía pensamientos suicidas. No comparto esto porque quiera la compasión de nadie. Lo comparto porque quiero que la gente sepa lo real y serio que es el agotamiento que sufre la persona cuidadora. Tengo suerte de estar viva.

Siento que hay una conversación sobre el cuidado que la sociedad no está teniendo. No es algo de lo que la gente pueda hablar libremente. Nadie quiere ser visto como un «quejica» y nadie quiere hacer sentir a un ser querido que es una carga. Pero la verdad es que cuidar es difícil. No todo el mundo está preparado para ello. Yo, desde luego, no lo estoy, y no tiene nada que ver con el hecho de estar dentro del espectro autista. Hay muchas personas autistas que trabajan de enfermeras, enfermeros, médicas, médicos y otros tipos de proveedores de atención sanitaria y que le encuentran el significado y la satisfacción. Incluso aquellos a los que les gusta esta clase de trabajo pueden acabar agotados por el gran desgaste físico, mental y emocional que les supone, tal y como hemos visto entre los trabajadores que han estado en primera línea atendiendo a pacientes con COVID-19 grave.

Como sociedad, debemos tener compasión por todas las personas afectadas por enfermedades y discapacidades, y eso implica tanto a los que reciben cuidados como a los que los prestan. Todos somos importantes, y nadie debería sentir que no puede pedir ayuda cuando la necesita. Si alguien dice que está sufriendo, por favor, escúchale. Por favor, tómatelo en serio. Por favor, sé amable. Si estás sufriendo, por favor, sé amable contigo mismo.

AGRADECIMIENTOS

¡Gracias, lectores y lectoras, por esperar este libro! Por razones que sospecho que podéis adivinar después de leer *El principio del corazón*, me fue imposible terminar de escribirlo a tiempo para publicarlo el año pasado. Lamento cualquier decepción que haya podido causar, pero también me siento perversamente feliz si a alguien le gustan mis libros lo suficiente como para sentirse decepcionado cuando no se publican a tiempo. Espero que la espera haya merecido la pena.

Este libro ha tardado mucho tiempo en gestarse, así que hay muchas personas a las que tengo que darles las gracias individualmente o por su nombre. En primer lugar, gracias, gracias, gracias a mi marido. De verdad que no habría llegado hasta aquí sin tu apoyo. Me has levantado cuando me sentía mal (lo que ocurría a menudo, lo siento). Me dejaste que te hablara sin parar del libro, aunque estoy segura de que estabas aburrido. Me abrazaste, me diste de comer, gestionaste la escolarización pandémica de nuestros hijos para que yo pudiera escribir y cubriste nuestro pequeño patio con asclepias y pasifloras para que pudiera observar las mariposas. Te amo con todo mi corazón.

Gracias a mi hermanita, 7. Tengo mucha suerte de que mamá y papá te concibieran por accidente durante aquellas vacaciones en las Bermudas para que pudiera tener a mi mejor amiga a mi lado toda la vida (excepto el año, el mes y el día que viví sola antes de que nacieras). Gracias por las cenas, los donuts, la jaula de mariposas y los millones de detalles que tienes. Sobre todo, gracias por ti. Te quiero, em.

A continuación, tengo que darles las gracias a mis amigas escritoras por estar ahí durante todo este proceso: Roselle Lim, eres divertida, sabia y amable. Las fotos de tu gato me dan la vida. Suzanne Park, me inspiras. Es alucinante cómo consigues hacer todo lo que haces y seguir siendo una amiga tan considerada. A. R. Lucas, te aprecio. Me dices las verdades duras que necesito oír, pero siempre con amabilidad y compasión. Gwynne Jackson, gracias por todas las veces que me has escuchado mientras me desahogaba sin juzgarme. Hablar contigo es como recibir un abrazo enorme. Rachel Simon, me alegro mucho de que nos hayamos conocido en los últimos años. Tu amistad, honestidad y consideración significan mucho para mí. Mazey Eddings, tu personalidad vívida hizo que este último año fuera mucho más llevadero. Chloe Liese, siento un gran respeto por ti y por tu trabajo. Haces que este mundo sea mejor. Mi mentora Brighton Walsh, no habría tenido la confianza de entregar este manuscrito a mi editora sin tu ayuda. Gracias, como siempre, por orientarme.

Cuando luchaba ferozmente por escribir este libro, Julia Quinn me aconsejó que me diera tiempo, que me tomara un año de descanso si podía y que me permitiera redescubrir lentamente mi amor por la escritura. Fue justo el consejo que necesitaba, pero más que eso, me sentí vista, comprendida e indescriptiblemente conmovida de que alguien como ella me hablara. Para ella fue algo pequeño, pero tuvo un impacto positivo en mi vida. ¡¡¡GRACIAS, JQ!!!

Más tarde me puse en contacto con otra de mis ídolos de la literatura romántica, Jayne Ann Krentz, para preguntarle cómo se las arreglaba para llenar estanterías con tantos libros maravillosos, y ella también compartió consejos útiles conmigo. De ella aprendí que tengo que confiar en mí misma cuando escribo y que, si hay temas recurrentes en mis libros, no pasa nada. No necesito reinventarme con cada libro para ser original y novedosa. De hecho, esos temas recurrentes pueden ser los elementos determinados que inspiran a los lectores y lectoras a conectar con mi obra. Necesitaba escuchar eso, y me lo tomé en serio al redactar este libro. ¡¡¡GRACIAS, JAK!!!

Muchas gracias a Rebecca Ong, a Nancy Huynh y a la fanática del *wuxia* Yimin Lai por ayudarme con la representación de los chino-estadounidenses del libro. Ha sido un privilegio entrevistaros. Lamento haber sido tan pesada y haberos molestado con preguntas sin sentido a horas extrañas del día.

Gracias a mi viejo amigo de taekwondo de la universidad que ahora es cirujano cardiotorácico, el Dr. Burg, por ponerme en contacto con su compañero urólogo para que pudiera hacerle todas las preguntas que tenía sobre el cáncer testicular y la orquiectomía inguinal radical. Gracias, Dr. Witten, por compartir tu tiempo y experiencia conmigo.

Gracias, Kaija Rayne, por leer este manuscrito con tan poco tiempo y por ofrecerme tus comentarios. Te lo agradezco.

Gracias a mi agente, Kim Lionetti, por hacer todo lo posible por apoyarme en mi viaje con este libro a pesar de que tu vida se complicó también.

Por último, pero no menos importante, gracias al equipo editorial de Berkley —Cindy Hwang, Jessica Brock, Fareeda Bullert y otros— por ser tan comprensivos y pacientes conmigo. De aquí en adelante pienso volver a ser una autora profesional que cumple los plazos. Estoy más que agradecida de que hayáis sido tan amables cuando metí la pata y estoy emocionada por trabajar con vosotros en próximos proyectos.